カラスの祈り

警視庁53《ゴーサン》教場

吉川英梨

角川文庫
22746

目次

主な登場人物

五味京介（ごみ・きょうすけ）
一三二七期五味教場の教官。警部補。

高杉哲也（たかすぎ・てつや）
一三二七期五味教場の助教官。巡査部長。

瀬山綾乃（せやま・あやの）
府中警察署刑事課強行犯係。巡査部長。
五味の妻。

五味結衣（ごみ・ゆい）
五味の先妻の連れ子。高杉の実の娘。

小倉隆信（おぐら・たかのぶ）
五味が警察学校時代の教官。先妻の実父。

赤木倫子（あかぎ・みちこ）
法務省矯正局から出向してきた
警察学校特任教授。

【一三二七期】

藤巻　涼（ふじまき・りょう）
場長。プロを目指していたサッカー選手だった。
やんちゃな性格。

笹峰雄太（ささみね・ゆうた）
勤怠管理副場長。真面目な新卒。

北里利良（きたざと・としよし）
環境備品係。あだ名は『銅像』。

有村佳代（ありむら・かよ）
会計監査副場長。既婚で子供はもうすぐ中学生。

菊池　忍（きくち・しのぶ）
新聞図書係。内気で影が薄い。

森口　楓（もりぐち・かえで）
衛生保健係。勝ち気なしっかり者。

【53教場卒業生】

堤 竜斗（つつみ・りゅうと）
二八九期。
本部捜査三課の新米刑事。巡査部長。

相川幸一（あいかわ・こういち）
二八九期。
亀有署生活安全課少年係の刑事。巡査部長。

大山 淳（おおやま・じゅん）
二八九期。
石神井署の強行犯係の刑事。巡査部長。

江口怜央（えぐち・れお）
二八九期。
青梅署警備課。警部補。

塩見圭介（しおみ・けいすけ）
二八九期。
本部捜査一課の新米刑事。巡査部長。

中沢 尊（なかざわ・たける）
二九三期。
東京空港警察署地域課。巡査長。

龍興 力（たつおき・りき）
三〇〇期。
東村山署に卒業配置中。巡査。

＊

深川 翼（ふかがわ・つばさ）
三〇〇期五味教場の場長だったが……。

第一章　145号室の悪魔

深夜二時だというのにカラスが鳴いていた。

「あれ。カラスって夜鳴くんでしたっけ？」

笹峰雄太《ささみねゆうた》は一月の冷たい風を頬に受けながら、交番の前で立番《りつばん》していた。手袋をしていても手はかじかみ、革靴の足先も感覚を失いそうだ。交番の中の先輩警察官は仮眠から目覚めたばかりで、寝ぼけ眼だ。

「カラスなんか年がら年じゅう鳴くんじゃないの？」

「いやー。不吉なことの前兆とかじゃなかったでしたっけ」

スマホで調べてみたいが、交番勤務中は所持を禁止されている。笹峰はいま、警察学校の正門を守る練習交番の当直勤務についている。

「カラスなんかどーでもいいから、巡回、行って来いよ」

先輩がコートを羽織り、立番を代わる。

笹峰は令和二年十月に一三一七期の新米巡査として警視庁警察学校に入校した。まだ入学して三か月のひよっこ巡査で、警察手帳すら貸与されていない。この練習交番では実際の交番勤務さながらの業務が、当番で回ってくる。東京ドーム二個分ある学校内の巡回にも出なくてはならない。

笹峰は白いリアボックスのついた自転車にまたがった。

正門の目の前にそびえる本館沿いの道を北へ走る。本館は深夜でも、明かりがぽつぽつとついている。当直の教官が残っているのだ。向かって左には、式典が行われる講堂へと続く大階段が見える。笹峰は講堂方面には行かず、自転車のハンドルを右へ切った。教場棟と呼ばれる、教室が入る建物が東西に延びる。笹峰は教場棟沿いの道を西へ進む。左手には一周四百メートルのグラウンドが見える。また右へ曲がった。のっぽの術科棟がそびえる。一階にある射撃場の排煙装置の下をくぐるようにして、笹峰は南へ自転車を走らせる。

警察学校の南側にある学生棟の脇をつっきる。再び右へ曲がって正門の方へ戻ろうとした。

なにか聞こえる。

笹峰はブレーキを踏んだ。

耳を澄ませたが、静寂しかない。

警察学校周辺は閑静な住宅街だ。コンビニやドラッグストアが数軒あるのみで、周囲を学校施設や病院、給食センターに囲まれている。深夜に外から人の声が聞こえるということはめったにない。

空耳か。

笹峰は再び、ペダルを漕《こ》ぎだそうとした。

〝いっ、いっ、……ン〟

やっぱり聞こえた。

笹峰は自転車を降りた。

腰に巻いた帯革から警棒を抜き、耳を澄ませながら、周囲を見渡す。警棒を伸ばして警戒する。侵入者か。学生がどこかで騒いでいるのか。

学生棟は中央の建物に食堂や売店、図書室やトレーニングルームが入っている。左右には二棟ずつ寮が建っていて、大心寮《たいしんりょう》と呼ばれる。西側が女子寮、東側が男子寮だ。

笹峰がいま立っているのは、東側の男子寮のすぐ脇だった。

懐中電灯をつけて、周囲を照らす。

「誰かいるのか」

周囲は静まり返っている。自分の声が闇に吸い込まれていくようだ。

笹峰は建物から離れ、男子寮を遠くから見上げる。小さなベランダが百個以上並ぶ。ホテルか単身者向けマンションみたいな外見だ。明かりがついている部屋は一つもない。

〝……しないで！〟

また聞こえた。男性の悲鳴のようだった。

男子寮一階の、北側から聞こえてくる。

だが、男子寮の一階は工事中で閉鎖されていたはずだ。何の工事をしているのかはよく知らないが……。

笹峰は懐中電灯で男子寮の一階の窓を照らす。カーテンが開きっぱなしで、空室が見える。やはり一階の個室は全部空っぽなのだろう。

北端の突き当りの部屋のベランダ前に辿《たど》り着いた。笹峰は改めて、懐中電灯を向けた。

おかしい。

「カーテンが閉まってる……」

〝うわぁぁぁぁ！〟

中から絶叫するような叫び声が聞こえてきた。

笹峰はひっくり返った。尻《しり》で後ずさる。自転車も置き忘れて、正門練習交番へ逃げた。


翌日の夕方、笹峰はため息をつきながら、談話室で警察制服にアイロンをかけていた。

談話室は学生棟の各階にある休憩用の和室だ。学生たちはここで喫煙したり、ごろ寝したりする。制服のアイロンがけもここでやる。

いま笹峰がアイロンがけしているのは、教場の担当教官のものだ。内ポケットに『五《ご》味《み》』の刺繍《ししゅう》が見える。笹峰の担任教官である、五味京介《きょうすけ》のジャケットだ。教場当番というのが回ってきて、教官や助教官の制服にアイロンをかけたり、靴を磨いたりしなくてはならない。

笹峰は談話室の上がり框《がまち》に胡坐《あぐら》をかき、靴磨きに入った。助教官の高杉哲也《たかすぎてつや》の革靴は二十九センチとびっくりするほどでかい。高杉は百八十六センチ、九十三キロの巨体で、逮捕術を教えている。若いころは海上自衛隊にいたという噂だ。教官、助教はプライベートを一切口にしないので、本当のところはよく知らない。二人とも左手の薬指に指輪をしているから既婚だろう。高杉のそれは細かい傷が目立ち、年季が入っている。五味の結婚指輪はピカピカだった。新婚だというのを先輩期から噂で聞いた。

談話室に男が入ってきた。煙草に火をつけながら、笹峰の肩に手をついて、「よーうお疲れ」と革靴を脱ぐ。俺は手すりじゃないぞと笹峰は見上げるのだが、そのオーラにいつも負けてしまう。

一三一七期五味教場の場長、藤巻涼《ふじまきりょう》だ。教場をまとめる場長なのにやんちゃなやつで、教官助教からも「場長選びを間違えた」とぼやきが出る。

藤巻の革靴と高杉の革靴と比べて見たら、全く同じ二十九センチだった。藤巻も体がでかい。高校時代はブラジルに留学するほどのサッカー選手だったらしいが、怪我でプロの道を諦《あきら》め、警察官になった。

今度はやせっぽっちの男が震えながら談話室に飛び込んできた。環境備品係の北里利良《きたざととしよし》だ。こたつに滑り込む。

「うー寒い。僕みたいな骨と皮ばかりの人間は凍え死ぬよ。で、笹峰君。例の話の続きは？」

昼休みに、同じ班の藤巻や北里には昨夜の話をしていたのだ。藤巻も興味津々だ。

「結局、声の正体はわかったのかよ」

「当直教官が言うには、水が垂れる音じゃないかって。一階の奥の部屋は水漏れしているんだってさ」

仮眠中だった当直教官に「そんなことで起こすな」と怒られる始末だった。

藤巻が首をひねる。

「叫び声と水が垂れる音を間違えるかァ、普通」

「俺も思ったけどさ。警察学校は音が反響しやすいんだって」

本館、教場棟、術科棟、学生棟は中央の広場を囲むようにして建っている。この広場には警視庁の祖・川路利良《かわじとしよし》大警視の銅像がある。川路広場と呼ばれていた。

「どうかなぁ。警察学校は出るからねー。ガチだって」

北里が両手を垂らし、幽霊っぽくぶらぶらさせてみせる。

「警察学校が中野《なかの》にあったころは、幽霊出まくりでやばかったらしいぜ」

北里は父親が現役の警察官だ。利良という名前も、川路利良大警視から取られた。ちょっとどん臭いところもあるから、北里は『銅像』とあだ名がついている。藤巻がふざけて北里を拝むのがお約束のギャグだ。警察学校の幽霊話を北里が得意げに語る。

「中野校には開かずの間があったらしいよ。府中《ふちゅう》校へ移転するとき、お札がびっちり貼られた扉がキャビネットの裏から出てきたらしい」

笹峰は腕に鳥肌が立った。思わず両腕をさする。いつもはおちゃらけた藤巻も、ずいぶん低い声で言う。

「そういや、ずっと気になってたことがあるんだよな」

声音の深刻さに、その場の空気ががらりと変わる。

「俺ら一三一七期五味教場。しょっぱなからなにかがおかしいと思わなかった？」

笹峰はわからず、眉《まゆ》を寄せる。

「一三一七期の他の七教場は四十人スタートだったのに、53《ゴーサン》教場だけ三十九人しかいなかったじゃん」

53教場とは、五味教場の愛称だ。五味という読みの語感が悪いからか、誰からともなく数字を当てるようになったらしい。

笹峰ら一三一七期は、二〇一九年度採用試験合格組だ。早い者は去年の二〇二〇年四月に入校している。警視庁は採用人数が多い。数か月おきに新しい期が入校してくる。

「先輩期から聞きかじったんだけど、一昨年《おととし》の十月入校だった一三〇九期も、五味教場だけが三十九人スタートだったらしいんだ」

そして、去年の十月に入校した、我らが一三一七期五味教場も、三十九人スタート。

「こないだ入校した二〇一九年度採用の一三一八期は全教場、四十人揃ってた」

笹峰は五味の革靴磨きに取り掛かりながら、首を傾げる。

「確かに変だね……。入校前に辞退者が出たなら、次の期で入校予定の奴を一人繰り上げて入校させればいいだけの話なのに」

しかも、二期連続で53教場だけ、一人足りない。

「お前が妙な声を聞いたという男子寮の一階も変だ。工事中でずっと立入禁止になっているが、工事をしているのを見たことあるか？」

確かにない。北里も大きく頷《うなず》く。

「先輩期から聞いたよ。男子寮の一階が使用禁止になったのは、一三〇九期が入校した一昨年の十月から、ずっとらしい」

「てことは、もう一年三か月も、男子寮一階だけ立入禁止になっている……？」

藤巻が確信がありそうな顔で頷いた。

「なにか秘密があるんだ。あの男子寮の一階と、53教場には」

深夜一時の当直教官の巡回終了後、男子寮一階の秘密を探ることになった。

教官の五味や助教の高杉にバレたらマズイと笹峰は思うのだが、藤巻は「あんなん余裕だろ」と意に介さない。

高杉は逮捕術の授業中は厳しいが、ひとたび指導を終えると兄貴肌だ。学生と一緒におふざけしているところをよく見る。他教場の助教は学生の生活指導を厳しく行っているが、高杉はテキトーだ。

教官の五味は人格者風なのだが、なぜかいつも疲れ切っている。顔立ちが貴族っぽいから、フランス革命真っただ中の上流階級の人みたいな絶望感が漂っている。近寄りがたく、警察作法にのっとったやり取り以外でまともに会話をしたことがない。

だから藤巻は、ちょっとのルール違反くらいへっちゃらだと思っているらしい。言われてみると確かにそうか、と笹峰も好奇心に負けてしまう。

午前一時、とうとう笹峰は一階の規制線をまたいだ。

階段は明かりがついているが、立入禁止の一階の廊下は明かりが完全に消えている。階段から洩《も》れてくる明かりだけが、頼りだった。

藤巻を先頭に進む。「ちびりそうだ」と震え声の北里を真ん中に挟んだ。五十メートル近くあるまっすぐな廊下を、ゆっくり進む。

両脇にある個室の扉は全開で、中は空っぽだった。藤巻がスマホのライトで先を照らすが、光が届かない。

最初はすたすた進んでいた藤巻も、北側の突き当りの部屋が近づくにつれて、重心を落として忍び足になる。藤巻が照らしたスマホライトが、扉の脇にあるプラスチックの表札を捉《とら》えた。

『145号室』

なぜかこの部屋だけ、扉がぴったりと閉ざされていた。

引き戸の取っ手のすぐ脇と、その上下に、蝶番《ちょうつがい》が取り付けられていた。手のひらほどはありそうな大きな南京錠が、三か所からぶら下がっている。スマホライトの明かりを鈍く跳ね返していた。

「どういうこと、コレ……」

寮の他の個室に、こんな錠をぶら下げている部屋はない。いまどきの日本でこんな仰々しい錠を三つもぶら下げた扉は、刑務所にすらないはずだ。誰からともなく『開かずの間』と言う言葉が漏れる。

「やばいよ。これはまじでやばいやつだよ。帰ろう……！」

北里が言った。ヒソヒソ声だったのに、言葉の最後は殆《ほとん》ど悲鳴になりかけていた。慌てて笹峰が北里の口を塞《ふさ》ぐ。

「帰ろう、藤巻」

〝いたい〟

えっ、と笹峰は周囲を振り返る。長い廊下は暗闇に沈み、人の気配はない。北里の口は笹峰が塞いだままだし、藤巻は硬直している。

「いまの、お前？」

藤巻が笹峰に問う。笹峰はぶんぶん首を横に振った。

〝……やめて〟

また聞こえた！

北里が腰を抜かした。藤巻が「まじでやばい」と口走る。北里の首根っこをつかんで逃げ出そうとした。今度は呪文《じゅもん》のような声が耳に入ってきた。まるで脳に直接話しかけられているような不思議なリズムで、笹峰の頭の中に入ってくる。

笹峰は逃げ足が止まってしまう。藤巻と北里が遠ざかっていく。だが笹峰は、祈りにも似たその声につかまって、動けなくなってしまった。

＊

五味京介は誰かがつけたテレビの音で、目が覚めた。

〝一月十九日火曜日、午前五時！〟

朝のニュース番組のキャラクターが時刻を連呼する。

目覚めは非常に悪い。またソファで寝てしまった。ゆっくり起き上がり、深いため息をつく。体の節々が悲鳴をあげていた。

「おはようございます」

テレビをつけたであろう妻の綾乃《あやの》が、呆《あき》れたような一瞥《いちべつ》を五味に向ける。ソファの横を通り過ぎていく。

「ああ……おはよう」

去年の二月十六日に、府中署の刑事課強行犯係の刑事である瀬山《せやま》綾乃と結婚した。

五味は風呂場《ふろば》に入った。熱めのシャワーを脳天から浴びる。ついでに髭《ひげ》を剃《そ》った。曇った鏡を手でこすり、自分の顔をのぞきこむ。今年、四十四歳になる。髭に白いものが混じりはじめていた。

風呂から出ようとしたら、綾乃が洗面所にいた。さっきまで部屋着だったが、もうスーツに着替え、化粧を始めている。五味は扉の隙間から手を伸ばし、バスタオルを取って腰に巻く。ガラス越しに声をかける。

「瀬山」

結婚してそろそろ一年だが、五味は未《いま》だに、妻を旧姓で呼ぶ。

「はい」

綾乃も、未だに五味に敬語を使う。

「もうすぐ結婚記念日だな。どこか二人でレストランでも予約するか？」

綾乃はアイラインを引き終えてから、答える。

「そんな暇、あります？」

「ないけど、作るよ」

綾乃の化粧が終わるまで、五味はバスタブの縁に腰掛けて待った。扉が少し開いて、綾乃が顔をのぞかせた。夫婦なのに、五味は少し焦る。

「私がかなり忙しいんです。近々、塩見《しおみ》君と関係者の聞き込みに行ってきます」

塩見圭介《けいすけ》は五味のかつての教え子で、一二八九期の学生だった。優秀だった彼はすでに刑事に推薦され、本部捜査一課六係に在籍する。

五味がかつていた部署だ。

「なにかわかったらすぐ報告を」

上司のような口調になってしまった。綾乃の「了解しました」も部下のそれだった。

「じゃ、行ってきます」

「うん……。あ、瀬山」

五味は立ち上がった。自分が半裸を綾乃にさらしているというだけで、五味は息苦しくなっていた。喘《あえ》ぐように言う。

「ごめんな」

「いいえ」

綾乃は仕事に出かけた。

まだ五時半にもなっていない。捜査本部詰めでもない所轄署の刑事の綾乃がこんなに早く家を出て多忙にしているのは、全て、五味のせいだった。

警察学校教官として捜査活動をすることができない五味は、ある未解決事件の『特命捜査』を綾乃にゆだねていた。捜査本部などはなく、本来の府中署での業務と並行して綾乃は捜査活動をしている。アフターファイブ、休日では足りないくらいの捜査量なので、ときには有給休暇も使っている。塩見圭介と聞き込みに行くというのも、その特命捜査活動の一環だった。

五味は二階の夫婦寝室に上がった。

扉を開ける。綾乃の匂いがした。

夫婦のダブルベッドの脇には、大判フレームに収まったウェディングフォトが飾られている。結婚式のお色直し後の警察礼服姿の五味と、紺色のドレス姿の綾乃を中心に、五味のかつての教え子である警察官たちに囲まれた写真もある。新婚旅行先のゴールドコーストのビーチで夕日を背に撮ったものもあった。

ワイシャツにスラックスを身に着け、階下に下りる。朝食の準備をした。

階段から、生気のない足音が聞こえてきた。娘が大口を開けてリビングダイニングに入ってくる。

「おはよー京介君」

娘の結衣《ゆい》は今年十九歳になる。五味の前妻・百合《ゆり》の連れ子だ。血縁はない。結衣が十歳のとき百合が他界し、そのあとずっと五味と二人きりで生きてきた。

結衣は高校三年生、大学受験真っただ中だ。一月中旬にあった前期日程で第一志望のM大学の試験に落ちた。後期日程に向けて調整中だ。結衣も朝から疲れ切っている。

顔を洗った結衣が「眠たい、無理～」と五味の腰に手を回し、くっついてきた。綾乃が出勤したと見るや、すぐに甘えてくるのが結衣の悪い癖だ。かつて、うまいこと二人の男を両天秤《りょうてんびん》にかけて天真爛漫《らんまん》に振る舞っていた母親譲りというか……。

五味は結衣が八歳の時に父親になった。百合の急逝後は結衣の淋《さび》しさを少しでも紛らわせてやろうと、求められるスキンシップには全部応《こた》えてきた。一般的な父と娘にはないような距離感が結衣とはある。

「やめろよ。くっつくのはもうだめって言ったろ」

「いいじゃん。京介君からパワーもらうの。あ、M大の後期試験の受験料振り込み、忘れないでよ」

結衣が発破をかけるように五味の尻《しり》を叩《たた》く。

「父親のケツを叩くんじゃない。ていうか、銀行行く暇あるかな」

「ネットで申し込んじゃいなよ。いまどき受験料の振り込みはクレカだよ」

「制限かかっちゃってんだよ。お前の受験料とか予備校の正月特訓の料金とかで今月の支払いが五十万超えてんだ」

「ごめんごめん」

結衣は軽く言って、洗面所に消えた。脱衣所の扉を閉めもせず、平気で着替え始めた。ブラジャーをつける背中が見えたので、慌てて五味は目を逸《そ》らす。からかうように「京介くーん」と呼ばれた。

「なんだよ」

「最近、なんで綾乃チャンと別々に寝てるの？」

「……疲れてソファで寝落ちしてるだけだ」

結衣が脱衣所から出てきた。

「早く弟か妹の顔を見せてよね！　子作り頑張れ」

またしても父親の尻を叩き、鼓舞する。

「おい……！」

結衣はけらけら笑いながら、階段を駆け上がっていった。

五味は東京都に隣接する神奈川県川崎《かわさき》市に住んでいる。最寄り駅は小田急《おだきゅう》線の新百合《しんゆり》ヶ丘《がおか》駅だ。いくつか乗り換えを経て、京王《けいおう》線飛田給《とびたきゅう》駅で下車する。北口を出て目の前にあるプチショップの脇に、喫煙所がある。

今朝も、五味教場の助教官を務める高杉哲也が新聞を広げ、煙草を吸っていた。毎朝一緒に出勤する約束をしているわけではないが、ここで高杉と合流するのが日課だ。

「ようよう五味チャンどうしたよ、今日はより一層げっそりやつれてんぞ」

高杉が心配するふりをして、五味の尻をなでなでと触ってくる。

「やめろよ、朝から」

高杉はやたら五味の尻を触りたがる。初めて高杉と会った二十年前からそうだった。なんの縁か、高杉とは同期同教場、同じ釜《かま》の飯を食った仲だ。高杉は元海上自衛官で、舞鶴《まいづる》海上自衛隊基地の護衛艦に乗っていた。そこで不倫トラブルを起こして退職し、警視庁に流れてきた〝逸材〟だった。舞鶴市出身の五味に親近感を覚え、高杉は当時からやたら絡んできた。

高杉の下半身の癖の悪さは警察学校に入っても治らず、ある女警を妊娠させ、退職させるに至った。高杉はその女警が自分の娘を産み、ひっそりと育てていたことを長らく知らずにいた。その女警を娘ごと五味が娶《めと》ったことも。

結衣は、高杉の実の娘だ。結衣の屈託のない明るさや百六十七センチの背丈、華やかな顔立ちは高杉譲りだ。すぐ五味の尻を触ってくるところまで似ていた。

「そういや、結衣のM大の後期日程、もう出ただろ。受験料の振り込み、忘れんなよ」

「わかってる。朝から親子そろって同じことを……」

五味は苦笑いだ。五味も綾乃も多忙すぎて、結衣の大学受験のサポートができていない。予備校の送り迎えは高杉に任せっぱなしだった。

高杉には五歳年上の妻、沙織《さおり》がいる。結衣の存在をつい四年前まで知らなかった高杉は、子宝に恵まれなかった沙織に実子の存在をなかなか口にできなかった。去年の暮れ、夜間に何度も車で出かける夫に女の影アリと見た妻に尾《つ》けられ、予備校の前で『現場』を押さえられた。

「警察官たるものが、未成年のJKに手を出すなんて！」

沙織は取り乱したようだが、実子と知るやひっくり返った。やがて目を細めて結衣をかわいがるようになった。いまや蝶《ちょう》よ花よと結衣をもてなす。結衣は新婚の五味に気を使っているのもあるだろうが、高杉の多摩《たま》市内にある官舎に週に二日くらいは泊まっていく。多忙で疲れ切った綾乃がヘロヘロになりながら作る夕食より、おもてなし好きで凝った料理が大好きな沙織のもとで夕食を摂《と》る方が、気がラクなのだろう。

高杉が煙草を吸い終えるのを待って、警察学校へ向かって歩き出す。高杉はあくびが止まらない様子だ。五味は改めて、隣に並んで歩く高杉の顔をのぞきこんだ。

「悪いな、高杉」

「なにがだよ」

「あの件が始まってから、もう一年三か月だ。お前も巻き込んでしまっている。疲れているだろ。突破口が全く見えないし……」

太腿《ふともも》のような高杉の腕が、五味の首に巻きついてくる。ぐいっと顔を寄せられた。

「なに改まってんだよ。俺とお前で決めたことだろ」

警察学校の正門をくぐり、本館の更衣室で警察制服に着替える。制帽は被《かぶ》らず、高杉と共に教官室へ入る。出勤早々、一三一七期の全八教場をまとめる統括係長から「来客だぞ」と声がかかる。

まだ午前七時半だ。誰が来たのか。

五味と高杉は応接室へ向かった。扉を開ける。スーツ姿の女性が立ち上がり、深く頭を下げた。

北里利良の母親だ。

カラーリングされた巻き髪にノーカラーのベージュのスーツを着た母親は、ずいぶん若く見えた。

「先生、朝のお忙しい時間に大変申し訳ありません。私もこのあと、出勤せねばならないもので」

五味はソファを勧め、改めて用件を聞く。母親はトートバッグの中から、白い封筒のようなものを出した。『大國魂神社《おおくにたま》』と筆書きの文字が印刷されていた。悪霊退散のお札が入っている。五味はぎょっとした。

「利良が幽霊の声が聞こえるといって、毎日泣いて電話をかけてくるものですから……」

五味は思い当たるふしがない。高杉と顔を見合わせ、首をかしげる。

「利クンは強引に誘われただけで、本当は行きたくなかったらしいんです。ただ、教場の場長や副場長には逆らえないとかで……」

場長の藤巻が北里をトラブルに巻き込んだような言い草だ。副場長は二人いるが、笹峰のことだろう。藤巻と北里、笹峰は同じ班だ。

「――出るんですってね、警察学校って」

母親は手首を垂れ、お化けのふりをしてみせた。

「夫も申しておりましたもの。中野校の方もだいぶ化けて出るのがいたって」

北里の父親は現役の警察官だ。高杉が苦笑する。

「ここは府中校ですよ。確かに中野時代は校舎が古かったのもありますが……」

「具体的に、場所を教えていただけますか？」

五味は北里の母に尋ねた。

「男子寮の中のどこからしいです。工事中で立入禁止になっているとか、なんとか……。夜な夜な、呪文《じゅもん》のような声や助けを求める声が聞こえるらしくて」

１４５号室か。

五味と高杉は北里の母親を帰し、応接室を出た。高杉が大國魂神社の悪霊退散のお札を、不謹慎にもうちわみたいにして振る。「やれやれ」と嘆いた。

「１４５号室の件だったとはな」

「夜間に物音を立てるなとあれほどきつく言い聞かせたのに――」

藤巻のような好奇心旺盛《おうせい》なやんちゃ坊主は、『開かずの間』が寮の立入禁止フロアにあると知れば、のぞかずにはおれないだろう。北里は肝試しに強引に連れていかれ、１４５号室にいる『悪霊』の声を聞いたに違いなかった。

「五味教官、高杉助教！」

背後から女性に呼び止められた。凜《りん》としたよく通る声は、北里の母親ではない。五味は高杉とほぼ同時に、後ろを振り返った。

スーツ姿の女性が立っていた。

右手に書類や冊子を持ち、高級そうなウェストのくびれたスーツを着こなしている。黒いジャケットに白いブラウスと飾り気がなく、地味ではある。ショートボブヘアが軽やかだ。バリバリのキャリアウーマンというより、優秀な秘書みたいにも見えた。青い縁の眼鏡に個性が出ている。

パンプスのヒールを鳴らし、威圧感たっぷりに近づいてきた。

「教官室での朝礼で改めて自己紹介する予定ですが、五味教官と高杉助教にはじかにご挨拶させていただきますね。わたくし、赤木倫子《あかぎみちこ》と申します」

桜の代紋が入った名刺を渡される。高杉が棒読みした。

「警察庁生活安全局、生活安全企画課、管理官……」

警察官僚のポストだ。キャリア官僚は女性の数が極めて少ないので、五味は全員名前を覚えている。だが、赤木倫子という名前は初めて聞いた。

「本日より、霞《かすみ》が関《せき》本庁の管理官と、警視庁警察学校の特任教授を兼任することになりました」

よろしく、と握手の手が伸びてきた。一応、五味は握手を返した。女性らしい小さな手にパワーがみなぎっていた。高杉は「御冗談を」とからかう口調だ。

「ポストの兼任はよくあることですが、霞が関本庁と三多摩地区の田舎にある警察学校の特任教授を、どうやって兼任するんです。車かっ飛ばしても霞が関まで一時間以上かかるのに」

五味も不可解に思った。赤木倫子の回答を待たず、問う。

「そもそも、警察学校の教授職ポストは全て埋まっていますよ。特任教授というポストが新設されたのですか？」

「そうとらえてもらって、かまいません」

「ちなみに、警察庁の方ではないですよね。どこかの省庁から出向してきてらっしゃるのでは？」

さすが鋭い、と五味はなぜか倫子に持ち上げられる。

「私、この一月より法務省矯正局から警察庁の生活安全局に出向してきています。兼任というのは表向きのこと。生活安全局にポストを残しておきつつ、こちらでの懸案事項を解決次第、特任教授職を解され、霞が関に戻る予定です」

五味は閉口した。

彼女が何をしに来たのか――『警察学校の懸案事項』『法務省』のキーワードでピンときた。黙っている五味と高杉を順繰りに見て、赤木倫子はよく通る声で言いのけた。

「五味教官、高杉助教。大心寮の一階１４５号室に、学生を監禁していますね」

高杉が絶句し、五味に視線を投げかける。五味は赤木倫子から、視線を外さない。

「本日中に１４５号室の案件について早急に面談していただきたく、大路《おおじ》孝樹《たかき》警察学校長も含めて場を設けさせていただきます。どうぞよろしく」


八時過ぎ、五味と高杉は教場棟の五階にある五味教場に入った。

黒板のすぐ脇には、一三一七期五味教場の教場旗が張り出してある。教場旗には教場のスローガンとシンボルアニマルを描くのが定番だ。今期の五味教場は八咫烏《やたがらす》だ。三本足の先には『誇り』『使命感』『奉仕』の言葉が並ぶ。

「起立！」

場長の藤巻が叫び「礼！」と声を張り上げる。学生たちは上半身を十五度曲げる脱帽時の敬礼で頭を下げた。

「おはよう」

五味は自教場の学生たちを座らせた。１４５号室に幽霊がいると信じ込んで夜な夜なママに電話をしているらしい、北里利良を見る。『銅像』というあだ名がついているが、目の下に青いクマができて強張《こわば》った顔がますます銅像に見える。確かに眠れていないようだ。

五味は今日一日のスケジュール確認をしながら、藤巻と笹峰を順に流し見していく。場長席――廊下側の最前列に座る藤巻は高校生でブラジル留学するほどのサッカー選手だった。教場旗のシンボルアニマルに、サッカー日本代表のシンボルマークでもある八咫烏を推したのも彼だ。藤巻は体ができているし体育会系なので、背筋が良く伸びて、見映えがする。

笹峰は窓側の最前列にいた。副場長は笹峰の他にもうひとりいて、仕事が分かれている。笹峰が担っているのは勤怠管理副場長という、教場・寮務・練習交番などの当番を決めて管理する係だ。

もう一人の副場長は会計監査役だ。教場の学生たちで集めた共同の金を管理する。この会計監査副場長は細かい金銭管理が得意な女性に担わせることが多い。一三一七期五味教場でも、有村佳代《ありむらかよ》という中途採用の女警に任せていた。

　有村佳代は採用年齢ギリギリの三十五歳で、五味教場の最年長だ。しかも、既婚の子持ちというかなり珍しい学生だ。たまにいるが、女性でというのは滅多に見かけない。二十二歳の大学生の時に妊娠が発覚、結婚と育児のために就職しなかった。一人娘はこの春で中学生だという。キャリアのない母親を馬鹿にする娘を見返してやりたいと一念発起して、警察官採用試験を受けた。イマドキの三十五歳は若々しいから、佳代もおばさんくさいところはない。貫禄《かんろく》はあった。

　教場の三役と呼ばれる場長と副場長二人、このトライアングルが中心となって教場運営をする。元サッカー選手の藤巻、母親の顔を持つ有村佳代と、キャラが濃い二人に押され、新卒の笹峰は優秀ながら影が薄い。

「来週はいよいよ実務修習だ。管内の所轄署でしっかり修業できるよう、体調を整えておけよ」

　一拍遅れ、「はい！」と大きな返事がある。

「週末には警察手帳の貸与を行うが、今週なんらかのトラブルを起こしたら貸与はしない。入校から三か月経ち、気のゆるみが出ているようだな」

　五味は教壇を下りて机の間を縫い、まっすぐ北里のデスクへ向かう。北里が首をすくめ五味を見上げる。五味は基本的には手は上げない。体罰を含めた指導は助教官の高杉が担うことが多い。警察学校では敢《あ》えて暴力的な指導を行っている。殴られたことがない警察官は、暴行事件の仲裁ですら足がすくんでしまうからだ。

改めて、五味は北里を見下ろす。

立入禁止区域に侵入したのだから、教場で厳しく律し、ペナルティを科すべきところだ。五味は堪《こら》えた。

青縁眼鏡の赤木倫子の存在が頭をよぎる。

法務省の人間がしゃしゃり出てきた。145号室の件が教場で持ち上がり「あそこには誰かいるのか」と学生たちに疑問を持たせたら、余計な火種を抱えることになる。

五味は北里にお札を渡す。

「ママからだぞ」

「えっ」

デコピンをする。不意打ちだったからだろう、北里は額を両手で押さえ「いってえ！」と叫んだ。続けて藤巻にもデコピンを食らわせた。

「なんのことだかはわかるだろう」

五味は笹峰のデスクの前に立ち、デコピン一発で侵入の件を済まそうとした。

笹峰が目を血走らせ、頭をのけぞらせた。

反抗している。初めてのことだった。

五味がぎろりと睨《にら》みおろすと、笹峰は口元を強張らせ、伏し目がちになる。反抗的態度は一瞬だった。やってくださいと言わんばかりに目を閉じる。五味は乱暴に笹峰の髪を鷲摑《わしづか》みにし、上を向かせた。笹峰は怯《おび》えたように五味を見上げる。

なにか笹峰に心境の変化があったとみえる。放課後、個人面談をするべきだった。だが、五味にはその時間を取ってやることがどうしてもできなかった。普段ならこんな指導をしないが、ここで片をつけるしかない。

「その目、二度とするなよ」

「……すみません」

五味は手を離した。朝礼の締めくくりの言葉もなく、五味は無言で教場を出た。五味の殺気が伝播《でんぱ》したのか、教場はしいんと静まり返っていた。


「笹峰のやつ、様子が変だな」

教官室のデスクに着くなり、高杉が言った。五味と高杉は一三一七期の教官助教、合計十六人のデスクのシマの真ん中に並んで座っている。五味は不愉快な気分が抜けず、肩をすくめるにとどめた。

教官室の入口がノックされて扉があいた。女警が名乗りを上げる。

「一三一七期五味教場、菊池忍《きくちしのぶ》です！　入ってもよろしいでしょうか！」

五味が許可を出すと、菊池忍が『こころの環《わ》』という学生たちの日誌を抱えて、中に入ってきた。今日の教場当番の菊池忍は、九人いる女警の中で最も地味で目立たない。

身だしなみの一環としてよしとされる化粧も一切していない。白い素肌を晒《さら》し、中学生みたいだ。菊池忍は新聞図書係だ。図書室の貸し出し管理を手伝ったり、教場新聞を作ったりしている。女警とつるんでいるのを見たこともなく、いつもぽつんとしている。五味が忍に礼を言おうとしたときには、もう彼女は教官室の入口で「失礼しました！」と頭を下げたところだった。彼女は指導官とも積極的にしゃべろうとしない。

高杉がひっそりと五味に言う。

「笹峰、面談しとくか？」

「そんな時間がどこにある。今日の放課後は１４５号室の件の取調べを受けるんだぞ」

五味はちらりと横目で、幹部席を見た。

教官室という名の大部屋にデスクがあるのは、警部クラスの統括係長以下、教官助教のみだ。教授や教養部長など警視以上には個室が与えられている。

だが、これまでポストがなかった特任教授には、空いている個室がなかったのだろう。赤木倫子のデスクを、体育担当教官が運び入れてやっていた。統括係長の隣のスペースに強引に割って入っている。倫子は段ボール箱の中の書類を、デスクに並べていた。青縁眼鏡の奥の瞳《ひとみ》は切れ長で、いかにも気が強そうに見える。五味と同年代くらいだろうか。年下のようにも年上のようにも見える。

「っていうか、取調べ？　面談だろ」

高杉のつぶやきを、五味は否定する。

「取調べだ。俺たちが145号室で行っていることは、犯罪行為だ」

「グレーゾーンだろ。そもそもはお天道様の判断が……あっ」

いまさら気が付いたのか、高杉が身を乗り出す。

「やつの父親、法務省だったな」

「大方、父親が息子を解放してやるため、自分の息がかかった元部下かなんかを警察学校に送り込んできたんだろう」

五味は手元にある五味教場の出席簿を開く。

四十番目に『深川翼《ふかがわつばさ》』と記されている。

一三一七期が昨年十月に入校して三か月、一度も出席をしていない。


夕刻、五味は高杉と校長室の扉の前に立ち、ノックする。

「初任科一三一七期五味教場、教官、五味京介警部補！」

「同、助教官、高杉哲也巡査部長！　入ってもよろしいでしょうか！」

校長から返事はない。三年前からこの警察学校の校長を務めている大路孝樹警視は、ある日を境に、五味と高杉を徹底的に無視するようになった。返事がないのはいつものことだ。勝手に入る。

胡麻塩頭《ごましおあたま》の大路が上座のデスクにふんぞり返って、見向きもしない。応接スペースに座っていた赤木倫子が立ちあがる。赤縁眼鏡をかけている。五味と高杉は勝手に向かいに座った。高杉も眼鏡に気づいた。

「あれ？　眼鏡……」

「眼鏡収集が趣味で、職場でも常に十個は予備を置いてるんです。お好みの色がおありでしたら、ご指定ください」

女好きの高杉がニヤける。

「うーん。俺は、目の形がよくわかるフチなし……」

五味は咳払《せきばら》いして高杉をけん制した。青から赤に変えてくる——戦闘モードかと五味は警戒する。倫子が早速切り出した。

「お忙しいでしょうから、すぐに本題に入りましょう」

大路が内線をかけ、秘書にコーヒーを四つ持ってくるように命令する。どうせ何も言わないだろうが、この場には同席し、耳を傾けるつもりらしい。

「深川翼」

赤木倫子が容赦なく『１４５号室の悪魔』について切り込んだ。

「一三〇〇期五味教場の学生で優秀な場長だったそうですね」

その父親は法務省の元官僚で、最高裁判所の裁判長にもなった深川浩《ひろし》だ。退官後のいま国家公安委員を務めている。

「お二人は国家公安委員のご子息を教場で預かることになった——最初、翼君の出自を知ったときはどんなお気持ちでした？」

おもしろそうな色を目に浮かべて、倫子が五味と高杉を順繰りに見る。ノリのいい高杉がなにか言おうとしたが、五味が無言を貫いているからか、口をつぐんだ。

倫子の「翼君」という呼び方に、五味は虫唾《むしず》が走っていた。警察学校ならば苗字《みょうじ》で呼び捨てか、深川巡査と呼ぶべきだ。無垢《むく》な少年を扱うようで不愉快だ。

「一三〇〇期当時の翼君の成績表を見せてもらいましたが、座学も術科も教場一、他を寄せ付けない成績ですね」

五味の脳裏に、一三〇〇期を持っていた二年前の春から秋の記憶が蘇《よみがえ》る。場長だった深川を信頼し、酒を酌み交わし合った日々は熱かった。五味は愛情をもって深川と接していた。「僕は将来、五味教官や高杉助教のような指導者になって、警察官を育てたいです！」と目を赤くして語った深川が、五味はかわいくて仕方なかった。

「ところがどっこい」

法務省の官僚とは思えないほどざっくばらんな言葉で、倫子が話を方向転換する。

「翼君は前代未聞の凶悪な連続強姦魔《ごうかんま》だった――。同じく五味教場だった小田桃子《おだももこ》さん、当時二十三歳を入校初日に警察学校敷地内の空き地に連れ出して強姦、行為中の画像を撮り、彼女を脅して、性行為を強要し続けていた」

小田桃子は刑事に憧《あこが》れて警視庁の門を叩《たた》いた熱い女性だった。二度の妊娠中絶で深川との性行為が表沙汰《おもてざた》になると、深川の証拠の偽造で、『深川にストーカー行為をし、偏執的な愛情を注いで性行為を強要していた女性警察官』に仕立て上げられた。五味は被害者の桃子を加害者と勘違いして叱責《しっせき》した。いまでも深く悔い、恥じている。

「翼君は巧みに被害者を演じ、周囲の同情を買っていたそうですね。卒業ギリギリになって五味教官が加害者と被害者が逆転していることに気が付き、小田巡査と共に府中警察署に被害届を出した」

五味は初めて、言葉を発した。

「握りつぶされましたが」

続けて、大路校長を見据える。

「大路校長も、女性巡査の性被害に目をつぶり、国家公安委員の息子を守り通そうとしました」

大路は椅子の上で微動だにせず、壁を見つめている。深川の父親と同じだ。深川浩国家公安委員も、息子の件となると貝になり、思考停止してしまう。深川浩自身が息子の家庭内暴力の被害者だった。深川浩の腕の裏側には点々と煙草の焼きの痕《あと》が残っている。

倫子が書類をめくった。

「五味教官は翼君の余罪を突き止め、港区三田《みなとくみた》に住む女性に辿《たど》り着きましたが、この件についても三田署は動かなかったとか」

「府中、三田両所轄署とも、警部補係長あたりまでは逮捕状請求書にハンコを押してもらえるんですがね。警視正以上が及び腰なのです」

五味はもう一度、大路を睨《にら》んだ。倫子が頷《うなず》く。

「国家公安委員会は警視正以上の階級にある警察幹部の人事権を所掌する立場にありますものね」

警察幹部は深川の父親に首の根を握られているのだ。ここで息子の逮捕状請求書に判を押したら、昇進が絶たれるか僻地《へきち》に飛ばされると怯《おび》え、『忖度《そんたく》』しているのだろう。

倫子が続ける。

「深川浩氏が国家公安委員を辞めてくれれば、話は簡単なんでしょうけど」

深川浩は辞めたがっていた。だが息子から「許されなかった」のだ。どんどん偉くなれ、いずれは政治家に立候補しろとまで命令されていた。深川翼は父親の後ろ盾で、好きなだけ強姦事件を繰り返そうと画策していたのだ。

倫子が書類を遡《さかのぼ》る。

「翼君は家庭環境がだいぶ複雑だったようですね。関係が良好だった実母は小学校五年生のときに病気で急逝」

二年後には継母が家に入ってきた。法務省の一般職員で、深川浩の元部下だった。名《な》倉弥生《ぐらやよい》という。深川は中学校二年生のとき、継母の弥生を強姦し、妊娠させている。やがて女児が生まれた。桜《さくら》と名付けられた。

「桜ちゃんが生まれた当時は、翼君の子なのか浩氏の子なのかわからず、DNA鑑定まで行われたようですが」

その鑑定結果まで、赤木倫子は入手しているらしい。

「桜ちゃんは、翼君の娘で間違いないようですね」

「深川はこの件でもまた、被害者を演じていました。継母に強姦されてできた娘ではあるが、かわいがっていたと」

「しかし、実際は違った……？」

「のちの行動を見れば一目瞭然《りょうぜん》だ。被害者は深川弥生の方だった」

深川翼という悪魔から守るため、父親の浩は離婚し、母子をシェルターに一旦《いったん》避難させた。深川は父親をこう脅している。

〝国家公安委員を辞めて権力を手放したら、桜を強姦する。居場所を必ず突き止めて、弥生と同じ目に遭わせる〟

シェルターを出た後の母子の行方はわかっていない。深川浩も警察も、母子を保護できないでいる。

「深川浩は、母子の安全が確保できれば、いつでも国家公安委員を辞めると話していますが……」

「彼が辞めてくれたら、逮捕状請求を突っぱねた臆病《おくびょう》な警察幹部たちはハンコを押し、晴れて翼君を豚箱にぶち込める――というところね」

倫子の言い方は、敢《あ》えてこちらの肩を持っているようだった。

「翼君を逮捕することができなかったあなた方は、肩書を守るために意地でも翼君を卒業させ卒配先に放とうとした大路学校長と対立、とんでもない暴挙に出た」

五味と高杉がしたこと以上に、大路の行動を非難するような言い方だった。

「卒業の一週間前に、ありもしない補習の名目で翼君に逮捕術の〝特訓〟をさせ、両手足に全治半年の怪我を負わせ、卒業できないようにした」

怪我をした学生は卒業できない。怪我が完治するまで休職扱いとなり、完治後は、次の期の教場に編入される。

「逮捕はできないし、警察学校から追い出すだけでは、次、誰が被害に遭うかわからない——あなた方は翼君が二度と性加害事件を起こさないよう、警察学校の学生棟にある男子寮145号室に監禁することにした。二〇一九年の十月二日からですから、もう一年と三か月以上、一人の青年をあのせまい寮の中に閉じ込めている」

高杉が五味をかばう。

「お言葉ですが、深川のいる145号室は、身体障害者専用の個室です。他の学生たちの狭い個室と違い、八畳の広さがあり、風呂《ふろ》やトイレが完備されています」

「いま、彼の健康状態は？」

五味が答える。

「良好です。重傷だった左大腿骨《だいたいこつ》の粉砕骨折も、ボルトを入れる手術をし、半年前に完治しています。学生たちが外出する週末には我々の監督のもと、グラウンドで運動もさせています」

食事は五味と高杉が順番にコンビニ弁当や食堂の食事を運んでいる。三食きっちりだ。

「完食していますか？」

「ぺろりと食べる日もあれば、ハンガーストライキのように水以外口にしない日もあります。床に食事を全てぶちまけていた日も」

「彼は毎日、なにをしているんです？」

「ペンとノートを渡し、余罪リストを作るよう指示しています。性被害者の手記を読ませてもいます。あとは通常の学生のように『こころの環』という日誌も書かせています」

深川はノートに手をつけたことすらないが。

「『こころの環』にはなにを書いているんです？」

五味は言葉に詰まった。妻、綾乃の顔が浮かぶ。

「主に私を挑発し、おちょくる言葉を」

「具体的に」

倫子がボールペンをノックした。五味は口にするのも嫌だった。高杉にも話していないし、見せていない。倫子があっさり話題を変えた。

「翼君、運動は週一回だけですか」

「室内でできる簡単な体操は指導しています。器具を使った運動はさせていません。窓ガラスを割って脱走を図ったことがありましたので」

ベランダの窓はカーテンをぴったり閉ざし、板で塞《ふさ》いでいる。

長期休暇などで学生たちが帰省しているときも、深川を部屋から出している。グラウンドの草むしりをさせたり、共に走ったりして、筋力が衰えないように配慮してきた。

「外部交通はどうなっていますか」

刑務所を所管する法務省の人間だからか、倫子は刑務所用語で訊《き》いてくる。警察学校の外の人間と手紙や電話のやり取りがあるか、ということだ。

「一切認めていません。本人が手紙を書きたいと申し出ることもなければ、届いたこともありません。スマホは父親が解約しました。インターネット環境もありません」

だいたいわかりました――と倫子が足を組みかえた。大路を白い目で見る。

「たった二人の教官助教に翼君を押し付けて、警察幹部は知らんぷりなんですか？」

大路は淡々と返す。

「彼らが深川巡査にした傷害と監禁だって、こちらは立件していない」

倫子はお手上げだと言わんばかりに、肩をすくめた。

「なるほど。警察幹部と現場の警察官がグレーゾーンギリギリの行為を犯しながら翼君の処遇をめぐって一年以上も攻防を続けている、ということですね」

倫子は五味に尋ねる。

「他に、五味教官と高杉助教を助ける人は？」

「妻が府中署の刑事です。彼女とかつての教え子たちで、深川の逮捕を可能にする余罪が他にないか、深川の生活範囲で起こった警視庁管内の性犯罪を洗い直しています」

「深川君の直接の世話をしているのは、五味教官と高杉助教だけなのですか？」

「長田実《おさだみのる》警部補という補助教官も手伝ってくれていましたが、去年の秋の人事異動で現場に戻りました。いまは私と高杉の二人で、深川の世話をしています」

一日一回、三食分を運んでやるのみだから、深川と顔を合わせるのは三日に一度で済んでいた。長田が抜けたことで二日に一度は145号室に入らなければならなくなった。

深川は、直接怪我を負わせられた高杉には畏怖《いふ》の念を抱き、絶対に反抗したり逆らったりしない。五味には言葉で強烈な攻撃に出る。五味は舐《な》められたものだが、高杉は深川のこの態度を「五味に甘えているのだろう」と分析する。三日に一度浴びるだけで済んでいた深川の暴言が、去年の秋から二日に一度となった。五味は一三一七期の学生たちに愛情を注ぐ余裕がなくなった。新妻を思いやることも、受験を控えた娘へのケアも全くできずに、八方ふさがりの状態だった。

「弥生・桜母子の居場所は未《いま》だにわからないのですか？」

倫子が核心を突く。母子の居場所がわかり保護できれば、深川浩は国家公安委員を退職すると約束している。警察幹部たちは逮捕のゴーサインを出すだろう。逮捕できれば、五味も高杉も、深川という悪魔から解放されるのだ。高杉が答える。

「なにせ組織は動きませんから。自分と五味は、深川の世話と教場運営で精一杯です。余罪の捜査をしている53教場の卒業生たちが手分けして行方を追っていますが……」

「母子シェルターですものね。令状がないと退去後の住所は教えないでしょうね」

「お察し頂いて幸いです」

高杉にしては珍しく、嫌味っぽく返した。五味と共に深川翼を背負う日々に、うんざりしているに違いなかった。

倫子が五味を見据える。

「五味教官――あなたの健康状態が心配です」

「私は大丈夫です」

「ご自分の顔を毎日鏡でご覧になっていますか。疲れ切って、やつれています」

「わざわざご指摘いただかなくても――」

「五味さん。私が法務省から来た人間だから敵対視しているようですが、違いますよ」

倫子は咳払《せきばら》いし、断言する。

「私はあなたの味方です」

五味は無言を貫き、心のハードルを上げた。倫子が問う。

「翼君本人に自首させる道を探ったことはありますか？」

「無理な話だ。未だに、継母との性交渉は強要されたものと言い張る。三田の案件も小田桃子との行為も、同意の上だった、あちらから誘ったと開き直っている」

「では、性犯罪加害者に施されるべき矯正プログラム等も、試したことはないのですね？」

五味は眉《まゆ》をひそめた。

「我々は警察官です。矯正に関しては未知の領域で、知識がありません」

「私はその道の専門家です」

倫子が胸を張る。ボリュームのある胸部が、まあるく膨らんだ。

「私は臨床心理士の資格を持っており、法務省の矯正局に在籍時は盛岡《もりおか》少年刑務所で五年間、性犯罪加害者向けの矯正プログラムを行っていました」

盛岡少年刑務所は、再犯受刑者――すなわち犯罪傾向の進んだ青少年を収容する。

「矯正プログラムを実際に施行した受刑者の数は優に五十人を越えます。私を信じて、翼君の矯正にかけてみませんか？」

高杉が身を乗り出す。

「性犯罪加害者の矯正を女性がやって大丈夫なんですか」

「通常は男性と女性の矯正官がペアで行います」

「ここは警視庁の施設内だ。男性矯正官はいませんよ」

「五味教官に担っていただきたいんです」

倫子が有無を言わさぬ視線を送ってきた。五味は背筋が粟立《あわだ》つ。

「あいつを矯正するのは不可能だ」

五味は知識もない。食事を運ぶだけでも疲弊しているのに、矯正に取り組むなどもってのほかだ。

「私がついているから大丈夫。一応、性犯罪加害者矯正プログラムの専門書を十冊くらいは読んでいただくことにはなりますが……」

五味は拒否した。

「私には荷が重い。どうしてもやるというのなら、矯正局から男性矯正官を呼んできて、あなたと二人で行えばいい」

「五味さん。あなたじゃなきゃダメなんです」

「なぜ」

「翼君本人が、それを望んでいるからです」

五味はじろりと大路を見た。既に倫子は深川と会っている。大路が許可したに違いなかった。

「翼君は、あなたからいま手厚い保護を受けているんです。あなたが閉じ込めてくれているから、翼君は性犯罪をしなくて済んでいる。性加害者は、本心では自分がしたことを全て恥ずかしいことだと理解して、悔いているんです」

「悔いているのなら自首すべきだろう！」

五味は声を荒らげていた。

こいつらは深川の正体を知らないのだ――。

「もう二十五にもなるいい大人が甘ったれたことを……」

「その通り。甘ったれているんです、翼君は。あなただけに」

五味は憤慨しすぎて居心地が悪い。ソファに座り直した。

「思い起こしてみてください。翼君のこれまでの人生で、自分の人生の時間を削ってまで、翼君と向き合おうとした人が、ひとりでもいるのでしょうか」

聞きたくない。あの悪魔に同情するような言葉は受け入れられない。

「愛情を注いだはずの実母は十歳で急逝した。父親は投げ出した。学校長も知らんぷり。彼を逮捕すべき警察だって責務を投げ出し、翼君から逃げて行ったんです」

倫子が身を乗り出し、五味を見る。

「翼君の二十五年の人生の中で、その存在を受け止めてくれているのは、五味教官だけなんだと思いますよ」

五味は唇をかみしめた。

「かといって、このままでは五味教官が壊れてしまいます。限界が近いことはあなたのいまの反応や顔つきで一目瞭然《りょうぜん》です。奥さんのことも、受験生の娘さんのことも、自教場の学生さんたちのことも、これ以上ないがしろにはできないはずです」

倫子が身を引く。

「勿論《もちろん》、引き続き逮捕の道を探ってもらうのも結構ですし、弥生・桜母子の捜索も必要でしょう。同時に、翼君の矯正にかけてみませんか。この件に知らぬ存ぜぬを通している警察組織だって、本人が自首してきたら、逮捕しないわけにはいかないでしょう」

五味は頑《かたく》なに、深川の矯正を否定した。

「矯正は無理だ。あなたは深川を知らない」

「ええ。全く知りません。でも五味教官、あなたも、翼君のことを知らないのかも」

「よし！」

校長のデスクの方から、パンと手を叩《たた》く音がした。

存在を忘れていた。大路校長が立ち上がる。

「話は以上ですね。では、私はこれにて」

赤木特任教授と五味教官とで、深川翼の矯正プログラムをスタートさせる。

大路はビジネスバッグを手に持つ。コートを摑《つか》んで、さっさと校長室を出て行った。

大路のあれはいつものことだ。五味も高杉も敬礼せず、視線だけで見送った。倫子は目をひん剝《む》いた。「なにあれ」と大路が出て行った扉を睨《にら》みつける。

中指を立てて見せた。

五味は仰天したが、隣の高杉は大爆笑だった。


一月二十日、水曜日。綾乃は寒さに震えながら江戸川《えどがわ》区小岩《こいわ》の住宅街にあるモダンなカフェに入った。二階のテラス席にいた塩見圭介が立ち上がる。

「お疲れ様です！」

綾乃はダウンジャケットにストールを巻き、手袋もしてモコモコになっている。塩見はトレンチコートを引っ掛けただけだ。テラス席は日当たりがいいが、さすがに一月は寒い。塩見がここを選んだのは、周囲に客がおらず、事件捜査の話ができるからだろう。

きっちりと髪を七三に分け、襟足を刈り上げた塩見は、公務員らしい清潔感のある見てくれだ。目も鼻も口も癖がなく整っているので、上品に見える。少し、夫の五味と雰囲気が似ている。

綾乃はひと息つき、テラスから小岩の町並みを見下ろした。江戸川の土手にジョギングする人の姿が見えた。ゆったりと流れる江戸川の向こうに、タワーマンションが建っている。川の向こう側は、千葉県市川《いちかわ》市だ。

「──懐かしいな。あのタワマン群の方まで、その昔、捜査で行ったことがあるわ」

「あっちは千葉県ですよね、越境捜査ですか」

「うん。五味さんがまだ捜査一課六係の刑事だったころね」

捜査一課刑事だけがつけるS1Sの赤いバッジをつけ、所轄署の刑事たちの敬礼の出迎えの間を颯爽《さっそう》と歩く──五味は時に強引な手法で捜査を行い、常に捜査の流れの最前線にいた。当時の捜査一課長、本村一《もとむらはじめ》の寵愛《ちょうあい》を受け、自由自在、思うままに捜査活動をしていた。

だが五味は──綾乃を相棒にした五年前の捜査の末、警察官を逮捕するに至った。隠ぺいを試みた本村捜査一課長と対立し、警察学校送りとなったのだ。当初、五味は警察学校行きを島流しのように捉《とら》えていた様子だった。新任巡査を指導し、育てるうちに、教官職にハマった。本村が五味を捜査一課に戻そうとするのを「あともう少し」「いまの卒業生を送り出したら」と先送りするうち──。

深川翼という悪魔を背負い込むにいたった。

「深川の件、おさらいしようか」

綾乃は深川翼の生い立ちを細かく記したノートを塩見に見せた。

「手書きでごめんね。データ化して『53教場特捜本部』のみんなで共有できたら早いんだけど」

『53教場特捜本部』には、深川を訴追するための有志——刑事や警察官たちが集う。みな、五味を慕うかつての教え子たちだ。何人かは綾乃と共に深川の余罪を探り、何人かは、姿を消した深川の第一の被害者、深川弥生とその娘の桜の行方を捜している。月に二、三回は居酒屋の個室などに集まって情報交換をしている。深川を背負う五味をフォローし励ます会でもあった。

塩見が刑事らしい厳しい視線で、深川の生い立ちを記したノートをめくる。

ノートの上半分は、深川の年表だ。生まれ、養育環境、幼稚園、学校、クラス、友達、部活、習い事など細かい情報まで書き込んだ。大学時代は、山岳部時代にどの山に登ったか、アルバイト先の便利屋でどの顧客の下へ派遣されたかなどを記した。

「深川の行動範囲内にあった、警察が認知している性犯罪は下の段に書き記してある」

三田で起こった赤子連れの主婦宅に押し入った強姦《ごうかん》事件は、ずっと前に五味がつきとめて、深川の犯行と確定している。

深川は行為に及ぶ直前、被害女性に数字を言わせるという、妙な性癖があった。

３２１１６という数字だ。

港区三田の主婦はスーパーで声をかけられ、缶詰の賞味期限として記されたその数字を言わされている。警察学校で被害者となった小田桃子も、「近隣で起こった事件の犯人のメモだ」と３２１１６を口に出して言わされ、強姦被害に遭っている。

警視庁管内だけで年間に認知される性犯罪は、痴漢等の微罪を含めると一万件を超える。泣き寝入りする被害女性も多い。痴漢やのぞき、露出などは微罪故に捜査が行われずに、警察署内で放置されてしまうことも多い。相談を受けた警察官が「巡回を強化します」と言って終わってしまうパターンすらある。絞り込みは難航していた。

塩見は眼光鋭く、ノートのページをめくる。

「深川の行動範囲内にある事件、大学時代のものが若干、歯抜けですね」

そうなのよ、と綾乃はうなだれる。

「大学時代になってから深川の行動範囲が一気に広がったの。一、二年は山岳部で活動していて、週末は関東近郊の山に足を運んでいた。長期休暇に入ると、地方まで飛んで行っちゃうから……」

中学高校時代の行動範囲は狭い。彼の生活圏内で未解決の性事案は一件もなかった。

このころの深川が起こしたのは、継母の弥生への強制性交のみだった。

「この深川弥生の件が初めての性犯罪だとは思ってたんだけど――」

綾乃はトートバッグから、二〇〇八年度のＫ大学付属小学校卒業アルバムを取り出した。深川は六年二組にいる。いまよりずっと線が細く、どことなく暗い空気をまとっていた。綾乃は担任教師の写真を見せる。塩見が頷《うなず》く。

「榎本璃子《えのもとりこ》先生……。新任かな。若いですね」

顔色の青白い痩《や》せた女性だった。肌はぴんと張ってたるみもないのに、髪の毛を無造作に後ろでひとつに縛っている。疲れた印象があった。

「この女性教師、気になってるのよ。深川を五年生の時から担任しているんだけど、六年の二学期に突然退職しているの」

学校に理由を尋ねたが、個人情報なので教えてもらえなかった。綾乃は卒業アルバムのページをめくる。スナップ写真を指さした。

「これは退職の一年前の写真。深川翼、榎本璃子先生に抱きついているのよね」

まだ身長が百五十センチほどしかない小5の深川少年が、担任教師の腰に背後から手を回している姿が、スナップに写りこむ。十月の文化祭の写真だった。仮装した少年少女たちのブイサイン写真のすみっこに見切れている。璃子は後ろを向いている。どういう顔で小5の少年を腰にまとわりつかせているのかわからない。

「小5の男の子って、女性担任教師に対してこういうスキンシップをする？」

「いやあ、しないでしょう。小5なら友達にバカにされますよ」

「ちなみに、男子って体の方はどんな変化を迎えるころ？」

塩見は「一般論です」と真面目に答えた。

「半数は陰毛が生えてきているころかと思いますよ。ズル剝け――」

変な顔をした綾乃を見て、塩見が慌てて言い直す。

「生理学的になんというのかな。こう、イチモツの皮が剝けてくる……」

「亀頭《きとう》が出てくる状態ね？」

「早い子は、もうそうなっています」

女性の体に興味を持ちつつも、周囲の目を気にし、羞恥心《しゅうちしん》から、敢《あ》えて女性とは距離を取る年齢だろう。

「多少の個人差はあるとは思うけど、深川の女性担任教師に対するこれは、ちょっと気になるわよね」

「ええ。大いに。これから行くところが彼女の……？」

「そう。榎本璃子先生の転職先」

江戸川区小岩の住宅街にある児童養護施設『江戸川学園』は、ベージュ色の三階建ての建物だ。三階は職員の寮になっている。小さな遊技場とグラウンド、集会室なども備えているらしい。

綾乃は塩見と入口の自動扉を抜けた。下駄箱が並ぶ先に受付カウンターがあるが、誰もいない。段ボール箱の中に無造作に放り込んであるスリッパを勝手に借りて、中に入った。受付のベルを鳴らしてみる。右手にある部屋の扉から、子供が何人か顔を出す。

みな女の子だった。

「榎本璃子先生はいるかな？　警察です」

桜の代紋を見せた。子供たちは警察を珍しがる様子も、警戒する様子もない。貧困や虐待等の事情があって、ここに保護されている子供たちばかりだ。警察沙汰《ざた》を経験している子供もいるだろう。知らない、とつっけんどんな答えが返ってきた。

受付の中の電話が鳴り出した。階段をドタドタと降りて来る足音が聞こえてくる。子供用の靴が入った箱を五つくらい抱えた女性が降りてきた。だいぶ太っている。

「なにか？」

綾乃と塩見を順繰りに見る。

アンパンマンの黄色いエプロンをしているが、腹の贅肉《ぜいにく》に引っ張られてか、アンパンマンの顔が横に広がっている。名札を見て驚く。『榎本』とある。

十五年ほど前の卒業アルバムの写真に比べて、ずいぶん太っている。アルバムの中ではげっそりと痩せこけて不健康そうに見えたが……。

綾乃は塩見と揃って警察手帳を示し、名乗った。

「榎本璃子先生ですね。実は、折り入ってお話をお伺いしたいことがありまして」

璃子は警察の登場に全く驚くそぶりはなかった。

「ちょっとお待ちください」

この真冬のさなか額に汗をかいている。璃子ははあはあ肩で息をしながら、積み重ねた箱を床に置く。カウンター越しに受付の電話に手を伸ばし、受話器を取った。

「はい江戸川学園、榎本です。あっ、どうもお世話になっております～」

そつなく電話対応をしているが、受話器から、男性の一方的な声が漏れ聞こえた。璃子の声音が沈んでいく。

「いえ、そんなことはなく……。もちろん、監査はいつでも構いません、うちは決してブラックなことは……そうですが」

まるまると太った璃子の背中が、だんだん、しょぼくれてくる。

受付の奥にある部屋から、食器が割れる音がした。『食堂』と札が出ている。男の子がけんかしている声もした。璃子が気にしているが、電話を切れないようだ。

璃子はひとりでいろんなものを抱え込んでいるように見えた。

綾乃もいま、抱え過ぎている。なにか手伝ってやりたくなった。

綾乃と塩見は食堂をのぞいた。長テーブルに四人が班を作ってそれぞれ食べている。小学校高学年くらいの男児二人が箸《はし》を投げつけあい、口論していた。びっくりした様子の三歳くらいの女の子が、えーんと泣き出している。綾乃は仲裁に入った。

「お姉さん警察だよ。けんかはだめ」

綾乃は桜の代紋を見せた。男児二人は黙ったが、背後から冷ややかな声がする。

「ババアじゃん」

唇にピアスの穴を開け、安っぽいネイルをした高校生くらいの少女が、必要以上に綾乃を睨《にら》んでいた。確かに綾乃は三十四歳、もう「お姉さん」は通じないか。いちいち不良少女に目くじらをたててもしょうがない。綾乃は無視した。

「ごはん、おいしそうだね。璃子先生が作ったの？」

「んなわけないじゃん」

答えたのはさっきの不良少女だ。男子は黙りこくっている。不良少女は反抗的な態度ながら、きちんと説明はしてくれる。割れた食器も彼女が率先して片付け始めた。

「あのデブは任用職員だよ。私たちの勉強とか私生活の監視人。食事は近所のパートのババアが作ってんの」

「そっか。近所のババアがね」

綾乃はわざと調子を合わせ、片づけを手伝った。

「私、瀬山です。あなたは？」

不良少女は答えなかった。座っていた女の子が「アミちゃん」と答える。モップを持ってきた塩見も話に入った。

「みんな、璃子先生から勉強教えてもらってるのかな」

女子なら長身で若い塩見に色めきたちそうだが、アミは冷めた顔だ。「まあね」とそっけない。

「アミさんはいま、いくつ？」

「十二」

いまどきはこんなに大人びているのかと驚いたが……大人にならざるを得なかった少女なのかもしれない。

「璃子先生って、どんな人？」

本人に直《じか》あたりする前に、綾乃はひっそりと尋ねてみる。

「メンタルやばみ」

璃子は病んでいる、と言いたいのか。塩見が男子に話を振っているが、全員が目を逸《そ》らし、なにも答えない。さっき投げつけ合った箸を誰も拾わないし、割れた食器の片づけも手伝わない。

電話を終えたのか、璃子が食堂に入ってきた。綾乃も塩見も廊下に連れ出される。

「事情があってここに保護されている子たちばかりなんです。勝手に話しかけるのはやめてください」

「すみません。けんかをしていたので、気をきかせたつもりが……」

「アミの売春の件ですか？」

あの少女は十二歳で売春をしていたのか。綾乃は気が滅入《めい》る。

「いえ。別件です。ここではなんですから、どこか人のいない個室などがあれば」

「狭い施設に定員オーバーで子供たちを保護しています。立派な応接室はありません。私も忙しいので」

璃子は再び靴の箱を持ち上げ、玄関先へ向かった。塩見が運ぶのを手伝う。下駄箱の前で璃子はあぐらをかき、次々と箱を開けた。新品のキッズスニーカーや上履きが出されていく。書類を見るまでもなく、璃子がマジックで名前を書いていった。腹の贅肉が太腿《ふともも》の上に載っかっていて、肝っ玉母ちゃんみたいだった。

「靴や上履きもきちんと支給しているのですね」

綾乃は箱から靴を出すのを手伝いながら、尋ねた。

「これは寄付で賄っています。国や自治体から配分される予算では足りないので」

「寄付をしてくれる有志がいるなんて、心強いですね」

璃子はなぜか苦笑いしただけだった。上履きにていねいな字で「なおと」と書いている。スニーカーには「はるや」と書く。子供の名前や足のサイズは全て頭に入っている様子だった。

綾乃は塩見とタグを切るのを手伝う。ハサミが受付にひとつしかなく、綾乃は璃子のエプロンのポケットに入っていたカッターナイフを借りた。

「職員の数、少ないですね」

「いま外回り中です。虐待の通報が多く、警察さんと連携して一軒一軒訪問を続けないといけません。ノルマが終わらないと、夜までに戻ってこられませんから」

「電話でもいろいろ言われていたみたい」

綾乃は同じ女性として、同情してみせた。

「女性っていうだけで、電話だときつくあたられること多いですよね。男性と代わると、コロッと態度が変わる」

わかる、と璃子が親密そうに綾乃を見た。

「さっきの電話、教育委員会からなんです」

江戸川学園を告発する訴えがあったらしい。

「江戸川学園から来ている男児だけ極端に体育の成績が悪いと。発育不足から来るものだろうから、きちんと食べさせているのかと疑われて。教育委員会から指導を入れてほしいって告発があったらしいんです」

見たところ、食堂の料理は充分な量があった。極端に痩《や》せている子供もいなかった。

「朝晩は必ずこちらで提供してはいますが、完食できる子は少ないんですよ」

食事を三食摂《と》る習慣が身についていない、食べることだけに集中できない、五分と座り続けることができない――。胃が小さくて食べられない子供、精神的な問題で食べられない子もいる。だが、「子供が食べないはずがない、お腹がすかないはずがない」と無理解な大人は言う。璃子がぽつりとつぶやく。

「心が健康な人には、わからない」

それは璃子自身にもあてはまるのかな、と綾乃は感じた。

「榎本先生。失礼ながら、体形がずいぶん変わられたなと思ったのですが」

男性の塩見は、女性の体形変化を聞きにくいだろう。綾乃は踏み込んでみた。摂食障害ではないか。璃子が変な顔をする。

「昔の私を知っているんですか？」

「今日お伺いしたのは、その件です。かつて、私立K小学校で教鞭《きょうべん》を執られていたことがありましたね」

璃子が口を引き結び、じっと綾乃を見返す。警戒しているのがわかった。心のシャッターが閉じた音が聞こえるようだ。

「実は、榎本先生がお辞めになる直前まで担任をしていた――」

璃子はにこっと笑った。パンパンに膨らんだ頬の肉がひきつれるほどだ。

「やだ。あの頃の私といまの私を比べたんですか」

「――すみません。失礼でしたね」

「摂食障害なんです。あの時は全く何も食べられなくて。体重も、三十五キロを切りかけていましたので、辞めざるを得なくて」

見たところ、璃子の身長は綾乃と同じ百六十五センチほどだ。それで三十五キロとはもはや入院レベルだろう。

「それからずっと過食で、気がつけばこんなんなっちゃって」

璃子が太い指で、子供の履き物に名前を書いていく。

「――なにかきっかけが？」

璃子はニコニコしたまま、何も答えなかった。仕方なく名前を出した。

「辞職される前に担任していた六年二組の子供たちを覚えていますか。深川翼という少年がいたと思うのですが」

璃子の手が止まったのは一瞬だ。すぐ上履きに「のあ」と書いた。いまどきらしい、キラキラネームだ。綾乃が促すと、やっと璃子が答える。

「大人しくて、目立たない子でしたね。厳しいお父さんで、かわいそうでした」

深川浩のことを覚えているなら、深川翼の方はもっと鮮明に覚えているはずだ。

「お父さんは霞が関の方の偉い人だったか……」

「ええ。法務省の方です」

「そうそう。裁判官だった。一人息子の翼君に強烈な教育虐待をしていました」

深川が小学校時代に父親から受けていた教育虐待は、裏付けが取れている。深川本人が「あいつの虐待の仕返しに後妻の弥生を犯した」と五味に話したこともあった。深川浩本人も認めている。徹夜の強要、竹刀で叩《たた》く、食事を与えないなどだ。深川の体が成長した中学校二年生で立場は逆転した。息子は継母に性暴力を振るい、父親にも徹底的に暴力で対抗した。いまや父親は深川の奴隷だ。

「お母さんがご存命だったころは、教育虐待から守ってあげたり、フォローしてあげたり、翼君にも逃げ場があったんでしょうがね。病気で亡くなられて……」

十年以上前の生徒のことをよく覚えているなと思った。それほど特異な親子だったのだろうか。それとも……。璃子が上目遣いに尋ねてくる。

「翼君、なにか問題でも？　考えてみれば、翼君ももう二十歳過ぎていますよね」

「複数の強制性交罪の容疑がかかっております」

璃子がすっと視線を逸らした。

「相当数の余罪があると見て周辺を洗っています。いまのところ最初の犯罪は、深川翼が中学校二年生の時のものとみています」

「相手は？」

「それは言えませんが、もっと前から始まっていた可能性も含めて、いま、余罪を洗っています」

綾乃はトートバッグの中から卒業アルバムを出し、件《くだん》のページを開いてみせた。

棒のような手足の璃子にまとわりつく、暗い表情をした少年……。

「榎本先生が摂食障害を患われたのは、このころからですか？」

原因は深川翼なのか。

璃子は否定も肯定もしなかった。

「翼君は虐待する父親のもとに、たったひとり取り残されてしまったんです。かわいそうで……」

当時は教育虐待という言葉もなく、子の虐待の大多数が躾《しつけ》の一環と捉《とら》えられていた。いまなら児童相談所が保護した案件だろうと璃子は言う。同情的な言葉のわりに、淡々と、突き放すような口調だった。

「普通、小5の男子は女性教師に対してこんなスキンシップを求めてきません。他の男子から揶揄《やゆ》されますからね。事実、翼君も言われていましたし。ベビちゃんとか、すけべとか」

　すると深川少年は、人の目がないところでスキンシップを求めてくるようになったと璃子は話した。塩見が気遣う。

「僕はここにいて大丈夫ですか。もし、お話ししにくいようでしたら……」

　璃子は曖昧《あいまい》に笑った。塩見が気を利かせ、立ち去る。受付の奥に他の職員の姿が見えたので、ついでに聴取してくるようだ。

「あんなイケメンが、私みたいなブタに気を使って……。申し訳ないです」

　ずいぶんな自虐だ。綾乃は返答に困った。璃子が深川を担任していたころの話に戻る。

「私はなるべく深川君の甘えに応《こた》えてあげようと思いました。お母さんを失《な》くしたばかりでしたから、精神的に落ち着かせてやるのがまず先だと」

　そのうち、深川少年が璃子の腰に回した手が、尻《しり》に下りてくるようになったという。

「揉《も》んできたときは、やめなさいと手を振り払いました。翼君はそのころから身長がそこそこありましたから、正面から抱き着いてくると、私の首のあたりに顔がくるんです。わざと胸の谷間に顔をうずめたり、ブラウスのボタンを外したりしたことも」

　璃子はそれから長らく、次の言葉を継がなかった。

　綾乃は助け舟を出す。

「拒否すると、どのような態度になりました？」

「父親に言ってお前を学校から追い出してやる、と」

小5ですでに父親の威光を利用し始めているとは――綾乃は天を仰ぐ。

「強引に局部を私に触らせて、わざと叫び声を上げたこともありました。璃子先生にいたずらされたとみんなに言うと……」

璃子は語尾を震わせた。

「とても怖かったです。それまで私は小5の男児の下着の中など見たことがありません。まっさらなかわいいおちんちんがぶら下がっているとばかり思っていたのが、大人のそれとほとんど変わらない様子でしたから――ぞっとしたというか」

以降、他の男児に対しても恐怖心を抱くようになってしまったという。

「上司にも相談したのですが、鼻で笑われました。小5のガキの発情くらい、という感じで。翼君は父親が権力者ですから、問題にはしにくいとも……」

綾乃はこれ以上の詳細を尋ねるのはやめた。璃子の辛《つら》い記憶を吐き出させたところで、十五年前の事案は時効だ。深川が十一歳の時だから、なおさら立件できない。これで最後と気遣い、綾乃は最終確認をする。

「深川翼が、璃子先生の体に触れる前後などに数字を見せるとか、読み上げさせたことはありますか？」

璃子が綾乃の目を覗《のぞ》き込むように見る。やがて答えた。

「……確か」

璃子が目を閉じ、苦しそうにこめかみに手をやる。綾乃はヒントを出した。

「六桁《けた》の数字なんですが」

璃子は思い出せないようだ。いや——思い出したくないだろうし、記憶を抑圧して封印しているかもしれない。

「——その数字に、なにか意味があるんですか？」

「深川翼の犯罪だと認定できます。だからこそ、私の口から教えられないんです」

璃子は振り絞るように言った。

３２１１１６、と。


五味は正門を出て、朝日町《あさひちょう》通りを渡った。

塩見からの電話の報告を二十分以上聞いている。五味は関係者に聴取するときは、話している内容以上に、相手の仕草、持ち物、物の配置、聞こえてくる音まで、細かく把握する。塩見はそこまで五味が求めてくるとわかっているから、いつも報告が長くなる。捜査一課刑事として勉強になると、けなげに五味の求めに応じてくれていた。

深川の初犯は小学校五年生と判明した。筋金入りの性犯罪者というほかない。しかも女性教師の同情心と立場を巧みに利用し、優位に立っていた。十一歳という年齢でそこまで知恵が回るものだろうか。一方で、抱きついているところをスナップ写真に撮られてしまうという隙はあった。

犯罪を、学んでいるのだろう。

場数を踏んで失敗から学び、自信をつけてきた。やがては警察学校という公安組織の教育機関で堂々と犯罪をするまでになった。

「榎本璃子先生ですが、摂食障害を患いながらも生徒思いのよい先生という印象を受けました」

子供たちの新品の履き物は有志からの寄付だとしか言わなかったらしいが、実際は彼女が自費で購入してやっているものだと、他の職員から証言があったという。

五味は礼を言って、電話を切る。

警察学校の正門沿いの朝日町通りを挟んで向かいにあるコンビニに入った。五味はここで深川のための弁当と菓子パンを買った。明日の朝と昼用だ。

夜はなるべく、温かいもの——食堂で提供される食事を与えるようにしている。高杉は「あんなやつ菓子パンだけでいいんだ」とは言うが、最低限の人権は保障してやらねばならない。

五味は警察学校に戻り、学生棟に入る。

十九時、学生棟の食堂は満員だ。五味は食券を買ってレーンに並び、おかずを受け取った。コンテナから炊きたての白飯を盛る。味噌汁《みそしる》の具をお椀《わん》にいれ、自動マシンで味噌汁を注いだ。テーブルにはつかずに、食堂を出た。教官はほかの場所で食べると思うのか、五味に注意を払う学生はいない。

男子寮の一階入口へ向かう。

『工事中　立入禁止』の張り紙が張られたカラーコーンが行く手を阻む。左右の壁と二つのカラーコーンを起点に、黄色の規制線が張り巡らされている。

五味は規制線をまたいだ。一階の廊下を進む。

突き当りの145号室の前に立つ。中から物音ひとつしない。お盆を床に置いて、ぶら下がる南京錠を開けていった。

引き戸をスライドする。

スロープの入口のすぐ脇に、車いすでもつけられる大きな学習机がある。他にテーブルがないので、学習机で食事をとらせている。高杉が昨日差し入れたコンビニ弁当や菓子パンが手付かずで残されていた。ペットボトルの茶は半分なくなっている。

深川翼は、ベッドに仰臥《ぎょうが》していた。

鼻の下まですっぽりと布団をかぶり、目で五味を追っている。顔の上半分しか見えていないが、充分その美青年っぷりがわかる。切れ長の瞳《ひとみ》に憂いがある。独特の色気があるのだ。警察学校の学生は長髪禁止だが、深川の髪は伸び放題だ。目や耳を隠すほど伸びている。自然と中分けになった前髪の間から、じっと五味の動きを観察している。

「またハンガーストライキか」

「食欲がなくて。熱っぽいんです」

嘘だろうが、念のため五味はベッドに近づいた。ベッドの足先の窓にはカーテンが引かれている。脱走防止の板を隙間なく釘《くぎ》で打ち付けたので、窓は開けられない。室内は若者らしい深川のにおいが充満していた。

五味は深川の額に手をやった。平熱だ。五味の手を、深川のくっきりと濃い眉毛《まゆげ》の毛先がざわざわとくすぐる。

「五味教官。今日も帰宅したら、瀬山さんとセックスするんですか？」

始まった——。

五味は無言で踵《きびす》を返し、ビニール袋からコンビニ弁当と菓子パンを出す。消費期限が切れてしまった昨日の食事は廃棄する。

「僕、また夢精しちゃって」

深川が顎《あご》でシャワー室を指す。天井近くの洗濯紐《ひも》に衣類が干してある。学生は共用ランドリーの洗濯機を使用しているが、五味は深川には使わせていない。全て自分で手洗いさせていた。いま、洗濯紐には下着が五枚も干してあった。「夢精で五度も汚した」と思わせたいのだろう。

「今日も五味教官を殺しちゃいましたよ」

深川が噴き出した。笑いながら続ける。

「夢の中の僕は、警察学校を出て自宅に帰る五味教官を尾行しているんです。新百合ヶ丘の自宅に、ただいまーって帰っていくのを、電柱の陰からじっと見ている」

いつもの妄想が始まる。彼の妄想の中で五味を待つのは綾乃ひとりだ。妄想に結衣が登場することは絶対になかった。高杉の実子と知っているからだ。深川は相変わらず、高杉が怖くて仕方がないらしい。

「五味教官は、もうすぐ結婚一周年だね、とキッチンに立つ瀬山さんを後ろから抱きしめるんです。首をくいっとひねって、唇を貪《むさぼ》り、スカートをいやらしくたくし上げる。瀬山さんの後ろに束ねた長い髪が、教官の肘《ひじ》の裏側をくすぐるんです」

深川がディテールを強調し、妄想に臨場感を持たせる。

「相変わらずだな。お前、小説家にでもなったらどうだ」

「僕は透明人間です」

五味は手を止めた。

「僕はすうっと壁を通り抜けて、ダイニングに入って、キッチンで繰り広げられる警察学校教官と女刑事の性愛を眺めながら、自慰行為をするわけです。真面目な瀬山さんはとても恥ずかしがって、あとでね、とそっとあなたに言うんです」

五味は途中で思考をシャットダウンした。深川のこういった挑発は初めてではない。最初、五味は暴力をもってやめさせようとした。無駄だった。何度殴られても、深川は五味を『言葉』で凌辱《りょうじょく》し続ける。人を傷つけ怒らせるほど快感を覚えるらしかった。

「僕は寝室に先回りして、ベッドの下に隠れます。忍ばせた包丁を胸に抱いて」

五味は深川の悪意に揉《も》まれながら、トイレを確認した。トイレットペーパーの減りが異常に早い。使用済みタオルや衣類があたりに散乱している。

「おい。汚れ物を集めて、今日中に洗え」

「ベッドの軋《きし》む音でわかるんです、五味教官が射精に向かう直前というのが。ギコギコとうるさい音がせわしなく続く。五味教官は息を切らせて、喉《のど》の奥で喘《あえ》ぐんです」

「トイレ掃除もしていないだろ。毎日やれとあれほど言っている」

「あなたは腰を振り続け、喉が渇いたのでしょう、少し咳《せ》き込む。あなたは優しいから、咳《せき》が瀬山さんの顔にふりかからないように、右肩に口元を埋《うず》めて喉を整える。いよいよフィニッシュです。僕は射精させてやるものかとベッドの下から這《は》い出て、あなたの背中をひと突きにします」

五味は背中にチクリと何かを感じる。

「あなたの背筋を断絶した音がして、ナイフの切先が背骨を傷つけるゴリゴリという音がします。あなたが悲鳴をあげてのけぞった瞬間に僕はもっと力をこめる。今度は切先があなたの肺を破った感触を存分に味わうのです。あなたは口から大量の血を吐いて、瀬山さんはあそこをびしょ濡《ぬ》れにして足をおっぴろげたまま、安っぽいスプラッター映画のヒロインみたいにキャーッと悲鳴を上げて、五味教官の吐血を顔面に浴びるのです」

挑発に乗るまいと自制していても、五味は怒りと屈辱で手が震えてきた。

五味は、深川の面倒を見にくるたびに、深川に性暴力を受けているも同然だった。

深川は妄想の中で五味を殺したあと、必ず、綾乃を強姦《ごうかん》する。

今日は言わせない。

五味は、デスク上の『こころの環』をつかんだ。いましゃべった内容が必ず書いてある。五味はつかつかとベッドサイドに近寄り、仰臥している深川の顔面に冊子の角を振り下ろした。深川は咄嗟《とっさ》に両手で顔をかばったが、間に合わずに鼻血を出した。たらたらと血を流しながら、笑っていた。五味は腕を引いて深川を起きあがらせる。ニタニタと歪《ゆが》むその顎を摑み上げた。

「刑務所の矯正官が異動してきたことは知っているな。お前を更生させるために来た」

深川は噴き出した。唇に流れた鼻血が、細かい血しぶきとなって五味の顔を汚す。

「ええ。会いましたよ。赤木倫子教授。無理な話ですけどね。僕が更生なんて」

「だろうな。今日はあともうひとつ、お前にいい報告をしてやる。お前が小5でやらかしたわいせつ事件の被害者が見つかった。必ずお前を逮捕する！」

深川は鼻で笑った。

「被害者を何人見つけても無駄ですよ。警視庁は僕を逮捕できない」

矯正もばかばかしいですけど、と深川は痛そうに鼻を触る。

「赤木教授、頭が良さそうですが、体つきがスケベですよねぇ。何しに府中に来たのか。欲求不満じゃないですか。俺に突っ込んでほしいのかなぁ」

深川はティッシュを取り、小さく破って円筒状に丸めていく。呑気《のんき》な調子だ。ひとり深刻ぶっている五味はバカみたいだった。威嚇はやめられない。

「彼女ひとりには矯正プログラムを実行させせない。必ず俺が付き添って、彼女に指一本る」


触れようものなら……」

「僕は指一本触れませんよ」

深川が鼻の穴にティッシュを詰めながら、五味を見上げる。

「僕は瀬山さんにだって指一本触れていない。だけど、あなたにダメージを与えられる」

深川はニヤニヤと五味の顔をのぞきこんできた。深川の鼻の穴に突っ込まれた真っ白なティッシュが、深川の血でじわじわと赤く染まっていく。

「五味教官。瀬山さんとセックスしてますぅ？　できないでしょう。僕に散々言葉で嬲《なぶ》られている妻の裸体に触れられるはずがない。あなたはそういう人だ」

五味は奥歯を嚙《か》みしめた。

「僕はここに閉じ込められながらにして、性加害を行うことができる。救いようのない悪党なんですよ」

深川が腹を抱えて笑い出す。

「僕をここに閉じ込めておこうが、外にほっぽりだそうが、同じことですよ。結局は被害者が出る。早く諦《あきら》めて僕を解放することです。僕を一三一七期五味教場の学生として卒業させ、卒業配置につかせるべきなんです」

そうでなければ――深川は挑発的に締めくくる。

「僕はあなたの心の中で、あなたを殺し、あなたの新妻を強姦し続けるのみです」

第二章　宣戦布告

「今日は死体所見の勉強だ」

五味は自教場の教壇に立ちながら、『死体検案の基礎知識』という冊子を掲げた。カラー印刷されたそれは一般販売されることはないし、古本として外に流通することもない。実際に全国都道府県警察で撮られた死体写真を基に構成している。卒業前に必ずシュレッダーにかけて破棄させている。

五味は一三一七期の刑事捜査授業を担当している。

刑事捜査授業では、捜査の基本のほかに検死の基本も学ばせる。前半の三か月でみっちり基礎を叩《たた》き込んだ後、残りの三か月で模擬捜査を行う。

模擬捜査は、五味が実際に経験した事件を学生たちに疑似体験させる。死体に見立てたマネキンを、グラウンドの片隅にある模擬家屋に仕込む。この準備だけでも相当な時間が必要だ。実際の聞き込みも体験させるので、他の教官たちに関係者役を引き受けてもらっている。この根回しとシナリオも作成しておかなくてはならない。

正直、ここまで凝った模擬捜査を行う教官はほかにいない。元捜査一課刑事のプライドを引きずっているからだと五味は自覚している。

教科書のページを捲《めく》った女警から、「ひっ」と小さな悲鳴があった。特急列車に飛び込んだ轢死体《れきしたい》のページだった。死体というより、原形をとどめていない肉片の散らばりだ。

有村佳代が教科書を閉じてしまった。

「いきなりこれは無理！」

シャープペンシルを投げ出して口を押さえ、教場から飛び出していった。

「衛生保健係！」

佳代のケアをするように指示しようとした五味だが、当の衛生保健係も口元をハンカチで押さえて目を潤ませている。森口楓《もりぐちかえで》という新卒の女警だ。体調不良の学生がいたら衛生保健係の出番だが、楓もまたトイレへ駆けこんでしまった。私も私もと女警たちが続く中、菊池忍がぽつんとひとり残る。教場にも、女警にもなじんでいなくて、いつも浮いている。

五味は、どうも忍の存在が引っかかる。

いつ指導を入れるべきか。だが、時間がない。今日の放課後は、春に入校する学生たちの事前説明会の会場設置準備がある。深川翼の矯正プログラムの事前協議も入っていた。五味はその隙間を縫って模擬捜査の授業準備、テストの採点等を行わなくてはならなかった。１４５号室のことについて、なにか言いたげな笹峰は――。

教場内が雑然としているからか、チラチラと窓の外を見ている。学生棟の西側——145号室のあるあたりを気にしている。笹峰がふいに五味を振り返った。目が合う。笹峰は慌てて目を伏せた。

指導が必要な学生が幾人もいる。

まだ一時限目だが、五味は既に疲れ切っていた。

時計を見上げる。休憩時間まで三十分以上ある。

気力を振り絞って授業を終わらせた。休憩時間になった直後、五味のスマホが鳴った。五味は教科書を小脇に抱え、教場棟を出た。本館のロビーのソファに座り、電話に出る。

小田桃子だった。

深川翼の最後の被害者だ。彼女の存在を思い出すたびに、五味は深川を背負う決意を新たにする。五味が投げ出したら、彼女に次ぐ被害者を出してしまう。

「小田です。教官、授業の合間にすみません」

「いや。大丈夫だ。元気か？」

桃子は警察学校の学生だったから、授業スケジュールを知っている。授業中には絶対にかけてこない。

「ごめんなさい、忙しいですよね」

「忙しかったら出ない。どうした？」

桃子はなかなか言い出さない。二年前も——桃子は何度も五味にSOSを出していた。

五味は気づいてやることができず、被害を拡大させてしまった。

「今日、本当は自助グループのワークに行かなきゃならなかったんですけど」

彼女は千葉県南房総《みなみぼうそう》市の実家で暮らしている。性被害のせいで精神的に不安定だ。電車に乗れないし、朝になると眩暈《めまい》がして動けなくなるらしい。精神科の治療も受けている。性被害者のケアを行っているNPO法人でボランティアをしたり、自助グループに入って経験を語ったりもしている。定職に就ける状態ではなかった。

「昨日まで調子が良かったんです。今日は、みんなの前でちゃんと話せる自信はあったんですが……」

朝ごはんを食べていた時、箸《はし》を落としてしまった、と脈略なく言う。

「拾おうとしたんですけど、なんというか、拾う元気がないことに気が付いて。そう認識した瞬間に、もう椅子に座るのも辛《つら》くなって」

五味は責めず、アドバイスもせず、辛いという気持ちを受け止める。

「それからずっと、ベッドの中です」

五味はスマホを顎《あご》に挟みながら、教官室へ戻った。次の教場の授業準備と、出席簿を担当教官から受け取らなくてはならない。

「小田、がんばりすぎなくていいし、自分を責めなくていい」

「責めてないです、甘ったれてますよ。だからいまベッドで寝ているんです。こんな真昼間から」

「ほら、責めているじゃないか」

「だって……」

五味は教官室に入った。目の前に座る教官に身振り手振りで出席簿を求める。欠席者はいないか、当番勤務中の者は誰か、確認する。次の教場はプリントを使う。まだ人数分をコピーしていなかった。慌てて資料を探しているうちに、デスクに置きっぱなしにしていたボールペンが肘《ひじ》にあたって落ちた。

電話の向こうで桃子が泣き出した。

桃子は性被害が発覚した直後の方がしっかりしていた。同じく深川から性被害にあった港区三田の主婦への聞き込みもできていた。退職するときの挨拶《あいさつ》も力強かった。

彼女は日が経つにつれて、悪化している。本人もそれを自覚していた。いろんなことができなくなっていくことが怖くて情けないと嘆き、更に悪循環に陥っていた。

五味は、床に落ちたボールペンを拾えずにいた。チャイムが鳴っている。聞こえたのか、桃子が「私のために時間を割いてくれてありがとうございました」と電話を切った。

五味はスマホを懐に戻すのでせいいっぱいで、立てなかった。

落ちた箸を拾う気力がない、と桃子は言った。

五味もいま、落ちたボールペンを拾う気力がなかった。

手を伸ばす元気も、立ち上がる元気もない。

チャイムが鳴り終わってしまった。

五味の背後から華奢《きゃしゃ》な女性の腕が伸びてきた。ボールペンを拾い、五味のデスクのペン立てに戻す。

赤木倫子だ。高杉のリクエストに応《こた》えたつもりか、フチなしの眼鏡をかけている。

「大丈夫ですか。顔が真っ青ですよ」

少し休んだ方が——と気遣われるが、五味は首を横に振る。

「授業なので」

立ち上がった瞬間、くらっと来た。貧血だろうか。視界が周囲からじわじわと黒闇に侵食されていく。これはまずい——と思った瞬間、意識が暗闇に閉ざされた。我に返ったときには、教官室の床に倒れていた。


五味は救急搬送を頑《かたく》なに拒んだ。家族に連絡がいく。綾乃や結衣に心配をかけたくなかった。意識はあるし、水を一杯飲んだら落ち着いた。立ち上がれるし、歩行も問題ない。一旦《いったん》、医務室で体を休めることにした。

疲労困憊《こんぱい》しているとはいえ、情けない。俺はどうしてしまったのか。五味は医務室の灰色の天井を見て、悶々《もんもん》と考える。

医務室には医師免許を持った理事官が常駐する。理事官が五味の血圧や脈を測りながら、「脈が定まらないなあ」とぼやく。倫子が診断する。

「自律神経失調症かしらね」

倫子は理事官に席を外すよう言った。二人きりの医務室で、五味に問いかける。

「ここまでギリギリの状態だったとは、思いもよらなかったわ」

どこか呆《あき》れている様子だ。

「多忙で睡眠不足が続いている上に、精神的ストレスがもう限界を超えているんですよ」

五味は、そうですか、と答えるにとどめた。

「翼君からおちょくりを受けているといいましたね。具体的には？」

その名前を聞きたくない。頭にカッと血が上り、汗が噴き出してきた。

「奥さんも侮蔑《ぶべつ》の対象になっているのでは？」

五味は驚いて倫子を見返す。倫子は予想通りという顔だ。

「翼君は頭がいいから。あなたが一番大事な女性を攻撃の対象としているんだろうなと思ったわ。もしその対象があなただけだったら、ここまであなたは精神的に苦しめられないと思うし」

やはりプロの矯正官で臨床心理士だ。倫子は人の心をよくわかっている。

「まず私を残虐に殺害するんです――妄想の中で」

その後のことは口が裂けても言いたくない。

「深川が妄想の中で妻にしていることなんか、高杉にも話せない。あなたにも言いたくない。察してください」

五味は強い瞳《ひとみ》で倫子を見据えた。

「口にした途端に、綾乃を辱めることになる」

このタイミングで妻を下の名前で呼んだ自分に、五味はなんだか、笑えてくる。

「奥さんを強姦《ごうかん》する妄想をあなたに話して聞かせているんですね？」

「それ以上だ。妻との行為を妄想して自慰をして、わざと衣服を汚す」

かつて、深川の衣類は五味や高杉が回収し、学生棟の洗濯室で洗ってやっていた。あるとき、深川の衣類を洗濯機に放り込もうとして、五味の手にべっとりとなにかが付着したことがあった。精液だった。深川は、「あなたの奥さんを強姦するのを妄想しながら射精した」と笑った。

「誰にも言いたくない。五味教官は一人で抱え込んで、苦しんで、精神のバランスを崩して倒れたんでしょう」

倫子がずばり指摘する。

「性被害者そのものね」

五味は肩を揺らして笑った。涙が出てくる。

「情けない。男なのに」

「男も女も関係ない。五味さんのところはまだ新婚だし、それほどあなたが奥さんのことを愛しているということですよ」

倫子はティッシュを取り、五味に突き出した。五味は涙をぬぐい、目の奥に力をやって必死に堪《こら》えた。

「カウンセリングだと思って、質問に答えてほしいんです。翼君が奥さんを辱める性ファンタジー……いわゆる性癖、妄想ですね。それを始めたのは、いつですか」

「去年の暮れごろだったか……」

「奥さんとの性生活に、異常は出ていないですか？」

五味は口をつぐんだ。

「揶揄《やゆ》はしません。あなたの心の状態を確かめさせて」

「わかっています。していません」

深川の妄想にはリアリティがある。どういう肌触りだとか、どういうにおいだとか、吐息が頬にかかる温かさまでリアルに言う。

「聞かされるたびに、綾乃が本当に凌辱《りょうじょく》されているような感覚になってしまって……」

五味は言葉の語尾が震え、また涙が溢《あふ》れた。

「とても触れられない。彼女が隣に寝ているだけで、深川が言った言葉が映像になってわっと頭を支配してしまって――」

「奥さんは、深川君が五味さんに言っていること、知らないのですよね」

「話すはずがありません」

「あなたが性行為をしようとしないことに対しては？」

「あちらも毎日疲れていますから、なにも言いません」

セックスレスなどありふれているが、五味と綾乃の場合は、マンネリや夫婦関係の亀《き》裂《れつ》でもなければ、体の機能の問題でもない。

深川が引き起こしているのだ。

「なんて野郎だと思いませんか。あそこに閉じ込めてもなお、人の心に入り込んで、性加害を繰り返している」

「ええ。その通り。五味さんのいまの症状は確実に性被害者のものです」

「努力はしています。深川が『こころの環』にそのことを書いてきたら、ページごと破いて破棄しています。言葉で攻撃してきたときは、心をシャットダウンして――」

「それはだめよ」

「なぜ。真に受けろというんですか？」

「感情をシャットダウンすると意識しなくて済むし、記憶に残らなくなりますが、それは後々の精神疾患につながります」

性的虐待を受けてきた子供たちによく出る症状だという。解離性人格障害、解離性同一性障害……。

「それじゃ、どうしろと」

倫子がなぜか立ち上がった。五味に微笑みかける。

「奥さん、きれいな人ね。凛《りん》としていて」

唐突に言われたが、悪い気はしない。五味は枕の上で「どうも……」と顎《あご》を引く。

「汚れてなんかいない。事実、翼君は指一本触れていない。この先も触れられない。あなたが全力で守る。そうでしょ？」

この先も綾乃はずっときれいなままなのだ——と暗に言われているような気がした。深川の放つ話は実際に起こった出来事ではないのだと五味は改めて実感し、深いため息をついた。他人に口に出して言ってもらうだけで、不思議と安心感が広がっていく。目の前の天井の模様が鮮明に見えた。灰色に見えていたそれは白い板に黒いドットが並ぶ模様だった。いつのころからか、目にするもの全てがぼやけ、歪《ゆが》んで見えていたと気がつく。

「——しかし、なぜ妻を知っているんです？」

「呼んだから」

あとはごゆっくり、とニヤニヤしながら、倫子は医務室を出て行った。入れ違いで入ってきた愛妻の匂いと気配に——五味は、身も心もとろけていくような気がした。綾乃が長い髪を振り乱し、泣きそうな顔でベッドサイドに駆け寄ってきた。

「綾乃——」

綾乃は、五味がやっと妻を呼び捨てにしたことにしばらく気が付かないくらい、動転していた。

五味は夕方には医務室から出て仕事に戻った。倫子や理事官からは自宅に帰るように言われたが、不思議と気力がみなぎる。深川にされていたことを、もっと早く誰かに話すべきだったのかもしれない。他人が「実際に起こったことではない」と指摘しただけで、深川にかけられていた暗示があっさり解けたのだから。

午後の授業を全て自習にしてしまったので、五味は提出物の確認を急いで終わらせた。新入生の事前説明会準備のため、高杉と共に教場棟から椅子とデスクをいくつか運ぶ。

高杉は五味の体調を心配した。「任せておけ」と五味に椅子一脚だけを持たせる。机の上にひっくり返した机を載せて、突き出した脚の間に椅子を置く。いっきに三つ運ぶようだ。えっさほいさと掛け声を上げながら、階段を下りていく。

「大丈夫か、無理すんなよ」

「お前こそ。椅子運んだらすぐ帰れよ。恋女房がうずうずしてベッドで待ってるだろ」

学生とすれ違ったので、五味は慌てて「し！」と指を立てる。学校なので綾乃に指一本触れず府中署に帰したが……別れ際に本館前の駐車場で、綾乃が五味のネクタイを直してくれた。五味は五味で、綾乃の顔に手が伸びた。長い髪が口の中に一本、入っていたのだ。それを取ってやっただけなのだが、本館から大騒ぎする声が聞こえてきた。高杉だ。自教場の笹峰や北里だけでなく、やんちゃ坊主の藤巻にまで目撃されてしまった。

「全く、いまにも学生たちの前でチュウでもしちゃうのかとひやひやしたぜ」

「するかよ」

「うぉっ」

高杉が突然声を上げ、五味の視界から消えた。階段から足を踏み外したのだ。机二台と椅子一脚を抱えたまま、高杉が階段を背中と腰で滑り落ちていく。

「おい、大丈夫か！」

踊り場まで転げ落ちた高杉は、「いってぇ……」と腰をさすり、うずくまる。

「おいおい、お前まで医務室行きか？　どこ打った」

「大丈夫、大丈夫。おお、いてぇ……」

五味は散らばった机と椅子を脇に寄せた。高杉を助け起こす。腰を伸ばした時に激痛が走ったようだが、高杉はなんとか歩けた。

「あとは俺がやっておくからさ、しばらく安静にしとけよ」

「すまねぇ。くそ、なんで転んだ。昔は机くらい三つでも四つでも平気で運べたのによ……」

高杉がぼやいた。

「とにかく、医務室に行けったら」

「やだよ、大袈裟《おおげさ》な。恥ずかしいよ。湿布もらってきてよ、53教場にいるから」

高杉は腰をさすりながら、階段を上がっていった。

五味は椅子と机を体育館に運び、医務室に向かった。今度は高杉が打ち身と聞くや、理事官は神妙に言う。

「お二人とも、自分の年齢を考えて下さいよ。五味さんはもうそろそろ、高杉さんはとっくに、無理がきかなくなる年齢ですからね」

五味は湿布を持って、教場棟に戻る。エレベーターに乗ったとき、最初からエレベーターを使えばよかったんだとため息をついた。五味らが受け持つ初任科の学生はエレベーターの使用を禁じられている。五味と高杉も模範となるべく、エレベーターを使わないようにしていた。高杉も自覚している以上に体が衰えてきているのだ。

高杉はジャケットを脱ぎ、五味教場の壁際にある鏡の前に立っていた。ワイシャツの裾《すそ》をスラックスから引っ張り出して、しきりに腰を気にしていた。

「血、出てねぇ？　ヒリヒリするんだけど」

「確かに擦り傷ができてるけど、血は出ていない。湿布、貼るか？」

「頼む。もう後ろ全体に貼っちゃってくれよ」

高杉の大きな背中には、大量の湿布が必要だった。

「肩の方は打ってねぇからさ、ケツの方頼むよ」

高杉がベルトを開き、スラックスのフックを外して下着ごと下ろした。高杉の背後にしゃがんでいた五味は、五十路《いそじ》前の中年男の汚い尻《しり》を目の当たりにさせられた。

「おい！　いきなり下ろすなよ」

ピシャリとそのケツを叩《たた》いてやる。高杉は飛び上がり、変な高い声をだした。

「勘弁してよ五味、いてぇったら……」

声を震わせて言うが、悦《よろこ》んでいるようにも聞こえる。五味は次々と湿布のシートを剝《は》がし、乱暴に二つのふくらみに湿布を貼っていった。

「ったくこんなの、医務室の理事官にやってもらえよ」

「やだよ、俺が尻見せられんの五味チャンだけだから」

ああ、と高杉が恍惚《こうこつ》とした声を上げる。

「スースーして気持ちいいわー」

わざとふざけて言っているようだ。「あとは自宅で沙織さんにやってもらえ」と五味はもう一度尻を叩いてやった。いつも撫《な》でてくる仕返しだ。痛い痛いと高杉はぴょんぴょん跳ねる。はずみでスラックスが足首まですとんと落ちた。しゃがんでいた五味の目の前で、高杉のイチモツが跳ねる。

やめろよと顔を背けようとしたとき、女性の「キャー！」という悲鳴が聞こえてきた。

教場の出入口を振り返る。

菊池忍が立っていた。顔を両手で覆っているが、指の隙間でしっかり、高杉の股間《こかん》を凝視している。

高杉が慌ててスラックスをたくしあげた。五味は高杉の前に立ち、彼の姿を隠しながら叫ぶ。

「お前、なにしにきたんだ……！」

忍は顔を真っ赤にして背を向け、床に叫ぶ。

「机に筆箱を忘れて……ていうか、言いません。私は、秘密を守ります！」

「は？」五味と高杉は同時に言った。

「お二人のこと、胸のうちにとどめておきます！　大丈夫ですっ」

忍は踵《きびす》を返し、ダーッと駆け出していってしまった。

なにか勘違いしているようだ。


十七時から、深川の矯正プログラムの事前協議だ。まずは、性犯罪者が犯罪に及ぶ心理的メカニズムを倫子が指南するという。

校長室で行うことになったが、大路校長はコーヒーを四つ注文しただけで、「では」といつものように帰宅していった。倫子が呆《あき》れた目を向ける。高杉は尻が痛いようで、ソファにそうっと座っている。コーヒーカップを取るのもおっくうそうだ。

「まず性犯罪者は、どういう動機で性犯罪に走ると思いますか」

大袈裟に足を組みながら、倫子が切り出した。五味は答える。

「私がかつて聴取したことがある性犯罪者は、イライラしていた、ストレス発散のためにやった、と供述しているのが多かったですが」

「お二人はその回答に納得していますか？」

高杉が真っ向から否定する。

「まともな人間なら、イライラしたら酒とかたばこで発散する。趣味で旅行に行くとかスポーツに打ち込むとか。しかも普通の人間は、罪を犯したら焦る。犯罪でスカッとするような心理状態にはならない」

「つまり？　高杉さんからすると、加害者たちは嘘をついていると？」

「当たり前だ。性犯罪でつかまったのが恥ずかしい。性欲を抑えられなかった自分が恥ずかしい。だから、そういう理由をでっち上げているにすぎない」

「じゃあ本当の理由は何だと思っているんです？」

「ただの性欲の発散、もしくは性癖でしょう。そういう手段ではないと欲情しないとか。強姦《ごうかん》という手段じゃないとイカないとか」

「性癖。つまり、生まれ持ったものだと？」

高杉が大きく頷《うなず》いた。倫子は顔色一つ変えず、「ブー」と言った。子供じみた言動に、五味も高杉も困惑する。

「大外れ。見当違いもはなはだしいわ。毎度毎度、警察は加害者のことを全く理解していない。どうしてだかわかります？　敵対しすぎているからですよ」

五味は言い返す。

「敵対するのは当たり前です。我々は犯罪者を逮捕し、送検するのが仕事であり、常に被害者目線で事件を見るべき存在だ」

「だからこそ加害者の本質が見えていない。だから翼君の問題も解決できない」

「あれは特別――」

「翼君は特別なんかじゃない。性犯罪加害者なんてこの日本に掃いて捨てるほどいる。そしてそのほとんどに常習性があり、余罪まみれで再犯率も高い。それを、警察や社会が『性癖だ』『去勢すればいい』と切り捨てて、問題の本質から目を逸《そ》らし続けている。だから、同じことが繰り返《あお》されるの！」

倫子は手うちわで顔を扇ぎながら「やだ、私、今日はヒートアップしちゃってる」と自嘲《じちょう》した。五味は納得できないながら、まとめた。

「つまり加害者たちは性欲を満たすために性犯罪をやっているわけではない、ということですね。特別性欲が強いわけでもない」

倫子が頷く。

「性犯罪者というのは、自分の欲望や感情を抑圧しているから、その発散として性犯罪を行ってしまうんです」

高杉が「まさか」とのけぞり、痛そうに座り直す。

「正反対でしょう。欲望を抑圧できないから、犯罪に走ってでも欲を満たそうとする」

「違います。過去に抑圧された経験があるから性犯罪に走る。自己肯定感が異様に低いから、性犯罪に走るんです」

性行為を強要している最中は万能感が高まる。倫子は万能感を『自己肯定感』とも表現する。

「自分は相手を征服している、屈服させているという喜びが、性的な快楽でさらに倍増して強烈な自己肯定感となるんです」

その万能感、幸福感、肯定感を求めて、彼らは性犯罪に走ってしまうという。

「決して、キンタマにたまった精液を放出したいがためにやっているわけではないの」

倫子は専門用語の合間に下品な言葉を交ぜてくる。奇妙ではあるが、難解な犯罪心理学のハードルを下げてくれる。高杉は多少納得はしたようだ。

「確かに……深川は父親から教育虐待を受けていたしな」

「テストの点数が悪いと叱責《しっせき》され、竹刀で叩かれ、食事を抜かれる。深川君が小学校時代に負った本当の傷は、体の痛みや空腹ではないんです」

屈辱。

その言葉を、倫子は強調した。

「そして屈辱から来る、自尊心の崩壊です。深川君は幼少期から父親に自尊心を徹底的に潰《つぶ》されてきた。実母が存命中はかろうじて育《はぐく》まれていた自尊心が、父親と二人きりになってしまったことで完全に崩壊したんでしょう」

倫子が書類を捲《めく》り、確認する。

「翼君の最初の犯罪は、中2のときの継母への強姦でしたね？」

五味は首を横に振った。

「小5の時の担任教師が初めてのようで、確認が取れています」

実母が亡くなった直後かぁ、と倫子は何度も頷いた。高杉が唸《うな》る。

「ある意味……実母がせき止めていたのかな、深川が犯罪に走るのを」

「そういうことでしょうね」と倫子が言った。五味は敢《あ》えて反論する。

「深川が受けた教育虐待には同情の余地はありますが、虐待被害者の全員が全員、性犯罪に走っているわけではない。辛《つら》くても我慢して――」

「そうね、我慢し、自尊心が低いままでリストカットを繰り返す人もいるし、自殺した人もいる。一方で、スポーツや芸術の才能を磨くことが自尊心を取り戻す手段となり、成功する人もいる。そういう例があるからといって、加害者になってしまった人と成功者を比べて〝お前が弱いせいだ〟と加害者を糾弾するのはおかしいわ」

五味は黙り込んだ。

「翼君のように性犯罪という手段しか見つからなかった人もいる、と捉《とら》えてほしいの」

特別に性欲が強いとか、異常性癖だから性犯罪に走るわけではない、ということは理解した。倫子が講義を続ける。

「矯正プログラムでは、過去、本人が犯した罪と向き合いますが、彼らが成長の過程で負った虐待や、抑圧経験にも必ず目をむけさせます。それは翼君本人にとっては相当に辛い治療になります。自分がされた屈辱感を再認識することになりますから」

最も厳しいのは……と倫子が深刻な顔で続けた。

「性犯罪は依存症であり、完治しないということです」

高杉が眉《まゆ》をひそめた。

「完治しない？　矯正できない、ということですか？」

「矯正はできます。永遠に矯正治療を続ければ」

　薬物やアルコール依存と同じか。死ぬまで、性加害を犯したいという欲求と、戦い続けなければならない。高杉はもう投げやりだ。

「矯正プログラムを受けず、バレないように性犯罪をやり続ける方がラクじゃねぇか。どうやってモチベーションを持たせるんです？」

　五味の質問に、倫子が眉毛を八の字にした。

「そこが本当に難しいところなの。刑務所の中なら、級が上がるとか、仮釈放が取れるとかの餌をぶら下げられるんだけど」

　刑務所に収監された受刑者には級制度がある。級が上がれば自由時間が増え、刑務所内の行動範囲も広がる。支給される官給品もおさがりから新品になる。これを目的に矯正プログラムを希望する受刑者は多いのだという。五味も困惑する。

「ここでは餌がなにもない。矯正プログラムの目的は自白、自首だ。その先には逮捕しかない。ここよりも待遇が悪い豚箱行きだ」

　倫子が重々しくうなずく。

「本人がまともな人生を歩みたいと真面目に考えない限り、モチベーション維持は非常に困難だと思う。それから、五味教官のモチベーション維持も難しいと思うわ」

　五味は眉をあげた。

「なぜです。深川をいつまでも監禁できない。モチベはマックスですよ」

「矯正プログラムを成功させるにあたって、五味教官に捨ててほしいことが二つあるの」

「捨てる……。なにを?」

「正義と贖罪《しょくざい》」

　ありえない、と五味は激しく拒否した。

「俺は警察官ですよ。正義が基本で、それを学生たちに徹底的に教え込む立場であり、犯罪者には贖罪の意を持たせるべく――」

「それ、ダメ。絶対に。翼君の前では捨ててください」

　五味は天を仰いだ。

「加害者に寄り添うということは、そういうことです。常に翼君の立場で考えること。被害者の事情も考慮しない。被害者と接触するのもやめて頂きたい。これが矯正プログラムの基本中の基本であり、鉄則です」

　五味はもうすでにギブアップしたい気分だった。


　綾乃は目覚まし時計の音を夢の中で聞いていた。

　バチンと時計を叩《たた》く音を聞いて、はたと目を開ける。結衣がベッドサイドに怒った顔で立っていた。

「もう、目覚ましくらい自分で止めて！」

慌てて綾乃は身を起こす。

「ごめん――。ぐっすり寝ちゃってて」

「こっちもぐっすり寝てたんですけど。今日はあと一時間寝てから万全の態勢で受験会場に行くはずだったのに！」

結衣はモコモコした桃色のパジャマ姿で、ぷりぷりしながら出ていった。

隣を見る。今日も五味はいない。昨晩は久しぶりに一緒にベッドに入った記憶があるのだが、五味は先に起床したのだろうか。時計を見る。午前五時だった。綾乃は階下に下りる。

昨日の慌ただしかった一日を思い出した。榎本璃子の性被害についてまとめている真っ最中に、高杉から「五味が倒れた」と一報があった。慌てて警察学校へ駆けつけたのだ。五味は予想以上に元気だった。別れ際に、今日はお互いなるべく早く帰ろうと約束した。最近多忙だったこともあるし、五味が綾乃を避けているようにも見えていたので、綾乃はとてもうれしかったのだが……。

リビングの扉を開ける。

五味はダイニングテーブルに突っ伏して寝ていた。性犯罪者の矯正について勉強していたようだ。分厚い書籍にマーカーで線が引かれていた。付箋《ふせん》も見える。五味の手の先に、蛍光ペンが転がっていた。

キッチンでは、結衣がガチャガチャと食器を出したり、冷蔵庫を開けたりしている。一時間早く目が覚めてしまった怒りから、わざと音を出しているように見えた。五味が目を覚まし、うるさそうに顔を上げた。

「結衣。なんだよ朝からやかましい……」

「うるさいなら上で寝なよ！　未成年の娘に朝食食うなと言うわけ⁉」

結衣はずいぶん気が立っている様子だ。五味も珍しく声を荒らげた。

「そんな極端なことは言ってないだろ、なんなんだよ朝から！」

結衣はブウッとふくれた。「もういい！」と食材を投げ出し、二階へ駆けあがる。

「今日帰らないから、高杉さんち行くから！」

「最初からその予定だろ！」

五味が廊下の方へ首を曲げて怒鳴る。やっとそばに立つ綾乃に気が付いた。険のある目で見あげてくる。

「なんだよ」

「えっ」

五味はぷいと綾乃から目を逸《そ》らし、立ち上がった。書籍やノートを片付けてビジネスバッグに突っ込むと、風呂《ふろ》へ行ってしまった。

——なんか、怒ってる？

綾乃は一応、三人分の朝食を作ったが、誰も食べてくれなかった。それぞれに無言で着替え、家を出て行った。

綾乃は一人朝食を口にしながら、泣けてくる。深川の件を背負ってからというもの、五味は気持ちが不安定すぎる。優しい日もあるが、目も合わせてくれない日もある。正直、なにを考えているのかさっぱりわからなかった。もともとそういう人で、結婚してそれが見えてきただけなのか。深川の件でストレスからそうなっているのか……。

綾乃は結局、五味と結衣の分の朝食も全部たいらげてしまった。

また太る――綾乃は自己嫌悪に陥る。結婚してからもう五キロも太っていた。

五味は午前中、念のために病院を受診した。主な症状は倦怠《けんたい》感くらいだが、卒倒したことも話したら、倫子の見立て通り、軽い自律神経失調症だろうと診断された。

「生活のリズムを整えて、よく食べ、よく運動してください」

それができりゃ最初からやってる、と心の中で思う。医師は察したらしい。

「みなさんそうですけどね。仕事や家庭を一度全部放り投げられるもんなら苦労しない」

漢方薬を処方された。

「何度も言いますが、一番の特効薬は、全部、投げ出してしまうことです。全部が無理なら、一部でもいいから投げ出して、休んでください」

警察学校に出勤したのは十時過ぎのことだった。

二限目から通常授業に戻る。だましだまし、一日の授業をこなした。

今日の夕方も、校長室で倫子や高杉と共に、矯正プログラムの事前協議だ。慌ただしく自教場で訓授を述べ、高杉と教官室に戻る。

倫子が書籍を胸の前に抱き、入口で男二人を急《せ》かしてくる。五味のスマホが鳴った。桃子だ。先に行くよう高杉に言い、五味は電話に出た。

「教官ッ――」

泣いている。五味はデスクの椅子に座り直し、声をひそめた。

「どうした。大丈夫か？」

「会えませんか。東京まで出てきました。もう無理。でも京王線には乗れなくて……」

警察学校時代のことを思い出すからだろう。桃子は半年間で、深川から二十五回も性行為を強要され、二度も堕胎を余儀なくされている。

「ごめんなさい。教官も忙しいのに、こんな自分もいやで」

「大丈夫。すぐ行く。新宿《しんじゅく》までなら出られるか？」

「はい。いま東京駅です」

五味は、京王線の表示や駅の入口が目に入らない東口の喫茶店を指定した。電話を切る。廊下に出た。校長室に行こうとしている倫子と高杉を呼び止める。

「悪いが、今日はキャンセルさせてくれ」

体調が悪いのかと気遣われる。五味は首を横に振った。

「小田桃子だ。上京してきている。やばそうだ」

高杉に言った。倫子を諭す。

「会って話を聞いてきます。悪いが今日は――」

倫子がぴしゃりと五味を叱る。

「五味さん。被害者支援はダメです。昨日言った通り――」

「彼女は元教え子で、被害者で、そして俺を頼っている。無視できるはずがない」

「お願いだから被害者のことは忘れて下さい。被害者と加害者の支援を同時に行うのは不可能です」

「不可能だとは……」

「ダメ！　あなた、心が本当に壊れてしまいますよ！」

五味は黙り込んだ。

「被害者に寄り添うと、必ず、加害者への憎しみが倍増してしまいます。矯正官が加害者にその感情を見せてしまったら矯正プログラムは失敗です。見せないようにと感情を抑圧すると、今度は矯正官が心身のバランスを崩してしまうんです」

医者の言葉を思い出す。

一部でもいいから投げ出せ――。

五味は結局、綾乃に頼むしかない。

矯正プログラムの事前協議を始める前、倫子が145号室へ顔を出しに行った。

「五味教官が翼君を優先したと聞くだけで、彼のモチベーションがアップしますから」

倫子は嬉々《きき》としている。五味は嫌悪で吐き気すら覚えた。

校長室で高杉と待つ。大路校長は今日も、さっさと帰宅準備をしている。

倫子が重たそうな紙袋を下げて、校長室に戻ってきた。五味は深川の様子を訊《き》く。倫子は肩をすくめた。

「ノートに何かを書きなぐっていたのよ。ピリピリしていたから、声をかけられなかった。ついでにコレ、回収してきたわ」

倫子が紙袋を見せる。この一年三か月の間、五味や高杉が差し入れしてきた、性被害者の手記や関連書籍だった。矯正プログラム中は、加害者に贖罪《しょくざい》や罪悪感、正義感を絶対に押し付けてはならないらしいから、回収は仕方ない。気分は悪いが。

図書室に寄贈しようかと五味が提案しかけたところで、倫子が紙袋を大路に突き出した。大路はいつものように「では」と帰るところだった。

「大路校長、宿題です」

大路が不愉快そうに「は？」と短く返す。

「性加害者を逮捕せずに保身に走ったあなたも、性被害者の手記を読むべきでしょう？」

大路の顔が真っ赤になる。紙袋をひったくるようにして受け取り、逃げるように校長室を出て行く。五味は心がちょっとスカッとした。隣の高杉も大笑いだ。

「赤木先生はすごいや。天晴《あっぱ》れすぎて抱きしめてやりたくなっちゃう」

五味は肘《ひじ》をついた。

「やめろ、セクハラだ」

「いいわよそれくらい」と倫子はヒールを鳴らしてソファに戻り、書類を取った。

「うまくいけば今晩は私をハグすることくらいできるかもー」

なにを言い出すのか、五味は目が点になる。高杉は生唾《なまつば》を飲み込み、尋ねる。

「今日、これから、矯正プログラムの……」

「そう。最後の事前協議だけど、最後のが一番、ハードルが高いの」

倫子は眼鏡をかけ直し、真剣なまなざしで言う。

「矯正プログラムに入ると、翼君の性ファンタジー、平たく言うと性癖ですね。それを詳細に、学術的に分析していくことになります」

これじゃないとダメだと切迫した気持ちになる性行為のシチュエーションを、具体的に突きつめていくのだという。

「くだけて言ってしまえば、どういうプレイが好きか、こういうプレイじゃないとイカない、イキにくい、とかなんですけど」

はあ……と五味も高杉も、困惑しつつ頷《うなず》くしかない。

「それを、揶揄《やゆ》したり照れたりしないことは勿論《もちろん》のこと、矯正官側が濡《ぬ》れる勃起《ぼっき》するなどの性的反応を起こさないよう受け止めてやることが必要なの」

倫子がソファの背もたれに手をつき、生真面目に言う。

「翼君が信頼し安心して本音を矯正官に話せるように、矯正官側も時には自分の性癖を話してやることが、信頼関係を結ぶ第一歩になるんです」

隣の高杉は耳が真っ赤になっている。五味は背筋が寒くなっていた。

「まさか……その、我々の性癖的なものをしゃべれと？」

「いきなり翼君の前でそんな話はできないでしょう。私の目が気になって正直になれないというのも残念だし。あらかじめお互いに把握したらいいと思うの」

五味は首を激しく横に振った。

「無理です。そんな話を職場の人間に──しかも、校長室で」

「だから、今日はお酒が必要かなと思って。金曜日だし！」

倫子はついてこいと言わんばかりに立ち上がった。


五味ははたと目が覚めた。

記憶が全くない。またどこかで卒倒したのかと思い、慌てて起き上がろうとした。頭の内側にずきんと響く痛みがある。

これは……二日酔いだ。

新百合ヶ丘の自宅の寝室のベッドで寝ていた。昨晩、ベッドに入った記憶もないし、帰宅した覚えもない。『飛《と》び食《しょく》』で飲んでいたことは思い出せた。飛田給駅前にある居酒屋だ。いつも向かいで飲む高杉は隣にいて、目の前には倫子がいた。性犯罪者矯正プログラムを開始する前に、互いの性癖を暴露し合うべきだとか、なんとか。

「私――なセックスが好きなの」

倫子の赤く塗られた唇から発せられた言葉を、思い出せそうで、思い出せない。昨晩の記憶があいまいだ。五味はこめかみに手をやり、頭痛をやり過ごす。隣の布団にふくらみが見えた。

――誰かが寝ている。

綾乃ではない。昨夜、『飛び食』に入る直前に電話がかかってきたのだ。管内で連続強盗事件が発生したらしい。しばらく帰れないという。小田桃子のフォローで新宿に行っていた綾乃は府中にトンボ返りで、電話の向こうでぷりぷりしていた。

「小田さん、五味さんに会えなくて泣いていましたよ。ていうか雑音ひどいですけど、まさか居酒屋にいませんよね⁉　元教え子を、被害者をほっぽりだして飲みに行っているなんてことは――」

ぷりぷりどころか、猛烈に怒っていた。

いま、五味の隣で寝ているのは誰だ？

五味はおそるおそる、隣の布団を捲《めく》った。上下さかさまに寝ているのか、巨大な足が見えた。筋肉でパンパンに膨らんだふくらはぎには、すね毛がぼうぼうと生えている。

五味は布団を一気にはいだ。高杉がパンツ一丁で猫のように丸くなっている。「寒い」と弱々しい声で呟《つぶや》いた。五味は再び高杉の尻《しり》を叩《たた》く。

「だからお前はなんで毎度毎度、俺のベッドで寝るんだよ！」


綾乃はやはり捜査本部で寝泊まりしたようだ。週末は帰るのかとメールで尋ねると「わからないです」とそっけない返事が来た。結衣はどこへ行ったのか。昨日は滑り止めの大学の試験日だったはずだ。様子を尋ねるメールを入れた。既読マークはついているのに、返事がない。訊くなということか。結衣の動向は、高杉に届いた妻の沙織からのメールでわかった。

「なんだよクソ、結衣とエステに行くってよ」

「はあ？　受験生がエステだと」

「合格が出ないのはリラックスが足りないからだと。余計なことを、クソババア」

「結衣も結衣だ、緊張感が全く足りない」

高杉は姉さん女房の沙織に強く言えないし、五味も結衣に強く出られない。男同士でぶつくさ文句を言いながら、リビングダイニングに下りてきた。

高杉は勝手に五味の衣類を着て、勝手にパンを焼いている。五味のアンダーアーマーのティーシャツが、高杉にはピチピチではちきれそうだ。前から見るとへそが出ていた。

「それにしてもあの赤木先生とやら、すんげぇバイタリティだな」

五味はただ、肩をすくめる。

「お前、また記憶ないのかよ」

「毎度、記憶なくすほど飲ませるのはお前だろ」

「お前がぐずぐず恥ずかしがって性癖を教えないからだろ。倫子チャンは恥ずかしげもなく暴露したのによ」

「そうなの？　なんて言ったんだ」

高杉はにたぁと笑い「教えなーい」と五味をからかう。

「お前はなんて言ったんだよ」

「え？　俺はおっぱいとお尻がふわふわしているだけでいいって言ったが……」

それより——と高杉が五味にでかい顔を近づけた。トースターから煙が出ている。

「おい、焦げてる」

「あっ！　くそっ」

高杉がトースターを開けた。パンから煙がくすぶっていた。最後の一枚だった。

「米でも炊くか？」

「頼む。っていうか俺の話よりも、お前んとこは大丈夫なのか」

「なにがだよ」

五味は炊飯器に無洗米を二合分入れて、ペットボトルの水を注ぐ。余った水は喉《のど》に流し込んだ。

「久々のエッチの最中に妻に寝られたと、赤木センセに泣きついてたじゃないか」

五味はブーッと水を噴き出してしまった。

「誰がそんなこと言ったんだ！」

「自分で言ったんじゃないか。ものすごく傷ついたと半泣きだったぞ。このままでは新婚なのにセックスレスまっしぐらだ、と」

五味はたまらず顔を覆った。高杉が五味の肩に腕を回し、親密そうに言う。

「五味チャン、意外に繊細なんだな。ヤッてる途中で女に寝られたって、そのまま続けちゃえばいいじゃんよ。やりたい放題……」

「やめろよ、下品だろ！」

五味は無洗米だったことも忘れ、米を研いでいた。米を押しつぶすように研ぎながら
——行為中に綾乃に寝られた衝撃を思い出す。

深川の呪縛《じゅばく》からやっと逃れられ、存分に若い妻を愛せると思っていたのに、妙に反応が薄いなと思い、綾乃の髪をかき分けて絶句したのだ——綾乃がスヤァと寝息を立てていたのだから。

「あんなのは人生最大の恥だ。それを俺は……百歩譲ってお前にならまだしも、赤木先生にまで言っちゃったのか？」

「気にすんなって。綾乃チャンも若くないし、睡眠不足で疲れてんだよ」

五味はいつまでも無洗米を洗いながら、恐々、尋ねる。

「で、赤木先生は俺に、なんてアドバイスしたんだ？」

「綾乃チャンは安心してるだけだ、ってさ」

「安心だって？　セックス中に寝るなんて男のプライドをズタズタにしておいて、あっちは安心だと⁉」

高杉は五味の怒りっぷりを見て、引いている。

「許してやれよ、綾乃チャンの体質だろ。『教場の眠り姫』ってあだ名ついてたくらいだ。っていうかそれ、無洗米じゃないの？」

五味は水加減を適当にやって、炊飯器のスイッチを入れた。高杉がビールを出す。二日酔いだったが、五味はすすめられるままグラスの中の黄色い液体を流し込んだ。飲まなきゃやってられない。

「あーあ、むなしい週末だぜ。エステ三昧《ざんまい》の妻と娘にほったらかしにされる男とよ、セックス中に妻に寝られる男と……」

「いちいち口に出して言うな」

「なあ、俺たちさ。いっそのこと付き合う⁉」

冗談とわかっていても、五味は吐きそうになる。

「やめろよお前――。あ、そうだ」

五味教場の菊池忍のことを思い出した。下半身を露出している高杉と五味が教場で二人きりでいるところを、目撃された。

「なんかあいつ、絶対勘違いしてたよな」

「確かに。この秘密は誰にも言わない、とかなんとか」

「面談して、誤解を解いた方がいいか。どこかで釈明しないと」

「釈明だぁ？　余計にあやしいだろ。だいたい、相手は女警だぞ。下手に性的な話を切り出せない」

やれやれ、と五味は頭を掻《か》く。

「『性』は難しいな」


週明けの月曜日から、一三一七期は管内の所轄署で実務修習だ。

警察学校で三か月間基礎を学んだ学生たちを実務修習生として指定所轄署が受け入れ、各課の業務を現場で学ばせる。

一週間、警察学校での授業はない。学生たちは毎日警察学校の寮から所轄署へ電車で通う。初日の今日だけは、最寄り駅まで教官助教が学生たちを引率する。

五味と高杉はスーツに着替え、正門で学生たちが集合するのを待った。一番乗りは菊池忍だった。だが五味と高杉が立ち話しているのを見て、引き返してしまった。

「どうしたんだ、アレ」

五味はため息をつく。

「やっぱり、まだ勘違いしたままなんじゃないか？」

有村佳代がやってきた。貫禄《かんろく》抜群の三十五歳が地味なリクルートスーツを着ると、敏腕女刑事みたいだった。彼女は菊池忍と同じ班だ。

「有村。ちょっといいか」

五味は学生たちが整列する場所から少し離れ、有村佳代を手招きした。

「最近、菊池に何か変わった様子はないか？」

「別にないですが」

あっさり片付けられた。

「週末の様子は？　班行動でどこかへ出かけたか」

「土曜日は気晴らしに府中へランチに。日曜日は、調布《ちょうふ》へ買い物に行きましたが」

「いつもと違う様子は？」

佳代は目を逸《そ》らし、思い出す顔になった。

「そういえば……調布の駅ビルの本屋さんで、なんですけど」

本屋では十五分と時間を決めて、入口で待ち合わせしていたという。

「二十分経っても忍ちゃんだけ戻ってこなくて。真面目な彼女にしては珍しいねって話していたところです」

「トータル三十五分も、本屋でなにをしていたんだ」

さあー、と佳代は呑気《のんき》な調子だ。五味は語気を強める。

「班行動を乱すことはペナルティの対象だ。最年長で班長のお前がしっかり管理しろ」

あからさまに面倒くさそうな顔をされた。三十五歳の中年の域に入った人間を指導するのは、男だろうが女だろうが難しい。頭ごなしに言ってもさらりとかわされてしまう。いかに本人の心に響く指導をするか、五味が頭を使わねばならなかった。

「有村。お前は教場で唯一の母親だ」

佳代の表情が明らかに動く。

「娘を見てやる心境で、菊池の日常生活の指導をお願いしたい。頼む」

「わかりました」

佳代は大きく頷《うなず》き、列に戻っていった。

場長の藤巻が点呼し、全員揃ったのを確認した。藤巻と高杉を先頭に出発する。

五味は忍を呼んだ。忍はぎくりと肩を震わせ、こちらを振り返る。警察制服や制帽を入れた専用バッグは大きい。余計に菊池忍が小さく見えた。

「ちょっと来い」

五味は正門の脇に忍と共に立ち、学生たちが行き過ぎるのを待つ。ちらりと横にいる忍を見下ろした。耳がりんごのように真っ赤になっている。かすかに指先が震えていた。

「大丈夫か」

はい……と忍は消え入りそうな声だ。何をそんなに怯《おび》えているのだろう。最後尾の学生たちと十メートルほど離れたところで、五味は忍と並んで歩く。

「菊池」

あの日、高杉が露出した状態だったのは……と切り出そうとしたのだが、口にするだけで忍を動揺させてしまう気がした。まずは雑談か。

「なにか、探している本があるんだって？　本屋でだいぶ時間を食っていたと」

忍から返事がない。実務修習用のバッグのショルダーベルトが肩に食い込み、ジャケットやブラウスの襟元が引っ張られている。正装に慣れていない中学生みたいだった。

「欲しい本があるなら、言えよ。学生棟の図書室に置けるように、司書に……」

言い終わらぬうちに、忍は首をブンブン横に振った。

「そ、そんな、いいです！　ほんと、大した本じゃないので」

「そうか」

「はい……」

しばらく無言で歩く。甲州《こうしゅう》街道に出た。ひっきりなしに通る車の走行音で、気まずい沈黙も和らぐ。再び、「菊池」と呼んだ。はいい、と悲鳴を上げるような忍の返事は、どこか申し訳なさそうだ。リラックスしろ、と肩を揉《も》んでやりたいのだが、女警に対してやったらセクハラだ。

「教官と並んでしゃべるのは、緊張するか」

少しでも心をほぐしてやりたくて、問いかけてみる。

「すみません、そもそも、男性としゃべるのが得意ではなくて」

「警察官になるんだろう。警察組織は男ばっかりだぞ。いまのままで大丈夫か。慣れておかないと、卒配先でもたないぞ」

忍はすみませんを繰り返す。五味はぐいと忍の腕を引いて、自分の方を向かせた。

「菊池。俺の目を見てしゃべってみろ」

忍は耳だけでなく、頬までも真っ赤になった。瞳《ひとみ》は揺れ、涙目になるほどだった。三秒と五味の目を見ることができない。黒いスラックスの膝《ひざ》がガクガクと震えているのを見て、五味は驚愕《きょうがく》する。

――男性恐怖症か？

入校前の面談の時は淡々としていて、クールな女性に見えたが。

「班に戻っていい」

忍はすみませんと消え入りそうな声で言い、有村佳代の班に交ざっていった。必死に存在感を消して、教官や助教の目につかないようにしているようだった。


学生たちを飛田給駅まで見送り、五味と高杉はまっすぐ警察学校に戻った。

通常授業中は放課後しか時間があかないが、今日からしばらく授業はない。深川の矯正プログラムを始める絶好の機会だった。

早速、五味は倫子と共に教官室を出て、学生棟へ向かう。高杉は留守番だ。深川にとって恐怖の対象である高杉は、しばらく姿を見せることも禁止だという。「無理をするなよ、なにかあったらすぐ呼べ」と五味や倫子を気遣う。

一階の長い廊下を倫子と二人、パイプ椅子を持って歩く。部屋に予備の椅子を置いておくと、脱走や攻撃の手段に使用されるかもしれないので、プログラムのたびに椅子を持っていく必要があった。

廊下を歩きながら、五味は菊池忍の件を倫子に相談してみた。倫子は高杉が露出してしまったと聞くや腹を抱えて大笑いした。駅まで忍とした会話を聞かせると、ニタニタ笑ったまま、あっさり言ってのける。

「その子、新卒ならまだ二十三歳でしょ？　処女なんじゃないの」

五味は閉口する。倫子は仕事柄かもしれないが、繊細な『性事案』に対して、あっけらかんとしすぎている。

「いや、そういう話じゃなくて……こういうとき、男性教官としてどう指導すべきかと」

「見ちゃってショックを受けてということなら、指の隙間から高杉さんのをガン見はしないでしょう」

確かにあの時、忍は顔を隠すそぶりで、目を血走らせて高杉の股間《こかん》を凝視していた。

「性的な興味はあるのよ。高杉さんにも五味さんにも嫌悪感はないけれど、羞恥心《しゅうちしん》はある。それだけじゃない？」

「いや、しかし、秘密にするって叫ばれたんですよ。俺たちをカップルと勘違いしているんじゃないかと」

へー、と倫子が意地悪な顔で五味を見た。

「違うんだ？」

「は？」

「私、てっきり、お二人は付き合っているのかと」

「そんなはずないでしょう！」

あははと倫子は朗らかに笑って、145号室の南京錠を開けていく。

「やめてくださいよ、そういうデマに限ってあっという間に広まるんですから」

倫子がいきなり、五味の頰を撫《な》でた。細くてしなやかな女性らしい手の感触に、五味はついぞくっとする。

「いい表情」

「えっ」

「リラックス。そのままで翼君としゃべりましょう。きっと彼も心を開いてくれる」

どうやら、倫子にしてやられたようだ――。

倫子が扉を開けた。

「こんにちは」

倫子の背中越しに、深川がにこやかに立っているのが見えた。倫子にいい恰好《かっこう》をしたい、気に入られコントロールしたいという気持ちが五味には見え見えだった。リクルートスーツまで着ている。

五味も中に入り、扉を閉めた。ここまで来た長い廊下が改めて目に入る。この一年三か月、どれだけ苦しい思いを抱えてこの廊下を歩いて来たのかを思い出す。今日は倫子にうまいことリラックスさせてもらえた。

五味は倫子の隣に立ち、深川を見据える。深川は五味が来ると思っていなかったのか、眉《まゆ》を上げて驚いている。目が合うと、さっと視線が外れた。倫子が声をかける。

「びっくりしちゃったわね。五味教官が来たんだもの」

どういうことかと五味は説明を求める。

「五味教官は矯正プログラムに参加できないって伝えていたの。翼君の〝妄想強姦《ごうかん》殺人〟で体調を崩して倒れたと話したから」

深川を見る。深川も五味を舐《な》めまわすように見ていた。

「でもあなたの教官は強い人だった。あっという間に復活した」

深川は鼻で笑い、目を逸《そ》らした。来たことがよほど気に食わなかったのか、そろりと歌舞伎役者みたいな足取りで後退する。後ろ手になにか持っている。

「何を隠している」

五味は素早く指摘した。倫子の前に出る。

その瞬間、なにかが飛んできて五味の顔を直撃した。ノートがぱらぱらと紙の音を鳴らし、床に落ちる。

「お前、ふざけんな！」

深川の胸ぐらをつかみ上げ、壁に叩《たた》きつける。

「初っ端《しょっぱな》から喧嘩《けんか》売ってんのか！」

深川は五味と目を合わせようとしない。顔を近づけても、頑《かたく》なに顔を背ける。子供がすねているような顔だった。

倫子が落ちたノートを拾い、ページを捲《めく》った。表情が厳しくなる。最初の一ページを見開いて、五味に見せた。

『深川翼　余罪リスト』

自分がしたことを誇るような、堂々とした字だった。五味は深川を見据える。深川はそっぽをむいたままだ。五味はひったくるように倫子の手からノートを奪った。

丁寧に通し番号がふってある。日付、住所、時間、そして女性の名前――又は年齢層や身体的特徴を記し、どう強姦したのか、詳細が書かれていた。

全部でぴったり百件あった。一件目は、〝家に出入りしていたメイド〟を被害者としている。最後の百件目の被害者は、小田桃子でも港区の被害女性でもない。

『五味綾乃』とあった。

現場は府中市府中町一丁目、府中警察署の〝取調室〟とある。

――俺を逮捕したらお前の妻を強姦するぞ。

新たなる宣戦布告と五味は受け取った。

第三章 落 下

ゴツンと大きな音がして、額に打撃を受けた。

綾乃は音と痛みにびっくりして、ハッと顔を上げる。

府中署の捜査本部にいた。刑事課の盗犯係や本部捜査三課の刑事も含め、五十人が集う。男たちの白い目が綾乃に降り注いでいた。

「お前、また居眠りかっ。やる気がないなら出ていけ！」

本部の管理官が檄《げき》を飛ばす。幹部席に座る刑事課長の吉村《よしむら》が、「部下がすみません」と頭を下げる。綾乃も平身低頭謝った。

「大丈夫スか。めっちゃ疲れてますね」

隣に座る堤竜斗《つつみりゅうと》が心配そうに顔をのぞきこむ。彼は、窃盗事件を担当する本部捜査三課の新米刑事だ。一二八九期五味教場の場長だった。もともとは食品スーパーの店長で、万引き犯を捕まえて警察に突き出すうちに、スカウトされて警視庁に入ってきた。塩見と並び、若くして桜田門《さくらだもん》の警視庁本部に呼ばれた、優秀な卒業生だ。

「以上だ。解散！」

寝ていたせいか、あっという間に捜査会議は終わってしまった。

「堤君。私たち、どこ回るんだっけ？」

綾乃と堤のコンビは、ナシ割班に回されていた。

「質屋回りは別班がやるんで、俺たちはネット監視です」

かつて盗品は質屋に流れたが、最近はネットオークションやフリマアプリなどに出品されることが多い。被害品の出品がないかチェックするのも、刑事の仕事だ。

綾乃はほっとして、パソコンを立ち上げる。

「よかったー。今日外回りはきついと思ってたんだ」

さっき綾乃の居眠りを一緒に謝ってくれた吉村刑事課長は、綾乃が深川の捜査にてんてこまいになっているのを知っている。直属の上司の三浦《みうら》係長も吉村課長も、深川の逮捕状請求書に判を押した数少ない警察官だ。

綾乃は深川の余罪追及捜査で有給休暇を使い切ってしまったが、深川の捜査とわかれば、吉村課長が出勤扱いにしてくれていた。残業手当もつけてくれている。捜査本部に入っても、敢《あ》えて緩めの捜査に割り振ってくれていた。

堤がネットオークションサイトに入る。

「俺、チャチャッとこっち片付けるんで。瀬山さんは寝てきていいですよ」

「寝てる暇なんかないわよっ」

綾乃は自分を焚《た》きつけるべく、大学ノートを取り出した。

深川翼がしたためた、百件の余罪リストだ。

五味はこれを綾乃に託すのをためらっていた。最後の被害者の名前が綾乃で、取調室が強姦場所となっていたからだ。〝逮捕してみろ、お前の妻を強姦するぞ〟と五味を脅しているのだ。やれるもんならやってみろ、と綾乃は鼻息を荒くする。

「そのリスト、どうなんですかねぇ。深川が五味教官や瀬山さんをおちょくるために書いたのだとしたら、百件全部虚偽の可能性が高くないですか？」

「そうだけど、一件か二件はリアルが混ざっているかもしれないじゃない」

事実、最初の一件目は深川弥生への強姦をにおわせるものだ。自宅に出入りしていた〝メイド〟を犯し、妊娠させたと書いている。継母のことをメイドと認識していたということか。

「確かに──深川の性格的に、ガチの事件を紛れこませている可能性はありますね」

堤が深いため息をついた。深川がしたためた余罪リストと、深川の生活範囲内で起こった性犯罪リストはすでに比較している。

一件の一致もなかった。

綾乃のピックアップが間違えていたのかもしれない。深川は頭がいいから、自分の生活範囲内では性犯罪を行わず、遠方でやっていた可能性もある。警視庁の管轄外に出られていたら、対象が膨大すぎて比較しようがない。

堤はネットオークションサイトをスクロールしながら、思い出した様子で尋ねる。

「今週末、何時に集合すればいいっすかね」

53教場特捜本部の集まりがあるらしい。

「大山《おおやま》と江口《えぐち》が、なんか情報つかんだらしくって」

大山淳《じゅん》と江口怜央《れお》も五味の教え子だ。堤と同じ一二八九期五味教場の学生だった。深川を逮捕するための捜査を手伝ってくれている。

「知らなかった。場所は？」

「聞いてないんですか。五味教官の自宅ですよ」

綾乃は飛び上がった。

「それって、私の家じゃない！」

五味の教え子たちが大挙して自宅を訪ねて来ることになる。綾乃は父親が教師だった。卒業生の訪問があれば母は有名菓子店の菓子折りを準備した。食べて帰るとなればビールや酒を買い揃えてもてなす。綾乃も五味の妻なのだから、準備しなくてはならない。ただでさえ忙しいのに、五味さんのバカバカバカ……と、心の中で繰り返す。

「今回は具体的な事案の話になりそうですから、飲み屋で捜査会議は無理でしょう。でも五味教官は、瀬山さんにもてなしをさせようなんて思ってないと思いますよ」

「そういう問題じゃないの。妻の立場ってもんがあるのっ」

堤は肩をすくめ、ぼやいた。

「女は変わるなぁ～。瀬山さん、俺らが警察学校にいたときは、めっちゃ五味教官に従順だったのに」

「言っとくけどね、男だって変わるからね」

「それはつまり、五味教官も結婚して変わっちゃったってことっすか」

「相当よ。あの人もう、三百六十度変わったから！」

堤がけらけら笑った。

「それ、回り回って全然変わってないってことじゃないですか」

週末の午後、53教場特捜本部の第一陣、塩見圭介と堤竜斗が五味の新百合ヶ丘の自宅を訪れた。

休日だがそれぞれに捜査を抱えていたようで、スーツ姿だ。この二人は警察学校時代、教場を背負う場長だった。体育祭のとき、傷だらけになりながら騎馬戦で熱く戦っていた。いまではよき親友同士という様子だった。

十五時を過ぎて西日がリビングに入り始めているが、朝の大騒動がまだダイニングに残っていた。五味はダイニングを見せないようにしながら、教え子たちをリビングのソファに促す。

「なんか酸っぱいにおいしませんか？」

堤が鼻をひくつかせながら言う。洗い物を必死に片付けていた綾乃の肩が、ピクリと動く。「いまコーヒー淹《い》れるからね」と引きつった笑顔だ。

綾乃は学生たちを食事でもてなそうと、朝からちらし寿司《ずし》を作ろうとしていた。スマホの向こうで指南していたのは綾乃の母親だ。うまく酢が回らず悪戦苦闘の末、飛び上がるほど酸っぱい代物が出来上がった。綾乃は「お米ひと粒には八十八の神様が宿っているのに」と懺悔《ざんげ》しながら、酸っぱすぎる酢飯を捨てていた。

五味は綾乃の腕を引いた。

「無理してもてなそうとしなくていい。捜査会議なんだ。お前が先輩刑事として、あいつらの捜査を引っ張ってやって」

綾乃は納得したが、第二陣で一二九三期の卒業生たち四人がやってくると、また〝教官の妻〟のスイッチが入る。飲み物を出したり、コーヒーを淹れたり、慌ただしい。

十六時には一三〇〇期の学生たちがやってきた。深川と同じ教場だったから、捜査の行方を誰よりも気にしていた。まだ彼らは卒業配置の真っ最中だ。堤や塩見のような捜査能力がない。余罪リストを見ながらも「これは深川っぽくない」とか、「これはリアルに見える」と感覚でしかものが言えないようだった。

十七時ごろ「お疲れ様っす」と二ダース分の缶ビールを軽々と両手に下げて、ジーンズ姿の男がやってきた。一二八九期、塩見や堤と同期の、相川幸一《あいかわこういち》だ。元プロ野球選手だった彼は、私服姿もどこか野球選手っぽい革ジャン姿だった。彼はいま、亀有《かめあり》署の生活安全課少年係の刑事になっている。

リビングのソファにいた塩見が立ち上がる。

「相川、シェルターの捜査はどうだ」

「それがなかなか」

相川が申し訳なさそうに五味を見返した。深川翼に強姦《ごうかん》されてその子供を産んだ深川弥生は、娘の桜と共に亀有署管内の葛飾《かつしか》区東金町《ひがしかなまち》にある民間のシェルターに入っていた。深川翼の父親の浩が、息子から母子を守るためにこのシェルターに入れたのだ。その後の足取りが一切わかっていない。

「深川浩本人は、本当に母子のその後を知らないんですかね。自分でここを選んでおいて」

塩見が疑問を呈した。五味はこの件を直接、深川浩から聞いている。

「嘘ではなさそうだ。まさか入所後に連絡が取れなくなるとは思っていなかったようだぞ」

母子シェルターはDVを働く家族から母子を守るための施設だ。所在地も公表していない。母子が家族のもとに戻ってしまうのを防ぐため、スマホを管理し、外部との接触を絶たせる。深川浩としては、暴力を働いたのは息子だから、自分が弥生や桜と連絡が取れなくなるとは思いもよらなかったらしい。シェルター側からしたら、DV加害者である深川翼と同居する実父にも、母子の情報を教えるわけにはいかないのだ。

「粘りに粘ってシェルターの入所期間までは確認が取れたんですけどね。弥生と桜母子は半年ほどいたそうです。その後の転居先情報については、令状がないと出せないそうで」

綾乃がぼやく。

「令状が出る状況なら苦労しないのに」

「一応、彼女の旧姓でもある名倉弥生、もしくは名倉桜でもいろいろ検索しているんですが、お手上げです」

相川は弥生の親類縁者、友人もあたっている。父母は鬼籍に入っており、兄弟はいない。叔父叔母《おじおば》、いとこなどとは弥生が十代のころすでに没交渉となっていた。

「友人関係はどうだ」

五味の問いに相川がノートを広げる。弥生の法務省時代の同期、大学時代に同じサークルだった人などをあたったらしい。

「没交渉になっている人ばかりでした。彼女自身の評判があまりよくなくて」

派手好き、男好き、人を見下すなどの厳しい評が読み上げられる。弥生は友人がもともと多くなかったようだ。現在の弥生を知っている人にはたどり着けていないと相川はため息をつく。

綾乃がねぎらうようにお酌をする。相川も空きグラスをつかみ、綾乃に持たせる。

「瀬山さんも……じゃない。五味教官の奥さんも飲んでください」

しみじみ五味と綾乃を見比べる。

「いいっすねー。やっと結婚した。俺らが警察学校当時、二人がくっつくかくっつかないかで、関係がヒリヒリしていたころを思い出しますよ」

一二九三期の中沢尊《なかざわたける》が「はいはい！」と手を挙げた。中沢は府中署に卒業配置中に交番襲撃事件に巻き込まれて、左腕に被弾する大けがを負った。元気に腕を上げているところを見ると、後遺症もないようだ。現在は府中署から異動し、東京空港署の地域課で、羽田《はねだ》空港の安全を守っている。

「俺なんか、学生棟のロビーで五味教官がプロ……」

五味は慌てて中沢の口を塞《ふさ》ぎ、ボディーブローを入れた。一二九三期を担当しているとき、流れと勢いで綾乃にプロポーズしているところを、この中沢に目撃されたのだ。

「ったく、捜査の話だろ。お前ら酒は後にしろよ！」

綾乃がお酌して回っているから、次々と飲んでしまうのだ。綾乃は捜査をすっかり忘れて、教官の妻であろうと必死な様子だ。

十八時過ぎ、一二八九期の大山淳と江口怜央がやってきた。大山は刑事ドラマに憧《あこが》れて警視庁に入ってきた警察官だ。学生時代は目立たなかったが、しっかり夢は叶《かな》えた。現在は石神井《しやくじい》署の刑事課強行犯係で刑事をやっている。北陸《ほくりく》出身の彼は富山県の地酒『立山《たてやま》』の一升瓶を差し入れしてきた。

江口怜央は学生当時『ピエロ』と揶揄《やゆ》されるどうしようもない学生だった。あの頃と全く変わらないひょろっとした体格だ。公務員とは思えない派手な柄のジャケットにハットをかぶっていた。江口は五味にとらやの羊羹《ようかん》の菓子折りを突き出した。そんな江口める。


を、相川が後ろからヘッドロックする。

「そういやお前、警部補に昇任したってマジか！」

五味は驚愕《きょうがく》して、江口を二度見した。塩見がソファの背もたれに腕を載せ、肩をすくめる。

「聞いたぜー。一二八九期一番乗りじゃないの？」

「まさかの一番乗りがピエロの江口とはなぁ……」

堤が嘆いた。出世頭で優秀な塩見と堤は本部勤務だから、所轄署よりも多忙だ。昇任試験の勉強をする時間がなかなか取れない。一方の江口は卒業配置終了後、希望して警備畑に進んだ。いまは青梅《おうめ》署の警備課にいるという。奥多摩山塊の懐にある青梅なら忙しくはないだろう。卒業生の昇進は嬉《うれ》しいが、この江口がもう高杉の階級を越し、五味と同じ階級というのは苦笑いだった。

「とにかくだ。大山、始めてくれ。情報を摑《つか》んできたんだろ」

大山はビジネスバッグから資料を取り出し、五味に渡した。

「一応、いまの段階では個人情報は塗りつぶしています。ガチの捜査本部みたいに全員分コピーも取れてなくてすみません」

読むぞ、と五味は調書の内容を読み上げた。各自、多少酒は入っても、捜査モードに切り替わる。ノートや手帳を取り出し、ペンを構えた。

「平成二十九年六月の事件だ――」

綾乃がすぐさま反応する。

「深川が大学三年生の時ですね」

彼女も刑事の顔に戻っている。

「山岳部を辞めて、便利屋でバイトを始めていたころです。顧客が二十三区内にちらばっていて、深川の行動範囲がいっきに広がり、事案を絞り込めなかったんですけど……」

綾乃の話を、大山が引き取る。

「これ、被害届が途中で取り下げられているんです。捜査本部は途中で解散、警視庁のデータベースにも残っていなかった」

深川が便利屋時代に回った顧客リストの中に、石神井署管内在住の人物がいたので、大山は生活安全課の刑事たちに相談したらしい。

「するとびっくり、この顧客の名前を被害者として覚えていた女性刑事がいたんです！」

名前はいまのところ塗りつぶされているので、五味は『A子』とした。練馬《ねりま》区石神井町一丁目のタワーマンション二十五階に住む主婦A子が、平日の昼間に宅配便を装った男に室内侵入され、強姦された事案だった。

「タワマンで侵入とは……セキュリティは盤石そうですけどね。防犯カメラも」

堤がつぶやいた。大山が答える。

「防犯カメラ映像は回収済でしたが、目出し帽をかぶっていて人相は不明、身長や体格などの分析を始める寸前で捜査本部が解散になったようです」

きちんと分析すれば、すぐにホシが上がった可能性もある。

「なぜ被害届を取り下げてしまったんだ?」

「ガイシャが夫に説得されたらしいです。恥ずかしいから、と」

これが性犯罪事案の大きな壁だった。本人が被害を訴えることも難しいのに、やる気になったとしても家族が被害者の口を塞いでしまう。現在、性犯罪は非親告罪になったので、被害届がなくても捜査が可能になった。この法改正は二〇一七年の六月、施行は七月だ。石神井の案件は同年六月だったために適用されず、捜査本部が解散となったのだろう。

綾乃が住所を見て、刑事らしい鋭い瞳《ひとみ》になる。

「この自宅、深川が犬の散歩を請負った家ですね」

平成二十九年の四月に二回、五月にも一回、犬の散歩のためにこの自宅を訪れているという。事件のあった六月以降、深川はこの家で仕事をしていない。

五味は改めて、事案を読み上げた。犯人は行為が終わると子供が使用していた縄跳び用のロープで女性を縛り上げて逃走した、とある。

「縄跳び……この自宅に子供がいること、縄跳びがどこにあるかも把握していたということだな」

「ええ。初動捜査で容疑者の筆頭に上がっていたのは、ガイシャの小学生の息子の家庭教師だったようです」

他、タワマンの同フロアに住むサラリーマンの名前も挙がっていた。痴漢で二度も逮捕歴がある男だった。便利屋として出入りしていた深川に目をつけた捜査員はいなかったようだ。

「321116という数字の読み上げ強要については？」

綾乃が尋ねた。五味は首を横に振る。

「ここには記されていない。ガイシャ本人に確かめた方がいいな」

「大山君、明日にでもすぐ聴取にいける？」

綾乃の問いに大山が頷《うなず》く。

「了解です。準備しておきます」

大山が前のめりで、五味に目を輝かせる。

「もうひとつ朗報です。うちの署長、逮捕状のハンコを押すって言ってくれてるんです」

本当か、と五味も身を乗り出す。卒業生たちも期待のまなざしを大山に向けた。

「二月五日で定年退職なんです。天下りする予定もないようで、人事に何を言われようが怖いものナシだそうで」

これは幸先《さいさき》がいい。うまくいけば、深川の矯正プログラムなどせずに逮捕を執行できる。だが、二月五日——。綾乃が焦った表情になる。

「あと一週間しかないですね」

塩見が江口に話を振った。

「お前の方は？　なにかでかい報告があるとか何とか、言ってただろ」

江口は自分で差し入れた羊羹を勝手に食べている。

「いやー。大山君のに比べたら僕のはアレなんすけど。山岳部だったんですよね、深川の野郎」

呼び方だけは立派に乱暴にして、江口が続ける。

「青梅署の山岳救助隊にちょっと聞いたんスけど——」

綾乃が首を横に振る。

「深川の山岳部時代の登山歴は全て把握している。警視庁管内の山についてはもう調べがついているわ。該当しそうな性犯罪はなかった」

「深川が登った管内の山は、雲取山《くもとりやま》と大岳山《おおたけさん》のみですよね。だからこそ、我が青梅署の山岳救助隊の出番なんです」

山岳救助隊は、全国都道府県警にある山岳救助隊と交流があるらしい。他県警と合同の勉強会などがあるという。

「山というのは、複数の県にまたがっていますから。我らが青梅署の山岳救助隊員に事情を話したら、深川のクソ野郎の登山歴を見せてもらえれば、知り合いの県警の山岳救助隊に照会してもらうと……」

なんだその程度か、と大山がバカにする。

「いやいや、興味深い話があるんです。ここ十年の間で、山間部で起こる性犯罪が急増しているらしくって。いわゆる山ガールの出現で」

一人で登山する若い女性が増えたことで、性被害も増えつつあるらしい。相川が鼻息を荒くする。

「全く、性加害者はどこへでもかぎつけて現れるんだな」

「山で強姦《ごうかん》されたガイシャは悲惨ですよ。泥だらけになりますし、登山道から外れたけものみちに強引に連れていかれて押し倒されるので、怪我も多い。逃げ出してそのまま滑落、遭難しちゃう女性も多いみたいで」

江口がクリップ止めされた書類を五味に出した。

「というわけで、深川が登った山で過去に起こった性事案、まとめておきました」

「お前。意外に仕事が早いな」

五味は感心しながらリストを受け取った。江口が威張る。

「そりゃ、一二八九期一昇進が早い男なので」

五味はリストを捲《めく》った。顔をしかめる。

「深川が登った山、ほとんど全部じゃないか」

これでも絞ったと江口は困り顔だ。

「さすがに初めてチャレンジする山で、山岳部の仲間がいるその日にはやらないでしょう。しっかり土地勘をつけたあとに、改めて登山した先で山ガールを襲ったと考え、日付に幅を持たせてピックアップしたんです」

北は北海道、南は兵庫県まで、十道府県にまたがる。

「一件一件洗うとなると……相当な手間と出費だなぁ」

若い卒業生たちは休みを取りにくいし、貯金も少ない。綾乃がリストを取った。

「私が行きます。課長の理解も得やすいので、休暇も取りやすいですし」

江口が五味や綾乃を称《たた》える。

「やっぱ夫婦共働き公務員、サイコーっすよね。俺絶対、公務員の女の子と結婚しよ」

相川が腕を組み、揶揄《やゆ》する。

「警視庁の女警は無理だろー。誰もお前を選ばないよ」

「失礼な！　そういう相川君こそ、こないだ看護師とした合コンで散々な目にあったんだって？」

江口がざまあと言わんばかりにニヤつく。塩見が食いついてくる。

「看護師と合コン⁉　なんで誘わないかな、それ」

彼女いるだろ、別れたよ、と相川と塩見が若者らしい会話を始める。一二九三期の中沢も食い気味だ。突然、リビングの扉がバーンと開け放たれた。

「よーう！　お前ら看護師と合コンだと⁉　次は俺を呼べよ絶対に……！」

高杉の登場だ。男たちの歓声で五味の自宅が揺れるほどだった。こうなるともう収拾がつかなくなる。酒だ酒だと高杉が綾乃をこき使おうとした。

ふいに、大男の後ろからちょこんと顔を出した少女がいた。結衣だ。すっぽり高杉の後ろに隠れていた。今日は二十二時まで予備校の自習室で勉強すると聞いていたが……。

「結衣。予備校は？」

五味のひとことで、場がシーンと静まり返った。卒業生たちがひるみ、恐々とした様子で、高杉の背後を振り返る。

「今日は飲むから車で迎えに来られないって高杉さんが言うから、早めに帰ったの。っていうか、お客さんが来るなら呼んでよね！　おもてなし!!」

一時期は関係を隠していたこともあったが、いまや卒業生は全員、五味が高杉の娘を育てていることを知っている。だが、結衣本人を目の当たりにするのは、今日が初めてだろう。十七畳のリビングダイニングに、むさくるしいほど男たちがつめかけているが……結衣を前に、男たちは固唾《かたず》を呑《の》んでいる。

こういうとき、結衣は物おじしない。堂々と言ってのけた。

「はじめまして～。高杉さんの遺伝子を持った京介君仕込みの五味結衣でーす！　よろしく～！」

両手をひらひら振りながらキッチンに立つ。「飲んで飲んでー！」とビールを振る舞い始めた。最初に酌を受けた大山はパニックになっていた。

「いやいや、ちょっと待って。未成年に酌させるのはまずいっしょ。しかもだって助教の遺伝子を持った教官仕込みのＪＫって⁉　俺たちどう受け止めたら……」

「最強だよなぁ、ある意味」

相川はぽけっと結衣に見とれている。江口は「かっ、かわいい……」と顔がゆでだこみたいになっていた。高杉はもうコップのビールを飲み干して、結衣に酌をさせる。

「かわいいだろ〜。俺の遺伝子だからなぁ」

くしゃくしゃに結衣の頭を撫《な》でる。

「助教の顔のでかさが似なくて本当に良かったですよ」

中沢が言った。高杉がゲンコツを食らわせている。塩見が気を利かせて「俺、ジュース買ってきますよ」と立ち上がった。結衣が首を横に振る。

「買ってあるし、自分でやるから大丈夫。っていうか、みんなの夕飯は？」

結衣が綾乃に尋ねた。五味は慌てて言う。

「出前でいいだろ。ピザとか寿司《すし》とか」

結衣が眉《まゆ》を上げた。

「わざわざ集まってくれたのに出前はないでしょう！　私、なにかさっと作るよ」

エプロンをつけた結衣がキッチンに立つ。今度は綾乃が慌てた。

「結衣ちゃん、受験勉強あるでしょ。私がやるからいいよ」

「いいって。綾乃さんは捜査があるでしょ。私は慣れてるからー。これまで京介君が連れてきたお客さん、何人もてなしてきたと思ってるの」

結衣が次々と酒をすすめ、手際よく料理を作っていく。

結局、53教場特捜本部という名の集まりは、ただの教場会のような飲み会になった。五味は卒業生から何度も酌を受ける。結衣に鼻の下を伸ばしているのがいたら頭をはたく。結衣に手を出したら罪状をでっち上げて逮捕すると高杉も息巻いた。今日の教場会の主人公は結衣だった。その場の空気を一瞬で掌握してしまうところは実父の高杉譲りだ。紅一点ということもあり……。

紅一点。五味は気がついた。綾乃がいなくなっている。

五味はリビングダイニングを出た。扉を閉めると、やかましい男たちの宴席も、遠い喧騒《けんそう》だ。階段を上がり、夫婦の寝室をのぞいた。真っ暗だった。五味は明かりをつける。

綾乃が入口に背を向けて、寝ていた。

「綾乃。寝たのか？」

微動だにしない背中が答える。

「……反省しているんです」

何を反省することがあるのかと五味は気遣い、ベッドに腰掛ける。

「妻の私がしっかりしなきゃいけなかったのに。結衣ちゃんにやらせちゃって」

「結衣のアレは気にしなくていい。客が来ると昔っから張り切るところがあって……」

「それで、私の立場はどうなるんです。みんなきっと思ってますよ。瀬山さんは教官の妻として全然だめだと」

「教官の妻はこうあるべき、なんて誰が決めたんだ」

言い争いになってきた。綾乃が起き上がり、枕に言う。

「結衣ちゃんの方がよっぽど、五味教官の生活を支えていると……」

「誰もそんなことを思っていない。お前、なんか最近おかしいぞ」

「自分だって……！」

珍しく直情的な反抗の言葉が返ってきた。黙って続きを待ったが、綾乃は呑み込んだ。ベッドから出る。

「私、署に出ます。これまで見たことがないほど、険しい顔をしていた。

逮捕状請求に前向きな石神井署の署長は、あと一週間で定年退職だ。

「上司に休暇の相談もしなきゃ。江口君のリストをあたるとなると、越境捜査になりますから」

ロングワンピースを脱ぎ捨て、ブラウスをまとう。また体が一回り大きくなっていた。結婚してから一体何キロ太ったのだろう。

「石神井のガイシャの聴取が終わり次第、私、警察学校に伺いますから」

「は？」

五味はつい乱暴に言った。綾乃がストッキングに足を入れる。

「当たり前でしょう。容疑者に聴取するんです」

「無茶を言うな。矯正プログラムが始まっている。聴取なんかしていいはずがない」

「五味さん。あの男が、本気で更生するとでも思ってるんですか？」

五味はため息を挟み、説明する。

「法務省から専門家が――」

「その女の言いなり？」

「そんな言い方をするな、なんなんだよさっきから！」

五味はとうとう立ち上がり、反論する。階下から、盛り上がった男たちの大きな笑い声が聞こえてくる。同じ一軒家の上と下で、全くの別世界だった。

「加害者支援のため、しばらく被害者支援はできないって小田さんに言わなきゃならなかった私の気持ち、わかりますか。おかしいですよ。性被害に遭って警察官の道を絶たれた教え子をほったらかしで、加害者に寄り添う必要があるんですか？」

「いまだ逮捕の道は開けていないし――」

綾乃が次々と五味の言葉をさえぎっていく。

「石神井の案件が出てきた。署長は定年間近で逮捕状にゴーサインを出すかもしれない。道は開けています。私、絶対に深川翼を聴取しますから！」

「待ってくれ。こっちはこっちで深川を更生させるために時間を割いて準備をしてきた。赤木教授の意見を無視することは――」

「あいつは私を強姦《ごうかん》すると宣言しているんですよ！」

五味は黙り込んだ。

「あの男は、百回目の犯行の被害者に私を名指ししている。あなた私の夫ですよね⁉︎どうして平気な顔をしていられるの！」

綾乃がここまで声を荒らげるのは、結婚——いや、出会ってから初めてのことだった。


月曜日の朝、五味は出席簿を持って、高杉と共に自教場に入った。

いつものように藤巻の号令を聞く。学生たちは一週間の実務修習を無事終えて、いい顔をしているはずだった。警察手帳の交付も終わっている。学校の授業中、ジャケットの内ポケットに警察手帳を入れてくるのは初めてのことだ。いつもなら整列させて身だしなみのチェックをする。間違いがあれば正し、ひどければペナルティを科す。だが、五味はその気力が全く残っていなかった。

今日は一同を見渡しても、学生たちの顔がぼんやりとうつるばかりだ。目の疲れか、ピントがあっていない集合写真を眺めているようだった。

「それじゃ、今週も一週間がんばろう」

声だけはそれなりに張り上げ、五味は朝礼を終えた。逮捕術を教える高杉は、術科棟へ向かった。五味はひとり、本館の教官室へ続く階段を下りる。

「五味教官！」

呼び止められた。振り返る。有村佳代だ。

「おう。有村。どうした」

「先週、正門で話した件です」

「正門で……。なにか話したっけ？」

佳代は変な顔をした。周囲を行きから学生の目を気にした後、ひっそりと言う。

「菊池巡査の件です」

五味の頭に、高杉の股間《こかん》を指の隙間から凝視していた童顔の女警の顔が浮かぶ。

「今日の午後、彼女の件で面談をしていただけませんか」

「週末、菊池がなにかしでかしたのか？」

「ここじゃ言えません。人の目があるところではちょっと……。面談してください。どこか個室で」

五味は一瞬、ふらつく。また卒倒したらたまらない。慌てて壁に手をついた。五味を診断した医者は、「全部投げ出せ」と言った。無理なら一部でもいいから投げ出せ。

五味は佳代を見返す。

「すまない。今週は難しい。来週以降にしてくれ」

綾乃はレジデンスタワー石神井という、石神井駅直結のタワーマンションに入った。2505号室に、福島玲奈《ふくしまれな》という主婦が家族と三人で住んでいる。大山が見つけた、深川の被害者と思《おぼ》しき『A子』だ。

アポを取ったのは大山だが、玲奈は男性刑事の聴取を拒んだ。今日は綾乃ひとりだ。

玲奈は今年で三十八歳、中学生になる息子がいるとは思えないほど若々しい女性だった。薄化粧でネイルもしていないが、ロングヘアに細かいメッシュがたくさん入り、少々派手な印象を受ける。

トイプードルがペットサークルの中でゆるりとしっぽを振っている。深川が四年前、散歩させていた犬だ。

「かわいいワンちゃんですね。どれくらい飼ってるんですか?」

「もう十五年です。おじいちゃんワンコなんですよ」

改めて、便利屋のことを尋ねた。玲奈は表情が曇る。

「本当に、便利屋のあの青年が犯人かもしれないんですか」

「はい。顔、おぼえてらっしゃいますか」

玲奈が紅茶とクッキーをお盆に載せて、リビングにやってきた。

「もちろん。犬の散歩を便利屋に依頼して、派遣されてきた青年を見てびっくり仰天です。どこのモデル事務所から派遣されてきた青年かしら、って」

綾乃は改めて、深川の運転免許証の写真を見せた。

「ええ、そう。この青年です」

「平成二十九年の事件についてですが、差支えなければ、もう一度、話を聞かせていただいても?」

玲奈は紅茶に砂糖を入れて、かきまぜながらぽつりぽつりと話し始めた。

「水曜日でした。いつも通り六時に起きて、七時に夫が出勤し、四十五分には当時小学生だった息子を送り出しました」

洗濯物を干したあと、犬の散歩にでかけた。三十分ほどで帰宅したという。

「犬の散歩はいつも三十分ですか?」

「普段はもっと長いです。午前中に宅配便の受取の予定があったので、早めに切りあげてきました」

夫の宮城県の実家から米が届く予定だったらしい。

「その日の午前中に宅配便が来ると知っている人は、他に誰かいますか」

「夫とそれから、家庭教師の岡本《おかもと》君です」

容疑者の筆頭候補だったフリーランスの家庭教師、岡本隼人《はやと》のことだ。現在は三十五歳で、家庭教師派遣会社を経営している。人妻の玲奈に片思いでもしていたのか、酒の席で友人に「玲奈さんとセックスしてぇー!」と叫んでいたらしい。玲奈はそれを知ってか知らでか、岡本の話を続ける。

「岡本君にもお米のおすそ分けをする予定でした。その日の夕方、ちょうど授業の日だったので、持ち帰る袋を用意してきてと話してあったんです」

玲奈に性的興味を持っていたこと、宅配便の受取時間を知っていたこと、この二つの事実から、岡本が第一容疑者にあがったようだ。深川が犯人だとしたら、彼はどうやって宅配便到着日時を知ることができたのだろう。深川が最後にこの福島宅に来たのは、事件の一か月前だ。

「便利屋の青年、深川翼に、この日の午前中に宅配便が届くと話したことはありますか？」

「ないですが、岡本先生が話していたかもしれません」

綾乃は眉《まゆ》をひそめる。

「家庭教師の岡本隼人と深川翼は、顔見知りですか？」

「岡本先生を紹介してくれたのが、深川君だったんです。深川君が中学生の時の家庭教師だったとかで」

中学校時代の深川は、成績不振で複数の家庭教師をつけられている。まだ全員に当たれていなかった。意外なところで深川の交友関係とつながる。綾乃は調書の『岡本隼人』の名前に何重もの丸をつけた。あとで岡本の聴取もする。綾乃は玲奈に先を促した。

「九時過ぎには帰宅して、部屋の掃除をしていました。十時前に、宅配便ですとインターホンが」

玲奈はオートロックを解除した。玄関の扉を開けて、宅配便業者がエレベーターで上がってくるのを待った。

「業者の背恰好《せかっこう》はどうでしょう。身長が高かったとか、小柄だったとか」

玲奈はあいまいだ。犯人は段ボール箱を顔の前に掲げて持っていたらしい。

「胸から上が段ボール箱で隠れていましたが、背が低いという感じがしなかっただけで、背が高かったかと言われると、ちょっと……」

玲奈は印鑑を持って待ち構えていたが、宅配便業者が段ボール箱を軽々と持って走ってきたので、妙な感じはしたという。

しかも男は立ち止まらない。段ボール箱を前に持ったまま、玲奈の家に突っ込んできたのだ。玲奈は段ボール越しに突き飛ばされ、玄関の上がり框《がまち》に倒れた。驚愕《きょうがく》で頭が真っ白になり、悲鳴をあげることもできなかったという。気が付けば、顔の周りを段ボールで囲まれていた。

「箱を頭からかぶせられていたんですね」

玲奈が頷《うなず》く。なにがなんだかわからないまま、箱から逃れようともがいているうちに、ジーンズを脱がされたのがわかったという。逃げようとうつぶせになり、四つん這《ば》いになったところで両足首をがっしりとつかまれた。足を開かされ――。

玲奈が押し黙る。瞳《ひとみ》に、これまでにない深刻な色が浮かぶ。

「無理をしなくて大丈夫です。証言がきつかったら、飛ばしていいですよ」

「すみません……あの……唾《つば》を吐く音が」

陰部に唾を吐きかけられ、指でまさぐられたという。玲奈は必死に抵抗したが、陰茎を挿入された。頭を覆う段ボール箱からやっと逃れた玲奈は、宅配便の男の帽子をはぎ取った。目出し帽の顔が現れたという。

「目が合って……」

玲奈はまた口をつぐんだ。震える手で紅茶を飲もうとしたが、こぼしてしまった。綾乃はハンカチを差し出した。玲奈は断り、ティッシュを大量に取って泣き出した。

「首を絞められたんです。抵抗したことを後悔しました。殺されるんだなと思って……。首を絞めている間も、犯人は腰を振るのをやめなくて」

足を閉じようとして太腿《ふともも》に力を入れていたら、左大腿《だいたい》の内側を靴の足で踏みつけられたという。

「右足は高く持ち上げられて、犯人の肩と顎《あご》で足首をがっちり固められているんです。股《また》が裂けるほどに足を開かされて、屈辱的すぎて……」

首を絞められ呼吸ができない苦しさ、体を靴の足で踏みつけられる屈辱、関節が外れそうになるほど足を広げられる激痛、秘部に見知らぬ男の勃起《ぼっき》した陰茎が出し入れされる強烈な生理的嫌悪感――。

強制性交はほかの犯罪に比べ、犯行時間が長い。一時間に及ぶ場合もある。被害者はその間、人が持ちうる全ての負の感情を一手に心に背負うことになる。恐怖が一時間続く。痛みが一時間続く。屈辱が一時間続く。生理的嫌悪感が一時間続く――綾乃は話を聞くほど、性犯罪被害者が背負う過酷さが身に染みていく。

「夫と息子のことが頭をよぎりました。どんな風に殺されて、どんな姿で発見されるんだろうと。せめて――せめて息子が第一発見者になっても傷つくことがないように、なんとか身なりだけは整えなくてはと……」

酸欠で意識を失って目が覚めたときには、うつ伏せにさせられていたという。背後から犯人が尻《しり》を突いている間、玲奈は衣類を犯人に持っていかれぬよう、ギュッと胸の前に抱いて、耐えていたという。抵抗したら今度こそ殺されると思ったからだろう。夕方には帰ってくる息子に現場を悟らせないために、ひたすらに耐えたと玲奈は証言した。

犯人は射精すると、下着を身に着けようとした玲奈の顔面を蹴《け》った。玲奈が鼻血を出して呻《うめ》いている間に、玄関収納にあった息子の縄跳びのロープで玲奈を拘束し、玄関から出て行ったという。拘束は、手首を必死に動かしていたらすぐに取れる程度のものだった。

玲奈は、夫と息子のことを考え、すぐには通報できなかったようだ。風呂《ふろ》で体を洗ったあと、夫に電話をしている。夫は自宅にトンボ返りして妻に寄り添った。一週間夫婦で話し合い、悩みに悩んだ末、石神井署に被害相談にやってきた。

石神井署が被害届を受理し、捜査がスタートした。

だが捜査が進むにつれて、夫の態度が硬化してきた。捜査員が男性ばかりであることや、妻が同じ供述を何度もさせられるのを見て、夫も屈辱感を覚えたのだろう。捜査本部が立ってから一週間で被害届を取り下げさせている。妻よりも夫の方が耐えられなかったのだ。

「悔しいけれど、夫の気持ちも痛いほどわかります。警察とはいえ入れかわり立ちかわりやってくる男たちに妻がレイプされた詳細を話しているのを、普通の男性は見ていられないでしょう」

綾乃は質問した。

「犯人は犯行中、玲奈さんになにか話しかけましたか？」

「いいえ。ひたすら行為にふけり、抵抗すれば首を絞めるだけです」

「数字を言わせるようなことは？」

「数字？」

玲奈は唐突に思ったのか、首を横に振った。

「深川翼が最後に便利屋の仕事でここへ来たのは事件の一か月前ですが、その時はどうでしょうか」

玲奈が記憶を辿《たど》る顔になった。綾乃は促す。

「犬の散歩に行く前後、仕事内容の確認とか請求書のやり取りなどで、雑談はあったと思うのですが」

「ええ。岡本先生を紹介していただくという話もしましたし」

「そういった時に、数字を言わせる、読ませる、見せる、ということはなかったですか」

「具体的にどんな数字です？」

「これは捜査情報で詳細を言えないんですが、六桁《けた》の数字です」

玲奈は首を傾げながらじっと壁を睨《にら》みつけた。ぽつりと言う。

「そういえば、最後に深川君が来たとき、契約書の内容が改定されたとかで。新しい書類にサインさせられたんです。契約書の最後のページを読み上げてほしい、と言われたことがありました」

声に出して契約書を読み上げさせる──妙に思っていたので、覚えていたようだ。

「最後のページには、何が書かれていたんです？」

「我が家と便利屋さんの名前や住所、電話番号だけです」

「その契約書、控えはありますか？」

玲奈はリビングのクローゼットを開けて、ファイルを取り出した。数ページ捲《めく》り「これですね」と中身を綾乃に見せる。050から始まるIP電話番号なのに二桁足りない数字の羅列が、目に飛び込んできた。

『050―32―1116』

間違いない。石神井の案件は、深川の仕業だ。

五味は昼休み、教官室のデスクで採点をしながら、コンビニのおにぎりをかじっていた。大山から報告の電話を受けた。被害者宅に残っていた契約書類から『321116』が出てきたらしい。

「西新橋に本社がある便利屋にも行ってきたのですが、契約書の改定もしていないし、電話番号もIP電話の050ではなく、03から始まる固定電話でした」

後日、岡本隼人という、当初は第一容疑者だった家庭教師を探るという。岡本は中学生だった深川を指導していた。十年後に深川が別の顧客を紹介したところを見ると、長らく個人的な交流があったのだろう。

犯行日に石神井の福島玲奈宅に宅配便が届く予定があったことを、岡本は深川に話したか。確かめる必要がある。

「もしかしたら共犯の可能性もある。岡本の聴取は慎重に行え」

電話を切った。気が付けば、隣の高杉のデスクに赤木倫子が座っていた。今日はモスグリーンの縁がついた眼鏡をかけていた。

「余罪五件目、確定です」

平成二十九年六月に石神井のタワーマンションで起こった事件と伝える。倫子は忙しく深川の余罪ノートを捲る。日付順になっているので、確認は容易だ。

「――ないわね。似た案件もない」

「やっぱり本人が書いたリストは嘘っぱちだ」

「そうだろうとは思ったけどねー」

倫子が背もたれに寄りかかる。

「余罪リストを百件もしたためて準備していたくせに、五味教官が現れたのを見た瞬間、咄嗟《とっさ》にノートを後ろに隠したように見えたわ」

五味はしばらく来ないと思い込んでいたのだろう。深川はあの嘘八百のノートを、倫子だけに渡すつもりだったのか。

「私を信用しないという意思表示よ」

「そうかな。だったらなぜノートを俺に投げつけたんですか」

「あなたとは長らく対立関係にあるから、従来通りの対応をしなくてはならないと考えてしまったのよ。だから、翼君はあなたにノートを投げつけた」

五味は理解できない。

「深川の本心がどこにあると言いたいんです？」

「翼君は、あなたにはこれ以上、嘘をつきたくないということなのよ」

五味は天を仰ぐ。

「アメと鞭《むち》をうまいこと使い分けて、俺を丸め込もうってわけだ」

「そうかもしれないし、そうじゃないかもしれないし——いずれにせよ、よっぽど参っちゃったんでしょうね」

「なにが。誰が？」

「翼君よ。あなたが倒れたと聞いて、相当動揺していたわ。本音を話すなら五味教官と決めている。だから私を追っ払うためにあんなリストをわざわざ作った」

「俺を巻き込みたいのなら百件目に妻の名前を書くのはおかしくないですか」

「あなたを巻き込みたいから書いたのよ。あれを見ればあなたが激怒して、病気を押してでもまた来てくれると思ったんじゃないの?」

小学生かと五味は頭を抱えた。

「小学生以下よ」

倫子が断言した

「頭はいいのに、感情表現は赤ちゃんより下手ね」

五味は思い立ち、倫子に問う。

「深川が被害者に言わせる321116には、何の意味があるんでしょうか」

「父親の生年月日なのよね。深川浩、昭和三十二年十一月十六日生まれ」

「父親への当てつけ?」

ブンブン倫子は首を横に振る。

「SOS」

一三一七期の教職員会議が長引き、深川の矯正プログラム開始が大幅に遅れた。十八時、五味は倫子と共に、大心寮の一階に向かう。

五十メートル先に見える扉が、半分開いていることに気が付いた。

扉の枠にはめた三つの南京錠が、蝶番《ちょうつがい》から外れているようだ。

「嘘だろ……!」

倫子も手に持っていたパイプ椅子を落とし、絶句している。

脱走したのか。五味は廊下を全速力で走る。半開きの扉を開け放って、１４５号室に飛び込んだ。

三人の男女がいた。

すぐ目の前に立っていたのは大山だ。威張った顔を作り、腕を組んで立っている。深川はデスクの椅子に座っていた。傍らに女が立って、深川を見下ろしている。綾乃だ。手にスパナーを持っている。あれで錠を壊したのか。

五味は天を仰ぎ、怒鳴った。

「お前ら、なにやってんだ！　なぜ勝手に侵入した！」

大山が飛び上がる。

「す、すみません。てっきり瀬山さんが五味教官の許可を取っていると思って……」

綾乃が平気な様子で五味を顎《あご》で追い返す。

「聴取の邪魔です。席を外してください」

五味は部屋を突き進み、綾乃の腕を引いた。

「勝手に聴取をするなとあれほど言った！　いま矯正プログラムを――」

「この男は更生なんかしない！　どれだけの女性に、どれだけひどいことをしてきたのか……！　今日午前中に聴取してきた石神井の彼女だって……！」

綾乃は涙ぐんでいる。被害者にすさまじく感情移入している顔だった。

出入口では、倫子が「台無し……」と額に手を置いている。

深川が上目遣いに綾乃を見て、答えた。

「石神井……。もしかして福島玲奈さんのことですか」

綾乃はすっと顔をこわばらせ、深川を見下ろす。帯革の手錠入れに手をかけていた。

「認めるのね」

「なにをです？　トイプードルを飼った小学生の母親をレイプしたか、ですか？」

五味はやり取りをやめさせようとする。綾乃が五味を突き返した。

「なぜ聴取の邪魔をするんです！」

「あれは同意のセックスだったんですけどねー」

深川が割り込んだ。

「犬の散歩から帰ってくると、玲奈さん、いっつもほしそうな顔で僕の体をなめるように見てくるんですよ。ダイニングで利用者伝票を書いていると、玲奈さんがわざと印鑑を落とす。僕がかがんで拾うと、彼女は足を広げて、足の間を見せてくるんです。グレーの下着が、もう、ぐっしょりと濡《ぬ》れて黒いシミを……」

「黙りなさい！」

綾乃が深川に手を振り上げようとした。五味は慌てて綾乃の手首をつかみあげ、部屋の外に連れ出そうとする。

「離して、許せない！　一度だけでなく二度も三度も……！」

もみ合う夫婦を横目に、深川が問う。

「そもそも刑事さんがた、俺を連行できるんですか？」

「逮捕状は出る」

大山が自信たっぷりに言った。五味にも大きく頷《うなず》いてみせる。石神井署長が動いてくれたのか。深川が呑気《のんき》に口をはさむ。

「出ないと思いますよ～」

「絶対に出る！　もう地裁に――」

「いつ届くんです」

大山が時計を見た。瞳孔《どうこう》が揺れている。届くはずなのに届かないと思っているのが、五味にはすぐに分かった。綾乃が五味の手を振り払い、深川に言う。

「残念だけど、石神井署の署長は今週末で退職なの。天下りもしない。国家公安委員なんかこれっぽっちも怖くない」

「そうじゃなくて、石神井の件、証拠はあるんですか？」

「32116。あなたはいつもの数字を読み上げさせている。この数字を言わせたいがための偽物の契約書の写しを被害者宅に置いていくなんて、大きなミスだったわね」

「32116が証拠になるんですかぁ」

深川が椅子に寄りかかりながら、鼻で笑った。綾乃が反論する。

「三田でも、ここで小田巡査を強姦《ごうかん》したときも数字の読み上げを強要している！」

「で？　その三田署の件と府中署の件、俺の犯行だと確定しているんですか？」

綾乃が言葉に詰まった。五味は唇をかみしめる。石神井署の署長の定年退職まで時間がないせいか、綾乃も大山も捜査が雑になっている。

深川が前かがみになり、指摘する。

「いいですか、瀬山……。いえ、五味綾乃さん。府中署も三田署も被害届を握りつぶしたんでしょう？　僕が性犯罪を行ったとは誰も立証していない。つまり、警視庁は３２１１１６という数字にこだわる性犯罪者が深川翼だと立件できていないんですよ。いまごろ捜査資料を眺めている地裁の裁判官は、頭の中がハテナマークだらけだと思いますが？」

綾乃は真っ青になっている。突然、深川が立ち上がる。綾乃に迫った。

「いいですよ。府中署への任意同行なら喜んで応じます。ちょうどいい。百件目の犯罪をいよいよ実行できるわけだ。取調官は絶対に瀬山さんでお願いしますよ」

これ以上しゃべらせない。五味は深川の顎を摑み上げた。壁にその体を叩《たた》きつける。

「お前――ぶち殺してやるぞッ」

こんな言葉が自分の口から、教授や妻、卒業生の前で出るとは、思ってもみなかった。

深川は下顎を完全に五味の右手で固定されたまま、入れ歯が取れた老人みたいなしゃべり方で答える。

「いつでもどうぞ」

五味はこのまま握力で深川の下顎を砕いてしまいたかった。口の下半分を粉砕してしまえば、もう二度と、深川は五味や綾乃を言葉で凌辱《りょうじょく》することはできない。

しばらく入口で静観していた倫子が、呼びかけた。

「五味教官。そこまでにしてください」

ここまでの修羅場を見ても、倫子は動じていなかった。五味は一旦《いったん》深呼吸し、感情を抑えた。深川を押さえつける手には力を込める。

「赤木先生、高杉を呼んできてくれ」

深川がびくりと肩を震わせた。倫子も咎《とが》める。

「五味教官、暴力は――」

「させませんよ、見張りです。南京錠を壊したでしょう。新しいのを買ってくる」

高杉が来るまで深川を見ておけ、と大山を振り返る。

五味は深川の顎を最後強く握り、手を離した。綾乃の手を引き、部屋から連れ出す。部屋の入口に立っていた倫子に、頭を下げる。

「妻がすみません。今日の矯正プログラムは延期で」

倫子は綾乃になにか言いたそうな顔をしたが、五味が代弁すると察したようだ。ひとことだけぼやく。

「全く、いつになったら始められるのよ」

五味は145号室から数室離れた空き部屋に、綾乃を放り込んだ。扉を後ろ手にぴっちり閉める。

「どういうつもりだ。頼むから、俺と赤木教授の矯正プログラムの邪魔をしないでくれ！」

綾乃は目を剝《む》いて、五味につかみかかってきた。

「なにが矯正プログラムですか。見たでしょあの態度！　あいつが更生なんてするはずない！」

「確かに可能性は低いが――」

「時間がないんですよ、逮捕状まであと一歩なんです！」

綾乃は五味の横をすり抜け、個室を出ていこうとした。五味は綾乃の腕をつかんだ。

「よくない！　ちゃんと話し合おう。深川の件で俺とお前が同じ方向を向いていないと――」

「無理です。私はあの男の更生なんか望んでいない！」

綾乃が叫んだ。声を震わせ、続ける。

「五味さん、小田さんが負った一生治らない心の傷を知っているでしょう。三田の主婦が味わった屈辱も知っているはず。学校を追われた榎本璃子先生だってそうだし、今回の石神井の主婦だって……！」

わかっている。じゃあ、どうしたらいい――と五味は天井を仰ぐ。

「俺はあいつを閉じ込めた張本人で、もう一年以上監禁という違法行為を続けている。学生たちに危害が及ぶ可能性だって捨てきれない。一刻も早くアイツを豚箱に送りたいが、弥生と桜は見つからないし、余罪をいくら掘り起こしたところで逮捕まで程遠い！」

「だからってあの悪魔を更生？　どうせいつかのように優等生ぶって、更生したように見せかけますよ。あいつはそういう男でしょう！」

反論の隙を与えず、綾乃がまくしたてる。

「あなただって半年近く、深川を傷ついたかわいそうな少年だと思い込まされてきた。半年もコロッとあいつに騙《だま》されてきて、またあいつに騙されないという確証がどこにあるんですか？　万が一自供して、府中署で収監するとして、それがあの余罪リストの予告通りに私をレイプするための計画の一部だったら？」

綾乃は五味の警察制服の袖を震える手でつかむ。泣いていた。

「あなたは、妻が犠牲になるかもしれない『自首』を受け入れるつもりなの？　そんなことができるの！」

妻に力いっぱい、胸を突かれた。

「あなたはもうずっと前から、深川翼という悪魔に取り込まれているの。妻のことも、娘のことも、自教場の学生のこともすっかり忘れ果てて、深川翼という悪魔の言いなりになっている！」

五味はもう返す言葉がなかった。綾乃は糾弾をやめない。

「警察官でしょう、正義を学生に教える教官でしょう。正義はどこへ行ったの？　私はこんな五味さんと結婚したつもりはない！」

綾乃は五味を突き放し、警察学校を出て行った。


五味は自宅に帰る気になれなかった。

本館の宿直室に泊まる。高杉が心配し「俺も泊まろうかな」と寄り添ってくれる。

五味は高杉と二人で『飛び食』で飲んだくれたあと、警察学校に戻った。帰り道、念のため結衣に電話をする。

「今日は帰れそうもない。瀬山は戻ってる？」

「綾乃は相当気が立っていた。あの後どうしたか、とても心配している。

「綾乃チャンも今日は帰らないって。仕事が忙しくて泊まりらしいよ。って言うか夫婦でしょ、直接聞いたらいいじゃん」

それなら帰ろうかと思ったが、もう終電は終わっている。五味は適当に受け流し、電話を切ろうとした。

「待って京介君。M大の後期試験の受験料振り込み、したよね？」

しまった、と立ち止まる。

「えーっと……いつまでだっけ」

結衣に猛烈に叱られた。

「明日まで！　明日の二月二日火曜日の二十三時五十九分までだからね！　もし忘れたら京介君との養子縁組解消して、高杉家の娘になるから！」

結衣は電話を切ってしまった。五味はすぐさまスマホでログインし、クレジットカードで支払おうとしたが、エラーが出てしまった。

「くそっ。まだ制限がかかっている」

クレジットカード会社に電話をし、限度額を増やす依頼をしたが、収入証明書を出せだのなんだの審査があり、すぐには引き上げられなかった。警察学校に戻り、そわそわしながら宿直室で就寝準備する。

「明日、銀行に行くしかないな……」

「お前、絶対忘れんなよ。なんなら俺がやっておこうか？」

養子縁組解消とか、高杉家の娘になるとか、衝撃的な結衣の脅しが脳裏に蘇《よみがえ》る。五味はムキになった。

「いいよ、俺の義務だから」

五味は「受験料振り込み受験料振り込み」と脳に刻み付けるつもりで唱え、仰臥《ぎょうが》した。いつの間にかことりと寝ていた。パチリと目が覚めてスマホを見る。まだ午前一時半だった。隣の高杉はいびきをかいて寝ている。

たったの一時間で目が覚めてしまった。

五味はひたすらに目を閉じた。綾乃に糾弾された言葉が頭をぐるぐると駆け巡り、目が冴《さ》えてしまう。結局、眠れない。

六時半に布団から出た。強烈な寝不足で倒れそうだ。目の奥が痺《しび》れ、胃が絞られるようにきゅうっと痛む。無理に動くとまた卒倒する気がした。医者の処方した漢方薬を飲み、高杉と共に自教場に向かう。

藤巻の号令、学生たちの挨拶《あいさつ》が、水の幕の向こうから聞こえるようだった。学生たちの表情が全くわからない。目をこすり、焦点を合わせようとするのに、学生の顔を認知することができなかった。

何の訓授もできない。連絡事項だけ伝えて、五味は自教場を出た。

「五味教官!」

女警に呼ばれた。振り返る。小さな背恰好《せかっこう》と地味な顔立ちで、菊池忍だということがわかる。表情や顔をうまく認識できないまま、五味は泰然自若を装い「おう、なんだ」と笑顔で言ってみる。

「今日、面談をしていただけないでしょうか」

「なにかあったのか」

「有村巡査と、揉《も》めていまして……」

今日の夕方は、深川の矯正プログラムを仕切り直す。昨日は刑事が突然押し掛けた上、相当に揉めた。今日のカウンセリングは絶対にすっぽかすなと倫子からきつく言われていた。

「すまない。明日でいいか」

忍の表情はよくわからない。五味は申し訳ないと片手を上げ、前へ向き直る。倒れないように、ふらつかないように歩くことに必死だった。そういえば昨日も誰かが面談を求めていた気がする。思い出せないまま、教官室に戻った。


綾乃は出目金みたいに腫《は》れた目を、いっそうすぼめた。

多摩川の河川敷に注ぐ西日が痛いほど眩《まぶ》しい。

石神井署の大山を連れ、大田区田園調布《おおたでんえんちょうふ》の多摩川河川敷に来ている。捜査一課の塩見も来たがっていたが、綾乃は断った。昨晩、府中署の女子休憩室で泣き腫らし、顔がむくんでぱんぱんになっていた。こんな顔を夫の卒業生たちに見られたくない。大山だけで充分だ。

青いアーチの丸子橋《まるこばし》をくぐる。東京都と神奈川県をつなぐ、美しい橋だ。土手を降りた。階段状になっている川岸に幾人かの釣り人が見えた。岡本隼人の顔は運転免許証の写真で確認している。すぐに見つかった。えらの張った大きな顔が目印だ。

「こんにちは。なにか釣れました？」

綾乃も大山も朗らかに声を掛けた。岡本もずいぶん馴《な》れ馴《な》れしく答える。

「釣れた釣れた。すごいの。見てよ」

足元のバケツを顎《あご》で指す。暗いグレーの背びれと赤いお腹が見えた。ピラニアだ。多摩川は人が放流した外来種が多く釣れるのだ。ぎょっとした刑事二人を見て、岡本はにやついている。

「さすが、安定のタマゾン川でしょう」

綾乃と大山は改めて警察手帳を示し、名乗る。愉快そうに笑っていた岡本の表情が引きつる。玲奈の事案で容疑者扱いされた記憶が蘇ったか。

「刑事さんか。どうりで、リクルートスーツ並みの地味な恰好《かっこう》なのに、就職活動中の若者にしては貫禄《かんろく》があるなぁと……」

綾乃を見て言いかけたが、咳払《せきばら》いで誤魔化す。太っていると言いたいのだろう。

「玲奈さんの件？　再捜査でもしているんすか」

「実は、真犯人が判明しそうなんです」

岡本の表情が強張《こわば》った。

「誰よ。真犯人て」

深川と岡本は友人関係にあった。いまでもそうなのか。玲奈の件に関しては共犯もありうる。綾乃は慎重に岡本と距離を詰めながら、尋ねる。

「岡本さんは大学生時代から家庭教師をされていたそうですね」

「まあね。あの頃はバイトだったけど」

「いまはご自身で家庭教師派遣業をされているんですね。石神井の福島玲奈さんの息子を紹介したのは、深川翼君だとか。あなたは中学校時代の深川君を教えていた」

「あー。翼。そうだよ」

「彼とはいまでも友人関係が？」

「いや。切れちゃったね。忙しいのか嫌われたのか知らないけど。翼は警察官になるって。一度強姦《ごうかん》の容疑者に祭り上げられたのとは付き合えないんじゃないの」

いまの深川を知らないようだ。いや、知らないふりをしているのか。

「教え子とその後友人関係になるというのは、岡本さんにはよくあることですか？」

「もちろん。人生一期一会だよ。人との出会いを僕は大切にしているんで。家庭教師と生徒という関係が切れたあとから、全ては始まるんだ」

とてもいい話をしているように聞こえたが、態度がちゃらちゃらしているので説得力がない。

「中学校時代の深川君、どんな感じでしたか」

「うーん。すっげえ頭のいい子だな、という感じ。美形のパーフェクトボーイ」

家庭教師とは思えない言葉遣いで軽くこたえる。

「とにかく従順。中学生とは思えないくらい素直でしたよ。家庭環境がいいとは言えない状況だったけど、全然反抗しなくて俺とも超仲良しになった。一緒に風呂《ふろ》も入ったし」

「風呂……」

大山が半ば呆《あき》れ、半ば不信感をにおわせて、呟《つぶや》く。この岡本という家庭教師は、派遣先の家庭に入りすぎる。玲奈の自宅でも、米を分けてもらうほどに深く接した。深川の中学校時代は風呂にまで入った。汗をかくスポーツの指導者ならまだしも、勉強を教える家庭教師が生徒と一緒に風呂というのは、聞いたことがない。

「恥ずかしがって、あいつ絶対にパンツを脱がないの。タオルで隠すならはぎとってやるのにさ、パンツ穿《は》いたまま入ってくるからびっくりだよ」

おかしいと指摘したら、「いつもパンツを穿いたまま風呂に入る」と深川は大真面目に言い張ったらしい。

釣り糸に明らかな反応があった。水面をぐるぐると回り始める。岡本は慣れた調子で釣《つ》り竿《ざお》を引きながら、リールを巻いていく。車の走行音と川の流れがBGMの川辺で、岡本が巻き取るリールのギリギリギリという音が、鮮明に聞こえる。

「ずいぶんやかましいリールっすねぇ」

大山も釣りをするらしく、岡本の釣り竿を珍しそうに眺めた。

「これ、形見のスピニングリールなんですよ」

「ご家族の?」

「ううん。かつての教え子のじいさんの」

米を譲ってもらい、風呂に入り、今度は形見の釣り具までもらうのか。

「イマドキのリールのシャーッていう静音は好きじゃないんだ。釣り上げてやるぞっていう高揚感が、シャーッて音じゃ白けるでしょ」

　ふいに岡本の腕が空回りする。

「あれっ……」

　釣り糸の先がにぎやかしく空中を躍る。仰々しい音を立てたわりに、逃げられたようだ。岡本は舌打ちして釣り糸を手繰った。綾乃は切り出す。

「石神井の件で、ひとつ確認をしたいのですが」

　岡本が餌を釣り針に刺しながら、気のない返事をする。

「岡本さんは玲奈さんからお米のおすそわけをもらえるということで……」

「そうそう。宅配便がいつ来るか、知ってたよ」

　面倒そうに岡本が答える。このせいで四年前、犯人扱いされたのだ。

「宅配便の到着時間を他の誰かに話しましたか？」

　岡本は長らく沈黙を貫いていた。さっきまで陽気にしゃべっていたのが嘘のようだ。

　大山が促した。

「深川翼に話した、ということはないですか？」

　岡本がまじまじと大山を見据える。

「翼のこと、容疑者みたいに言うんだな。あいつ、警察官になったんじゃないの」

「なっていません」

「いまどこにいるの」

綾乃は答えなかった。

「教えたよ、翼に」

岡本がため息交じりに答えた。

「あそこは母親がいないじゃん。大学生になった息子に父親がせっせと夕食を用意する感じでもないだろうしさ。自分も米が欲しいなって翼が言うから」

岡本の横顔は張り詰めている。丸子橋の欄干にとまっていたカラスが、しきりに鳴いていた。岡本がカラスを見て、なにか思い出したようだ。

「翼……。名前のせいかな。たまに自分のことを飛ぶ鳥にたとえていたよ」

岡本は白鳥や孔雀《くじゃく》などの美しい鳥の名前を連想したようだが、深川はいつも自分を『カラス』にたとえていたという。

「カラス……?」

綾乃はつい繰り返す。

「害鳥だし、真っ黒なところがそっくりなんだって」

「つまり、深川君は自分のことを害のある黒い存在だと、中学校時代から認識していた、ということですか」

岡本は返事をしなかった。丸子橋にとまったカラスの鳴き声に、綾乃はいま気が付いた。その存在に注意を払っていなかった。

五味は教官室の電話で、石神井署の大山から岡本隼人の聴取の報告を受けていた。十六時五十五分——深川の矯正プログラムの時間だ。

「大山、ありがとう。大いに参考になった」

「いえいえ。ところで——奥さんどうしたんですか」

ヒソヒソ声で大山が言う。

「出目金みたいに目が腫《は》れてましたよ。普段はきれいなくっきり二重なのに」

昨晩、泣き腫らしたのだろう。だが五味には綾乃をフォローする気力がなかった。

電話を切って立ち上がる。倫子が待ち構えていた。

五味と倫子は学生棟へ向かう。新品の南京錠を開けて145号室に入った。深川はデスクに座り、ワークシートの前で難しい顔をしている。

「あら。今日は真面目に取り組んでいるのね」

倫子が深川の背後からワークシートをのぞく。深川は倫子には会釈をしたが、後から入った五味には見向きもしなかった。

最初のページには、プログラムを受けるモチベーションを記入するスペースがある。

『このプログラムを終えることで何を達成し、どんな自分になりたいか』

深川はこう記していた。

『リンゴを拾う人』

意味不明だ。倫子は咎《とが》めないし、詳細を聞かなかった。これは深川だけがわかればいいのだという。

「私、ワークシートのコピーを取ってきます」

気を利かせたつもりなのか、倫子は五味にウィンクをして、145号室を出て行った。

深川はデスクに座ったまま、宙を見つめている。五味もその横にパイプ椅子を広げて座ったまま、無言を貫いた。三分で根負けし、五味は深川に尋ねた。

「〝リンゴを拾う人〟というのはなんだ」

深川は宙を睨《にら》んだまま、答える。

「ニュートンですよ。りんごが落ちることで万有引力を突き止めたでしょう」

「なにか発明をしたいということか？」

「違います。ニュートンのように名前を残したいんです。連続強姦魔としてこの先何人もの女性に乱暴し、記録を作って後世に名を残す」

ばかばかし過ぎて聞くに堪えない。五味は話を逸《そ》らした。

「岡本隼人という家庭教師、覚えているか？」

深川は瞬《まばた》きしかしなかった。五味は、大山を経由して聞いた岡本の話を持ち出す。中学生ですでに、自分のことをカラスにたとえ、害悪な存在と認識していたことについても尋ねた。返事はなく、深川は岡本の話を一切語らなかった。

倫子が戻ってくる。コピーしたワークシートは、歴史の年表みたいになっていた。上部に西暦と月、年齢を記入できるようになっていて、その下に「出来事」という大きな書き込み箇所があった。

『誕生したときの、両親から聞いたエピソード』と言う質問に、深川はこう記していた。

『二九〇〇グラムで誕生。母は小柄だったため、出産時の出血量が多く、新生児の僕よりも入院が長引いた。この時、合併症で肺炎にかかり、以降、肺を悪くしている』

幼稚園の頃の記載を見た。母親が入退院を繰り返す記録ばかりが目についた。日付や病院名までもが具体的に記されている。

「お前が幼稚園の頃のことだが……日付まで覚えているのか？」

深川はこともなげに頷《うなず》いた。倫子も首を傾げる。

「普通の人は、幼稚園の頃の出来事すらうろ覚えで、詳しい日付を覚えていないと思うわ。これは本当に事実なの？」

「父に確認を取ったらどうですか。父に、忘れるなと強く言われていたので」

母親の入退院の詳細を息子に暗記させていたというのか。なんのために……。

「両親が父の不倫について口論していたのも覚えています。お前の体が弱くて妻として夫を満足させないのが悪い、と」

「その喧嘩《けんか》は、翼君が何歳のとき？」

深川が言葉に詰まる。両親の性生活に絡む喧嘩については、自分が何歳の時の出来事なのか、思い出せないようだった。

「僕は母がかわいそうで、父を、ゴルフクラブで殴った覚えが……」

記憶を辿《たど》り始めたからなのか、新たな証言が出てきた。ワークシートにはない。

「それは何歳のときだ？」

わからない、と深川は首を横に振る。嘘をついている様子はなかったが、どこまで信用していいのか。倫子は完全に信じているようだ。なぜ彼女はここまで無防備に深川の話を受け入れるのだろう。

「父親は、怪我をしたか？」

ゴルフクラブを振り回せるくらいの年齢なら、小学校には入っているだろう。怪我の具合で、五味は年齢を推測しようとした。

「いいえ。すぐに取り返されて、逆に殴られました」

「翼君は、怪我をした？」

「覚えていませんが、殴られながら言われたことは覚えています」

五味と倫子は無言で、続きを待った。

「お前が生まれてきたから、お前の母親は使い物にならなくなった、と」

深川が受けたのはただの教育虐待ではなかったことが、初《しょ》っ端《ぱな》から見えてきた。深川本人の存在意義を揺るがすような生育環境だったのなら、彼に同情するが——。

どこまで本当なのか。

五味を同情させて取り込み、コントロールしたいだけなのではないか。

一三〇〇期当時も深川は『継母に性的虐待を受けたかわいそうな僕』を見事に演じて

いた。倫子が、深川の小学校時代の話に進もうとした。五味はカウンセリングを止める。

「深川。お前、いまの話に一切の嘘、脚色はないんだよな？」

「勿論《もちろん》、ありません」

「どこにその証拠がある？　これまでもお前は嘘だらけだったじゃないか。これが事実なら同情するし、この事実を基に、お前がどう性犯罪者の道へ転がり落ちて行ったのか振り返ることに意味はあると思うが――」

倫子が間に入った。

「五味さん、一旦《いったん》信じましょう」

一旦、と言う言葉に、五味は天を仰ぐ。

「俺はこうやって放課後の貴重な時間を矯正プログラムに費やしている。一三一七期の学生たちの面談依頼まで後回しにしているんだ。事実かどうかわからないものに時間を割きたくない」

深川が呆《あき》れたように鼻で笑った。

「ほら、赤木教授。言ったでしょう。五味教官はそもそも僕を信用していない。矯正プログラムなんて無理だ。なぜ赤木教授一人でやらないんです？」

「あなたが私ではなく、五味教官を信頼しているからよ」

「誰がそんなこと……」

「見ればわかる」

専門家の断言調の指摘に、深川は自嘲《じちょう》する。

「だけど五味教官は僕を信頼していない。この矯正プログラムに意味なんか――」

倫子は目を閉じ、額に手をやってため息をついた。遅々として先に進まないプログラムに、いよいよいら立ちが募り始めているようだった。いまは腰を折った五味が悪い。

「こうしよう。これから俺はお前を信じる。お前も一切の嘘をつかないと約束してくれ」

「ただの口約束でいいんですか」

「本当のことを言っているかどうか、次の質問の答えで判断する」

五味は椅子に座り直し、尋ねた。

「一三〇〇期五味教場在籍時に、小田桃子巡査を強姦《ごうかん》したな?」

深川が言葉に詰まった。質問を質問で返す。

「ここで僕がイエスと言ったら自供ですよね。そのまま逮捕ですか?」

五味は肩をすくめるにとどめた。結局、深川は従来の答えを踏襲する。

「小田桃子さんとは、同意の上で性行為をしました」

「三田の主婦は」

「スーパーであちらが誘ってきた」

「石神井の主婦は」

「同じく、誘ってきたのはあちらです」

「深川弥生は」

「性行為を強要したのはあちらです」

「榎本璃子先生は」

「そもその先生のことを知りません」

五味は深川が書いたワークシートを床に投げ捨て、立ち上がった。倫子が五味を止めようとした。深川がずいぶん慌てた様子で「でも！」と立ち上がる。

「このワークシートに書いたことは、本当です」

「でもってなんだ。つまり、先にあげた犯罪の否定は、嘘だと言いたいのか？」

深川は眉根《まゆね》を寄せて、叱られた小学生みたいな顔になった。五味を見つめたまま、何度も何かを言おうとするのだが、そのたびに口を閉ざしてしまう。

「翼君、ちょっと待ってて」

倫子は五味の腕を引いて、１４５号室を出た。ぴっちりと扉を閉め、五味に言う。

「いまの見たでしょ。深川君の顔！」

倫子が声を押し殺し、叫ぶ。

「あなたに嘘をつくのが、辛《つら》くなってきているのよ。大きな一歩だと思わない？」

「大きな一歩って……。嘘をつくことに罪悪感を持つことは当たり前のことだ」

「あの子は当たり前の子供時代を過ごしていないのよ！　早くそれを受け入れて！」

倫子の剣幕に、五味は押し黙る。それ以上に荒っぽい声が、明後日《あさって》の方角から聞こえてきた。

「五味！　大変だ。すぐに来てくれ！」

高杉だ。顔が真っ青だった。全速力で走ってくる。

「どうした」

「菊池忍が寮の部屋から飛び降りた！」


女子寮は学生棟の西寮——五味がいた東寮とは反対側にある。五味は高杉と共に学生棟を出て、西寮沿いの空き地へ向かう。

「ベランダから飛び降りたのか？　菊池の個室は何階だったか……」

「三階だ。意識はあるが、頭を打っている」

「救急車は？」

「もう呼んでる——」

五味の問いに答えるかのように、救急車のサイレンの音が聞こえてきた。警察学校に近づいてくる。

学生棟と本館をつなぐ通路をつっきり、西寮沿いの空き地へ向かう。右手の正門では練習交番の学生が車止めをよけ、正門を全開にしている。

学生棟の西寮は朝日町通りと並行して建つ。通りとの間にはフェンスと大きな欅《けやき》の木が何本も立っていて、通行人の目に晒《さら》されないようになっている。

人だかりができていた。街灯が少なく薄暗いので、懐中電灯を持っている教官が何人も見えた。青みを帯びた白い光の柱が慌ただしく躍っている。「大丈夫か」と声をかける教官の声と、「動くな、首を動かしたらだめだ」と指示する医務室の理事官の声も聞こえた。

「菊池……！」

五味は人込みをかきわけて前に出た。

菊池忍は地面の上にあおむけに倒れていた。ぼんやりと天を見ている。目が五味を捉《とら》えた。意識はしっかりしているようだが、パクパクと開いた口から声が聞こえてこない。首を横に振っている。慌てて理事官が頭を押さえた。

「だめだめ、頭を振らないで！」

五味は彼女のそばにしゃがみこんだ。

「大丈夫か。一体どうして……」

「事情聴取は後にして！」

理事官に遮られた。忍は胸にノートを抱いている。両腕をクロスにして隠すように持っていた。救急車が入ってくる音が聞こえてくる。赤色灯が正門前の広場を赤く照らし、忍の顔にも降り注ぐ。

「菊池。荷物は俺が持つ」

五味はノートを取ってやろうとした。忍は腕に力をこめ、首を横に振った。涙を流している。理事官が頭を動かしたことをまた咎《とが》めた。

「五味教官はあっちへ行っててください！」

追っ払われた五味は後ずさるしかない。上を見上げた。幾人もの学生たちがベランダに出て、様子を見おろしていた。高杉が怒鳴る。

「関係ない奴は中へ入っていろ！　ペナルティだぞ！」

学生たちが一斉に中に引っ込み、窓を閉めてカーテンを引いた。

開けっ放しの窓がひとつ、浮かびあがる。カーテンが外へはみ出し、風で持ち上がった。三階の忍の部屋だ。バルコニーに女警がいる。手すりにしがみついて、大きく肩を震わせていた。

有村佳代だ。


五味と高杉は救急車からも追い出された。救急隊員が言う。

「付き添いは女性教官がいいと。本人の希望です」

五味は仕方なく、一三一七期で公文書の授業を担当している女性教官に付き添いを頼んだ。だが彼女は「菊池忍？　誰だっけ……」という様子だ。高杉が提案する。

「念のため、保健係に付き添いを頼むか？」

「森口楓だな。呼んでくる」

五味は学生棟に戻った。救急車の音に気付いた学生たちがロビーに出てきて、騒然としている。野次馬と化した学生たちを五味は叱り飛ばし、部屋に戻るように命令した。

西寮の階段を駆け上がる。二人の女警が降りてきた。佳代と、佳代を支えて歩く、衛生保健係の森口楓だった。佳代はおろおろと泣いている。

「ちょうどよかった。有村、事情を聴く。森口、救急車に付き添ってくれないか」

五味、と再び高杉から呼ばれる。高杉が学生棟の入口からこちらに駆けてきた。

「ダメだ、菊池が保健係の同乗も拒否している」

五味は頭を抱えた。佳代に訊《き》く。

「一体なにがあったんだ。お前はなんで菊池の個室にいたんだ？」

佳代は泣いて「すみません」としゃくりあげたが、糾弾するような口調で訴える。

「でも五味教官と高杉助教には、言えないんです！」

統括係長に事情を話すと言い張り、佳代は楓の手も振り払う。ひとり本館へ向かった。

五味は唇をかみしめる。佳代と忍が連日「面談してほしい」と五味に訴えていたことを思い出す。散々相談事から逃げた教官になんか、なにも話したくないだろう。

教官、と楓が五味を見上げる。

「有馬巡査と菊池巡査はずっとトラブっていました。どうして仲裁に入ってくれなかったんですか？」

五味が答えられずにいると、男の声で「教官」と背後から呼ばれる。

学生棟のロビーに、藤巻と笹峰が残っていた。高杉がもう一度追っ払おうとするが、藤巻が珍しく反抗する。

「菊池が飛び降りたと聞きました。俺は五味教場の場長です。自教場の学生が飛び降りたのに、部屋に閉じこもっているわけにはいかないです」

五味教官、五味教官、と前後から男女の声で次々に呼ばれる。笹峰だけは口をつぐみ、じっと五味を見ていた。藤巻や楓にぴしゃりと言う。

「いろいろ事情があるからこうなったに決まっているだろ、みんな一旦《いったん》黙れよ！」

笹峰は覚悟を決めた目で、一歩、五味の前に出た。

「教官。男子寮の145号室にいるのは、誰ですか」

なぜいまこの質問が出るのか――。

藤巻は神妙な顔だ。楓はきょとんとしている。笹峰が、「わかっています」と五味の沈黙を引き取った。

「教官がずっと俺たちに知らんぷりだったのは、145号室の学生にかかりきりだからですよね」

知らんぷり。

していたつもりはない。

だが、学生たちがそう感じたのなら、それが事実なのだろう。

「五味教場は一三〇九期も、一三一七期も三十九人スタートでひとり欠けていました。145号室にいるのは、五味教場の四十人目の学生なのでは？」

救急車が出発したのか、再び、サイレンの音が鳴り始めた。遠ざかっていく。

「教官——俺たちが卒業するまで、黙っているつもりなんですか？」

高杉が「お前が黙れ」と笹峰を叱った。部屋に戻るよう腕を引くが、笹峰は踏ん張って、なおも五味に訴える。

「有村巡査と菊池巡査は先週からずっと揉《も》めてたんですよ。何度も何度も教官に間に入ってもらおうと二人は助けを求めていたはずです。そもそも菊池巡査の様子を探れと言ったのは五味教官だと、俺は有村巡査から聞きました！」

五味は覚悟を決め、笹峰に向き合った。

「本当にすまなかった。一刻も早くお前たちにきちんと向き合えるように——」

五味は男子寮の入口を見据えた。

「片をつけてくる」

五味は男子寮一階の廊下を突き進む。倫子が１４５号室の南京錠を掛けていた。

「今日は終わりましょう。飛び降りた学生さんの容態は？」

五味は無言で倫子の手から鍵《かぎ》を奪った。南京錠を開けていく。

「五味教官……？」

扉を開け放つ。深川がデスクの上を片付けているところだった。五味はなにも言わず中に入り、深川の首根っこをつかんだ。深川は椅子をひっくり返してよろめき、床に手をつく。倫子が慌てて飛び込んできた。

「ちょっと、突然どうしたんです！」

五味は無視した。深川を引きずり出そうとする。倫子が五味の背中にしがみつく。

「ダメ、暴力だけはやめて！」

五味は倫子に向き直り、人さし指を突きつけ糾弾した。

「いい加減にしてくれ！　いつまでこの変態をかばうんだ！」

変態という言葉を倫子は厳しく咎める。深川は床に肘《ひじ》をついたまま、肩を揺らしている。

「変態だってさ。ははは。結局そうやって俺のことを一人の人間として見てない」

「一人の人間として扱って欲しいなら、それ相当の礼儀を周囲に見せるべきじゃないのか！」

「はいはい、すみませんでした」

深川は立ち上がり、不貞腐《ふてくさ》れた顔で椅子を直す。どれだけ挑発しても五味になら許される、これまでと同じ生活を送れると思っているのだ。

「深川。もう終わりだ」

「え……」

五味は深川の髪をわしづかみにして、部屋から引きずり出した。深川が椅子の脚につまずき、つんのめる。倫子が五味の反対側の腕を引く。

「五味教官！　はやまらないで、どこへ連れて行くつもり？」

「逮捕するに決まってる。こんなところにいつまでも監禁しているから全てが悪い方へ進む」

　もう終わりだ。

「深川。今日は豚箱の臭い布団で眠れ！」

　深川の髪をわしづかみにしたまま廊下を引き返す。倫子が立ちはだかった。

「逮捕状もないのに、どこの署へ連れて行くというの。府中署が彼を受け入れると思うの？　正式な被害届すら握りつぶした署に連れて行って、結果、どうなるか……」

「府中署にはコイツを豚箱にぶち込みたいと思っている刑事が山ほどいる！」

　五味は倫子を振り払う。左手でスマホを操作し、高杉に電話した。

「深川を署に連行する、車を準備しておいてくれ！」

　どうやって？　どこの署が受け入れてくれるのか？　五味の頭の中は疑問符だらけなのだが、怒りに支配された体が後に引けなくなっている。自教場の学生を飛び降りさせてしまった罪悪感でつぶされそうだった。五味は深川の髪をつかみ直し、半分引きずって歩く。

　学生棟のロビーには、藤巻と笹峰、楓が残っていた。

　明日以降、五味教場をどうするのか――場長と副場長、そして衛生保健係が話し合いでもしていたのだろうか。五味に気づき、固まった。

「教官――」と藤巻が呟《つぶや》く。楓は「その人……」と息を吞《の》んだ。笹峰だけが、全て察したように、五味と深川を見比べる。

五味は無言で三人の横を通り過ぎた。深川を晒《さら》し刑にしているような気になった。深川には屈辱的だろう。唇を嚙《か》みしめ、目まぐるしく視線を動かしている。もつれた足で歩いた。五味は深川の様子を見て、猛烈に、息苦しくなった。

ロビーを突っ切り、学生棟を出た。

正門前の駐車場にやってきた。エンジンのかかった車から、高杉が走ってくる。深川と五味を交互に見る目が戸惑っていた。

「深川を連行する。高杉は菊池と有村の件、頼んだ」

「わかったけどよ……。どこの署に連れて行くつもりだ」

「いくらでもあるだろ。府中署、三田署、石神井だって……」

高杉が五味の肩をつかみ、ひっそりと言う。

「逮捕状は出ていない。豚箱に入れられると思うか？　独断で動いている卒業生たちに迷惑がかかるぞ！」

五味は奥歯をかみしめた。

「瀬山ンところだってそうだ。係長も課長も、勝手な捜査を支援してくれてんだ。いまここでトラブルを起こしたら、瀬山の上司の顔にだって泥を塗ることになる」

「――わかってるさ」

こちらを気にしている正門練習交番の学生が目に入った。自教場の北里だった。自分の学生が、練習交番の夜勤当番だったことすら、五味は失念していた。高杉に深川の身柄を預け、北里のもとへ近づく。

「悪いが、手錠を貸してくれ。鍵も」

「えっ。他人への貸与は厳禁では……」

北里の言う通りだ。教官がとんでもない無茶を学生に強いている。自嘲《じちょう》しながらも強く要請した。北里は困惑の表情のまま、五味に帯革の手錠とその鍵を渡した。

「あの――高杉助教が捕まえている彼は、誰ですか」

「145号室の悪霊だ。ママのお札の効き目があったな。追い出してくる」

ケヤキ並木の方から、黒い影が羽ばたいていくのが見えた。カラスが愚か者を笑うように、鳴いている。

第四章　桜、散る

車が多摩川を越えた。

五味はまたひとつ、冷静になる。

稲城《いなぎ》市のよみうりランドのイルミネーションが見えた。きらきらしたものを見ると、自分がいましていることの滑稽《こっけい》さを鮮明に感じる。情けなさすぎて笑いがこみ上げた。

五味が運転する警察学校の車は、神奈川県川崎市の多摩丘陵に入っていた。目的地まであと五分ほどだった。警察学校からたったの三十分で到着してしまいそうだ。

どこに向かっているのか、後部座席の深川は気にならないのだろうか。五味がワッパをかけた両腕を前におろし、せわしなく外の景色を見ている。五味もまた警察制服のままだ。下手に車の外に出られる恰好《かっこう》ではない。

「どこに行くのか、聞きもしないんだな」

バックミラー越しに声をかけた。深川は答えない。

「迷ったときはいつも、墓参りをするんだ。前妻の墓参りな。行くか」

怒りに任せて深川を連れ出してみたものの、五味は途方に暮れている。冷静になってみると、自分のしていることが恥ずかしくてたまらない。これからどうするのか糸口をつかみたくて、深川に話しかけた。恥ずかしさをかき消したいのもあった。

「いやがりますよ。連続強姦魔《ごうかん》を、奥さんが安らかに眠る場所に連れていくなんて」

深川が不貞腐れたように答えた。

「ああ、そっちか」

「そっち、というのは？」

「確かに嫌がるかと思ったんだ。いまの妻が」

かつて百合の月命日には、必ず墓参りに行っていた。亡くなって八年経つ。再婚してからは命日と盆暮れ正月に行く程度になっていた。百合は天国で怒っているだろうか。本当に、心の底から彼女を愛していた。百合は五味の全身全霊の看病を受けて亡くなった。いま、その愛情を新しい妻に注いでいる。

「再婚したから、俺、こんな目に遭ってるのかなァ。前妻が怒ってんのか」

「……そんなこと言ったら、更に天国の元奥さんに怒られるのでは？」

深川がふっと笑った。バカにしたような調子はない。五味もつい口角が上がる。昔を思い出した。深川と他愛もない話をするのが好きだった。中華料理屋で高杉と三人で飲んだ夜はえらく盛り上がった。

「なあ」

声をかけると、深川がバックミラー越しに五味を見た。

「お前はどうして凶悪犯なんだ」

深川が視線を外す。

「お前のこと、好きだったのにな」

深く考えずに出た言葉だった。反応がないのでちらりとバックミラーを見る。深川は唇を震わせ、俯《うつむ》いていた。笑いでも堪《こら》えているのか。愚かな教官をあざ笑っているのか。気が付けば、もう百合が眠る霊園の入口につながる路地を、通り過ぎていた。

「あーあ。どこ行くかな」

深川が咳《せ》き込んだ。唾《つば》が気管にでも入ったのか、激しくむせている。コンビニが目についた。飲み物を買いたいが、深川を後部座席に連れているので難しい。

「この先の県道を南に行けば横浜《よこはま》だ。行ったことあるか?」

あります、と俯いたまま答えた深川の声はかすれ、絞り出すようだった。

「そうか。デートか」

「恋人はいたことがありません」

声も答え方も、整ってくる。

「嘘つけよ。そのスタイルとその顔で。モテただろう」

「必要なかったので」

「必要なのは、自分を拒む女、強姦が成立する女だけってことか」

さりげなく聞いたつもりが、深川はずいぶん深刻そうな声で「はい」と答えた。

「そのまんまのお前を好きになった女もいたと思うぞ」

深川がやっと顔を上げた。目が赤くなっていた。泣いていたと気づく。

「そのまんまの僕って、誰ですか」

深川の声は震えていた。

「そのまんまの自分って、なんですか」

「いまこうして、俺としゃべっているお前だよ」

「…………」

「なんにも考えてないだろ。こういう状況に陥って、俺がなにをするかもわからない。どうしていいのかわからないから、計算しないでしゃべってるだろ」

五味はため息をはさんだ。

「俺もだよ。いま、なんも計算しないでしゃべってる。リラックスしたもんだ。なんか飲むか。喉《のど》が渇いたろ」

五味は自動販売機を見つけ、車を路肩に寄せた。深川が答える。

「酒、飲みたいです」

「バカ、自販機だよ。ジュースか茶かコーヒーだ」

「……じゃあ、コーラで」

五味は車を降りて、コーラと缶コーヒーを買った。後部座席の扉を開け、深川の隣に座った。手錠の手ではプルタブを上げにくいだろう。五味は開けてやり、深川の右手にコーラを持たせる。深川はちょっと残念そうな顔をする。手錠を外してもらえると期待していたようだ。

「絶対外さないぞ。犯罪者が外出しているんだ」

強く言いつつも、五味はちょっと、笑ってしまう。

「なにがおかしいんです」

「お前が嫌がる素の顔が、だよ」

五味は運転席に戻った。深川は両手を繋《つな》がれ不器用ながらコーラを飲む。ああ――と両目をぎゅっとつぶり、大きなため息をついた。

「そういや炭酸を差し入れたことなかったな」

「一年四か月ぶりです。久々だと、結構きますね」

「飯、どうする」

「ファーストフードがいいです」

「コーラ飲むとジャンクフード食べたくなるもんな」

五味は再び車を走らせた。どこかにファーストフードのドライブスルーがないか、ナビを見る。

「子供のころ、炭酸飲むのもファーストフードも、許されなかったんですよ……」

深川がぽろりと過去をしゃべり出した。

なぜだろう――１４５号室では構え敵対してしまうのに、車を流しながら走っているだけで、五味は勝手に肩の力が抜けていた。深川もそうなのか。いつもよりさらさらとしゃべっているように見えた。

「父親が、頭も体も悪くなるからって。カラスのような雑食はダメだと……」

人も雑食だろうに――。深川が自分の翼という名前から重ね合わせたのは、美しい鳥でも力強い渡り鳥でもなく、害鳥とされるカラスだったことを思い出す。

五味は真意を尋ねてみた。深川は目を逸《そ》らし、遠い目で話し始める。

「成城《せいじょう》の家は、敷地面積が百坪はあったんです。広い庭に、ヤマモモの木があったんですよ。僕が小学生のころ、そのヤマモモの木に、カラスが巣を作ったことがあって……」

父親は即座に業者に電話をし、『駆除』したという。

「ヒナが何羽かいたんですけどね。普通に、業者がゴミ袋にポイって。母親ガラスや父親ガラスは、突然家と子供を失って、ものすごく悲しかったんじゃないかなぁって思いました。カラスはそこらにいますけど、その日から、カラスの鳴き声がものすごく気になるようになっちゃって……」

元来の性格がとても繊細だったのだろうか。殆《ほとん》どの人が気にしない出来事をいちいちすくい取ってしまい、大きく傷ついてしまう。そんな性格だった深川が教育虐待を受けたらどうなるか。壊れるに決まっている。

「あくる日、今度は玄関の軒先にツバメが巣を作り始めたんですよ」

深川の話はまだ続いていた。

「父親は、ツバメの巣やピヨピヨと泣くヒナは、目を細めて見ていました。不安定な巣が崩れないように、添え木までしてやる始末で」

カラスは駄目でツバメはいい——。繊細な深川はなにを思ったか。深川は以降、黙り込んだ。

「お前さ、プログラム中もそういう素直な態度で臨めよ」

深川が反論してくる。

「臨んでいます。いちいち話の腰を折ってくるのは五味教官でしょう。それは本当なのか、嘘じゃないのか、とか」

「確かに。ごめん」

さりげなく出た謝罪だったが、深川が大いに反応する。バックミラー越しに不思議そうな視線をよこしてきた。

「なんだよ」

目を逸らし「いや」とだけ深川は返した。

鶴川《つるかわ》街道から保土ヶ谷《ほどがや》バイパスに乗る。流れで横浜まで来てしまった。付近のファーストフード店のドライブスルーに入る。五味はジャケットの上着を脱ぎ、深川の両手の上にかけて手錠を隠してやった。

商品を受け取り、再び車を出す。

しばらく走ると、みなとみらいのコスモワールドの大観覧車が見えた。観光客がいる時間なので、窓を開けることは許さなかった。横浜のイルミネーションを見る深川の表情は、おだやかだった。

改めて——あの個室に一年四か月も深川を閉じ込めていた事実の過酷さに、五味は思い至る。深川はリラックスして車に揺られている。あんなに狭いところにいたから、深川の心も頑《かたく》なに閉ざされていたのではないか。そのいら立ちと閉塞感《へいそくかん》を五味にぶつけていた——それが、綾乃を手込めにする妄想だったのだろうか。

深川に、なにか雄大なものを見せてやりたくなる。

海か。

五味は人気のない海辺がないか、ナビを確認しながら尋ねる。

「お前さ、本気で瀬山とセックスをしたいと思っているのか？」

深川が自嘲《じちょう》するように笑った。

「そんなわけないでしょう」

「——だろうな」

「瀬山さんが魅力的ではないというわけではないですよ」

「なにを今更、俺に気を使っているんだよ」

「瀬山さん——すらっとしていたのに、だいぶ太りましたよね」

「どんどんかわいくなっていくだろ」

ぽっちゃりした子が好みの五味は本気でそう思っているのだが、冗談か皮肉と取ったのか、深川は肩を揺らして笑った。赤レンガ倉庫や大桟橋、山下《やました》公園などの観光地は避け、商業ふ頭が並ぶ北側へ向かった。人工埋立地のふ頭に入る。倉庫街を突き進んだ。すでに夜間だからか、港湾関係者の姿もなく、トラックなどとすれ違うこともなかった。百メートル近い直線道路を、五味はスピードを上げて走る。深川が不安そうに尋ねてきた。

「どこへ向かっているんですか？　倉庫街ですが……」

海を眺められる岸壁を探しているだけなのだが、五味は深川をからかいたくなった。

「行き場がないんだ。このままフェンス突っ切って、二人で海の中へドボンしてみるか」

心中だ、と不敵に笑う。

「警察はどうすんのかな。追い詰められた教官と学生が心中……どーやって隠蔽《いんぺい》するんだろうなぁ」

「そんなこと、口にしちゃだめですよ」

深川がずいぶんむきになって、たしなめる。

「五味教官がいなくなったら、悲しむ人、惜しむ人があまりに多いでしょう。車ごと海の底に沈むのは、僕だけでいい」

五味は神妙に、バックミラーに映る深川を見た。

「みんなほっと胸をなでおろすんじゃないですか」

父も、被害者たちも、警察組織も。

「僕は誰からも生きていてほしいと思われていませんから」

五味は、ぽろっと漏れた深川の本音に、衝撃を受けた。絶句だった。

誰からも生きていてほしいと思われていない存在。

自分をそう認識することの絶望は計り知れない。自分をカラスにたとえたこともそうか。ただ『カラス』に生まれただけで『駆除』される存在——。

チリチリ、と車の下から音がする。砂利や砂をタイヤが巻き上げ、車体にあたっている音だった。周囲のフェンスの向こうに砂利の山やショベルカーが見えた。砂利を運搬する船の荷役場になる、ばら積み埠頭のようだった。

立入禁止を示す看板はない。五味は砂利山の脇のフェンス沿いの道を抜けて、岸壁に出た。

コンクリートで無機質に固められた護岸に、車がぽつぽつと止まっている。釣り客やカップルの他、ロードバイクを停めて休憩しているヘルメット姿の人などもいた。

五味は他人と五十メートルほど距離を保ち、車を停めた。

「穴場だな。横浜ベイブリッジが目の前だ」

運転席から降りる。後部座席の扉を開けた。深川の腕を引く。寒風が吹きつけた。五味は思わず身震いする。お互いに着の身着のままで出てきた。五味はさっきジャケットを脱いで、深川の手に掛けたままだった。深川はジャージの上下姿で、足元は裸足《はだし》に上着履きだ。靴も履かせずに車に押し込んだのだ。深川はジャケットを肩からかけてやろうとしたが、「教官の方が寒いでしょう」と気遣われた。五味はジャ

「車の中で食うか？　もう冷めたな」

「いいえ、外がいいです。ずっとエアコンで室温調整されたゆるいところにいたので、気持ちがいいです」

深川は護岸に胡坐《あぐら》をかいて座った。五味も隣にしゃがみ、二人でハンバーガーをかじる。冷え切っていて、まずい。セットのホットコーヒーはアイスコーヒーになっていた。深川は手錠の両手を不器用に使い、ブルブル震えながら炭酸を飲んでいた。寒がりながらも、気持ちよさそうに海風を肌で受け止めている。冷めたポテトを口の中に流し込んでいた。深川は急いで食べている様子だった。

早く警察学校に戻らねばならないと思っているようだった。

共犯者――という言葉がふと浮かぶ。

外出した途端に、なんとなく五味と深川に一体感が出たのは、ある種の共犯関係が芽生えたからか。いまや留置場の代わりである１４５号室を、周囲の反対を押し切って抜け出したのだから……。

「深川。この後、どうする？」

「戻りましょう、学校に。遅くなればなるほど、教官の立場が悪くなりますよ」

優等生の発言ではあったが、嘘っぽい感じはしなかった
五味はコンクリートの地面についていた手を離し、身を起こす。手の砂を払った。

「そうだな。赤木先生にも謝らなきゃな。高杉にも」

窺《うかが》うように深川が言う。

「──飛び降りた学生がいると聞こえました。命に別状はないんですか」

「三階だった。意識ははっきりしていたし、なにかあったら俺のスマホが鳴るだろ」

警察学校を飛び出してから、五味のスマホは沈黙したままだった。

「誰も電話をかけてこないのな。心配してないのかな」

五味がブチ切れると、いつも綾乃や高杉がしつこく電話をかけて心配してくれた。だが、今日は二人とも着信音を鳴らさない。

「信頼しているんですよ。必ず戻って来るって」

「呆《あき》れてるんだよ。五味の奴またキレやがってって。綾乃はもうどーでもいいと思ってんじゃねえの」

つい愚痴っぽくなり、学生に対して使うべきではない口調になっていく。深川は帰ろうと言っているのに、五味はもう少し、横浜の風に吹かれていたくなった。投げやりに愚痴を連発する。

「あーあ。来週から模擬捜査なのに全然カリキュラムもできてねーし。実務修習の人事評価にも全く目を通せてない。飛び降りた女警も事情を知っている女警も、〝五味教官

じゃダメ〟って言うしなぁ」

女の口真似をしてみる。深川が口元を緩ませた。

「娘だって——あ」

五味ははたと我に返り、慌てて起き上がる。昨夜「絶対振り込み」と念仏のように唱えて寝たことを思い出す。

「まずい……！　ちょっと待ってろよ」

五味は車に戻った。スマホで結衣に電話をかける。出ない。何度もかけなおす。二月二日の二十一時になろうとしていた。受験料は三万円ほどだ。放置していたネットバンキングの口座でなんとかならないか。五味はネットバンクにログインしようとしたが——IDもパスワードも忘れてしまった。この口座を作ったのはいつだったか。まだ百合が生きているときに開設した口座だ。当時は百合の誕生日や名前を組み合わせたパスワードをよく使っていた。IDはなんだ？　メールアドレスだろうか。あれやこれや試してみる。結局ログインできない。

「クソ！」

思わずハンドルに拳《こぶし》を振り下ろした。開けっ放しの扉の向こうから、ギリギリギリ……という音がひっきりなしに聞こえてくる。ロードバイクの男だ。ギアを手入れしているのか、油をさしながらペダルを手で回していた。

五味は高杉に電話をかけようとした。代わりに振り込みをしてくれるように頼むしかない。ギリギリと鳴るギア音に心をかき乱されながら、高杉がすぐに電話に出ることを祈る。五コールでやっと出た。

「五味、いまどこだ」

「高杉、申し訳ない。こっちは大丈夫だ。もう俺も深川も落ち着いている」

ところで結衣の——と言いながら、深川の様子を確かめようと、フロントガラスの向こうを見た。五味は叫んでいた。スマホを放り投げ、慌てて車外に出る。深川が海へ向かい、ふらりと歩き出していた。足取りがおかしい。

「深川！」

彼の上履きが、海に向かって揃えて置いてある。深川は裸足になっていた。氷のように冷えているはずのコンクリートを踏みしめ、海に向かっていた。五味の叫びにも全く反応がない。

〝僕は誰からも生きていてほしいと思われていませんから〟

深川の言葉が、思い出される。

死ぬ気だ。岸壁を舐《な》める黒い海面は五メートル以上も下に見える。一度落ちたら、この垂直岸壁から引き上げるのは難しい。固定梯子《はしご》も見当たらないし、オレンジ色の救命浮環は百メートル以上先に見える。深川は両手に手錠がかかっているから泳げない。浮環を取りに行っている間に沈んでしまうだろう。

「やめろ！」

五味は思い切って深川の腰にタックルする。共に倒れた。五味は左顔面をコンクリートに打った。左頬にわきあがる痛みを堪《こら》えながら、五味は起き上がり、深川の肩を起こす。あおむけにさせて揺り動かす。

「ばか！　なにやってんだ！」

深川はいきなり五味に頭突きしてきた。寒さで感覚を失っていた五味の鼻に鈍痛が響き、視界に星が舞う。深川が五味の体の下から身をひねり出した。手錠をやかましく鳴らしながら、匍匐《ほふく》前進で、海へ向かおうとする。五味は深川の両足首をがっちりと摑《つか》んで、引き戻した。

「ふざけんな、死ぬな！」

深川は、砂ぼこりが積もったコンクリートの地面を引きずられ、意味不明な言葉を吐いている。手錠の手首を前に突き出し、海を——死を、つかみ取ろうとしている。

五味は砂まみれになった深川の体を抱き上げた。脇の下に右腕を回して車まで引きずり、後部座席に押し込める。死ぬ、という最後の行動を阻止された深川は、気づけば意思を失った人形のようになっていた。五味にされるがまま後部座席に押し込められ、声もあげず、だらだらと涙を流している。

「大丈夫ですか……？」

背後から声をかけられる。ロードバイクの男だ。五味はジャケットから警察手帳を抜いて、桜の代紋を見せた。

「警察です。危ないので、離れていてください」

男はぎょっとした顔で、慌てて立ち去った。

後部座席から、深川の長い脚がはみ出ている。五味は体を半分車内に入れて、深川の胸ぐらをつかみ上げた。もっと奥に座るように言ったが、深川は体に力が入らないようだった。五味は仕方なく車の外に出て、深川の足首をつかんだ。膝《ひざ》を曲げさせて、ドアを閉めようとしたが――。

五味は、深川の足の裏に奇妙なものを見た。

砂まみれで白くなった右足の親指の裏に、奇妙な傷痕《きずあと》が浮かんでいる。

車内灯をつけて、確かめる。

古傷のようだ。かなり深い傷だったのか。膨らんでいる。五味は、深川の右足の親指の裏の砂を、指先で拭《ぬぐ》った。縦に三センチほどの傷痕が無数に折り重なっていた。リストカットの痕のようだった。

女のような悲鳴が深川から上がった。深川は脚を激しくばたつかせて、五味を蹴《け》り倒そうとした。

「触るな、触るなぁ……！」

深川は体を丸め、右足の親指だけを手錠の両手でかばい、泣きじゃくった。

「やめて。やめてやめて。しないでください……！」

五味が見えていないのか。深川は体をダンゴムシのように丸め、懇願した。五味を認識している顔ではなかった。

「しないでください。お願い、まだ治ってないから。切らないで。切らないで……！」

二十二時過ぎ、五味は警察学校に戻った。車で正門に入る。練習交番から駆け寄ってきた北里に、五味は手錠と鍵《かぎ》を返した。

「悪かったな。迷惑をかけた」

「いえ……」

北里が頷《うなず》きながら、恐々、後部座席を見る。深川は体を丸めたまま、寝息を立てていた。五味のジャケットを掛け布団にしている。

「この学生は……何期の人ですか。大丈夫なんですか」

「寝ているだけだ」

深川は横浜の岸壁で散々錯乱したあと、突然、糸が切れた操り人形みたいに動かなくなった。目の焦点が合わなくなり、揺らしても何を言っても反応がない。やがて眠ってしまった。あまりに気持ちよさそうな寝息を立てるので、起こして問いただすのもかわいそうに思った。寝かせたまま、府中へ連れて帰ってきたのだ。

本館前の駐車場を横切る。

本館の教官室や校長室は明かりが灯《とも》ったままだ。菊池忍の件だろう。学生が飛び降りたとなれば、教職員は緊急事態だ。誰一人帰らず、対応に追われているはずだった。

五味は学生棟のロビーの前に車をつけた。身をひねり、後部座席の深川の体を揺する。

「深川！　おい！」

深川はパチッと目を開けた。がばっと起き上がり、きょろきょろする。

「ここはどこ私は誰、状態か。全く」

五味はちょっと呆《あき》れる。

「部屋に戻るぞ」

運転席を出て、後部座席の扉を開けた。深川は左頬にジャージの袖口《そでぐち》の模様がくっきり残っていた。無防備な顔のまま、車を降りようとする。いま裸足《はだし》と気づいたようで、履き物を捜していた。五味は車のシートの下に置いた彼の上履きを出してやる。

「深川。右足の親指の裏に、傷痕があったぞ」

「え？」

「かなり深い傷が何本も。あれはなんだ」

深川は本当にわからない様子だった。五味はその場にしゃがみ、深川の右足首を内側へひねる。親指の裏側を本人に見せた。深川は目を丸くし、膨らんだ傷痕を指で撫《な》でた。

「なにこれ……」

「覚えてないのか？」

深川は五味の顔を見て、さあ、と首を傾げる。

これは一度についた傷ではない。何度も、何か月もかけてつけられた傷に見える。

「父親にやられたものか？」

父親は教育虐待を認めている。テストの点が悪い時などに、お仕置きとして、足の親指の裏を切りつけたのか。

だが、どこか陰惨だ。殴る蹴るという直情的な虐待を行っていた父親が、こんなことをするだろうか。しかも、深川に記憶がないというのが引っかかった。

五味は深川を145号室まで送り届けた。

「岸壁で暴れてだいぶ砂まみれになってた。ちゃんとシャワーを浴びてから寝ろよ」

「はい……」

「おやすみ」

五味は扉を閉めながら無意識に就寝の挨拶《あいさつ》をしていた。深川に対し家族みたいな言葉が出たのは初めてのことだ。扉を閉める間際、ちらりと深川を見た。彼は慌てて立ち上がっていた。

「お、おやすみなさい」

真顔で五味に言う。五味に誠意を見せようとしているのがわかった。

五味は頷き、扉を閉めた。南京錠を掛けながら——なぜか泣けてきた。

五味は本館の更衣室で手と顔を洗い、ジャケットについた砂埃《すなぼこり》をはたいた。改めて羽織り、教官室に戻る。

幹部連中が全員残っていた。五味を白い目で見る。

「あら。お帰りなさい」

倫子だけが歓迎する。嫌味かなと思ったが、倫子はほがらかだった。

「ちゃんと戻ってくると思ってたわよ。翼君は？」

「大人しく部屋に戻りました」

「そう。どこへ行っていたの？」

「横浜です」

ふざけんなよ、と言う鼻息が聞こえてくる。一三一七期の統括係長だ。五味は彼のもとへ行き、頭を下げた。

「すぐに応接室へ行け。高杉がいま事情を聴いている」

菊池忍の救急搬送に付き添った女性教官が戻ってきているようだ。五味は一礼して、教官室を出ようとした。統括係長に呼び止められる。

「深川の件、なんとかならんのか」

「いまなんとかしてるのよね？」

倫子が口を挟んできた。五味が答えようとして、更に倫子が割り込む。

「傍観者に文句を言われたくないわ」

統括係長はむっつり黙り込んだ。

五味はノックをして、応接室に入った。女性教官が慌てた様子で、テーブルの上に広げていたノートをしまう。

「五味だ」

高杉が言うや、女性教官は手を止めた。どうぞ、と五味にソファをすすめる。高杉が立ち上がり、五味を気遣う。すまなかったと高杉の肩を叩《たた》き、五味はその隣に座った。

「菊池忍の容態は？」

「右足首と膝の骨折と、左足首と膝、右手首のねん挫《ざ》です。腰は打ち身で、頭部に異常はないみたいですけど、念のため、明日精密検査を」

府中市内の総合病院に入院したという。高杉が報告する。

「親御さんにも連絡済みだ。明日の朝一番の飛行機で上京すると言っていた」

菊池忍の実家はどこだったか、すんなりと出てこない。かつて自教場の学生の出身地を答えられないということはなかった。五味は、いかに自分が一三一七期を見られていなかったのか、痛感する。

「親御さんは激怒していただろう」

「いいや。父親が対応に出たんだが、平謝りだった。うちの出来損ないの娘が大変ご迷惑を、と……」

出来損ない。そこまで言うことだろうか。

「有村は？」

忍は飛び降りる直前まで、有村佳代と揉《も》めていたようだ。事情を知る彼女は五味や高杉には言いたくないと話していた。

「あれは、言いたくないというより、言えない、ということだったらしい」

高杉がため息交じりに話した。女性教官が閉じたノートを重ねて、五味に突き出した。

忍が飛び降りたときに、胸の前に抱いていたものだ。

「有村巡査はこれを違反品として追及していたみたい。だけど菊池巡査は頑《かたく》なに提出を拒んで、〝これを見られるくらいなら死んだ方がまし〟とベランダから飛び降りたというのが事の顛末《てんまつ》」

「たかだがこんなノートのために飛び降り？」

五味は中身をペラペラと捲《めく》り、絶句した。

漫画だった。

男性の陰部が詳細に描かれている。外れたベルト、膝《ひざ》まで下ろされたスラックス、大《だい》腿《たい》に走る筋肉の線――。局部を出して喘《あえ》いでいる男は、ネクタイが緩み、ジャケットの前を開けていた。右胸に桜の代紋が光る階級章がある。名札もついていた。『教官　五味京介』とある。

「は⁉　なんだよこれは！」

隣の高杉は顔を両手で覆っている。目の前の女性教官も顔を赤くして、指先をもじもじ動かす。五味はページの反対側を見た。この漫画の中で五味のイチモツを握っているのは、制帽を被《かぶ》った警察官だった。体が大きくて目鼻立ちが際立つ、華やかな雰囲気の男——名札には『助教官　高杉哲也』とある。

五味はぱたりとページを閉じた。今度はとてつもなく低い声が出た。

「なんですかこれは」

「……重傷を負って入院となった菊池に、聞けると思いますか？」

女性教官も心底困った顔をした。

「救急車の中でもこれを離さないんです。大けがをしている女警から取り上げるわけにもいかず、そのまま搬送された。私はこれをERの看護師から受け取ったんです」

どれだけ恥ずかしかったか——と女性教官が額の汗をハンカチでぬぐう。

「看護師も中を見たようで、目を丸くしていましたよ。こんな卑猥《ひわい》な漫画を描くことを警察学校は許しているのかと咎《とが》められているようで……」

彼女は学校の外で五味や高杉の代わりに〝恥をかいてきた〟ということだ。五味は陳謝した。高杉に訊《き》く。

「有村もこれを見たのか？」

「らしい。そりゃ咎めるだろう。こんな卑猥なものを書いていたんだからな」

「見られるくらいなら死んだ方がましと思ったのか……」

「内容がボーイズラブ、BLというのか？　主人公は俺とお前、舞台は警察学校だ」

「物語になっているのか？」

「知らねぇよ、自分の裸が出てくるんだぞ、まともに読めたと思うか」

高杉は心底気持ち悪そうに言った。五味とのスキンシップが多く、からかいついでにいつも五味の尻《しり》を触ったり、布団に入ったりしてくる高杉だが、五味と性行為をしたいわけではないはずだ。女好きの高杉にとっては、こんな漫画はもってのほかだろう。

五味は覚悟を決めて、再度、ページをめくった。射撃場の描写があった。五味がイヤーマフを頭につけたまま、射撃台に両手をつき、高杉に尻を突かれている。なんで俺がネコなんだ、と心の中で舌打ちする。お互いに結婚指輪を外し合い、切なげに唇を重ねているシーンもあった。

五味は再びノートを閉じた。数ページで限界だった。読むに堪えない。

「――俺たちを嘲笑《ちょうしょう》するつもりで書いたのかな」

わからない、と高杉が短く言った。女性教官も首を傾げる。

「内容によりけりでしょうが、ストーリーを追う気にもなりません」

「誰かに読んでもらうか。俺はとてもじゃないけど」

高杉が首を横に振る。五味も無理だ。

「こういう類《たぐい》のもんを冷静な感覚で読めるのって……」

赤木倫子か。

「とにかく――これは一体、なんの処分が妥当だ？」

高杉が尋ねた。五味は答える。

「警察学校は、漫画や小説などの創作物を作ることを違反行為としていない。だが内容が卑猥すぎる。処分は必要だとは思う」

停職が相当か。五味は提案した。高杉が首を傾げる。

「女警のポルノをかいている男警がいたら、停職にするかぁ？」

アホだなお前、とゲンコツを食らわせて笑うだろう。

「教官宛の始末書程度で終わらせるだろうな」

いずれにせよ――と女性教官がソファに寄りかかった。

「彼女、警察学校に戻ってきますかね」

五味も高杉も押し黙った。

「教場の学生に見られた挙句、漫画のモデルになっている教官助教の手に渡ってしまった。普通の感覚なら、もう戻って来られないでしょうし、五味教官と高杉助教の授業をまともに受けることもできないと思いますよ」

これまでも、まともに五味と高杉を見ていたとは思えない――菊池忍の言動にやっと合点がいく。


うしししし、うしししし、と目の前の女がこらえながら笑っている。

五味と高杉は憮然《ぶぜん》とそれを見ながら、酒を呷《あお》っていた。いつもの『飛び食』で飲んでいる。赤木倫子は赤ワイン片手に、菊池忍原作の、五味と高杉が主人公のＢＬ漫画を読みふけっていた。

「どんだけ鋼の精神してるんすか。普通、モデルになった男二人を前に、ストーリー追えないでしょう」

高杉が気色悪そうに言った。五味は腕時計を見る。二十三時半。今日はいろんなことがありすぎて、却《かえ》って頭が冴《さ》えていた。深川を連れ回したことを謝罪し、横浜であったことを詳しく話そうとしたが、倫子は五味と高杉のBL漫画に夢中だ。全然深川の話にならない。

「こういう個人創作はめったに読めないじゃない。一般に流通しているBL漫画は局部にモザイク入っているもの。これ、ずいぶんリアルー」

「そりゃ本物を見ているわけだからな」

五味は高杉を横目で見た。高杉が苦々しい顔になった。倫子が言う。

「菊池さんはもともと腐女子だったんでしょうね。でも警察学校に入ったから、我慢していたんじゃない？」

「五味が俺の尻に湿布を貼ろうとしていたところを目撃して勘違いし、火がついたというわけか」

「誰かを傷つけようとして書いたものでもなさそうよ。あなた方二人がひたすらに愛し合っていて、教場の学生たちや他の教官連中にバレないように、いかに警察学校内で性行為ができるかに心血を注いでいる話だもの」

言い終わって、倫子はブッと噴き出した。

「どんな物語ですかそれ。だいたいなんなんだよ、腐女子ってぇのは」

高杉のような原始的な男には疎そうな世界ではある。

「だから、ボーイズラブの創作物が好きな女子のことでしょう」

「ゲイが好きってことか?」

「人にもよるでしょうけど、一般的にはリアルのゲイの性行為は見たくないみたいよ」

あくまで漫画とか小説とか映像とか、創作物の中での男性同士の性愛を愛《め》でるのを好む女性のことを言うらしい。高杉は首を傾げる。

「漫画や小説が良くてリアルはダメなのか?」

「本物の男同士だと生々しすぎて無理なのよ。少女漫画みたいにキラキラとした、美しくデフォルメされた男同士じゃないと」

「それにしても納得できないのは、なんで俺がネコなんだってことだ」

五味は大真面目に言ったが、倫子と高杉は同時に酒を噴いて、腹を抱えて笑った。高杉が口を拭《ふ》きながら「いやいや」と反論する。

「俺と五味なら、どー考えたって俺がタチだろ」

「なんでだよ。俺は教官でお前より立場が上だぞ」

倫子は笑いが止まらないようだ。

「まあ、大変な一日だったけど、締めくくりでこんだけ笑わせてくれたんだから、よし五味と高杉に対してのようだった。

としましょうかね」

いつもは三人で割り勘だったが、倫子が財布を出す男たちを押しのけ、「今日はおごらせて」と金を払っていった。「ごちそうさん！」と彼女が叫んだのは店主ではなくて、五味と高杉に対してのようだった。

終電ぎりぎりで、五味は新百合ヶ丘に帰ってきた。寒風吹きすさぶ夜道を歩いているうち、ＢＬの話はどこかへ飛んでいった。横浜での深川の錯乱が蘇《よみがえ》ってくる。

右足の親指の裏の傷……。

しないで、しないで。

子供のように懇願していた。改めて深川に尋ねると、全く記憶にないような顔をした。眠ってしまう直前まで無反応で目の焦点が合っていなかった。あれは解離状態というのだろう。

演技か。だが、あの足の親指は明らかに古傷だ。五味をだますために最近つけた傷とは思えない。一部は膨らみ、一部は線として残って指紋を分断し、皮膚を歪《ゆが》ませていた。

新百合ヶ丘の自宅に到着し、扉を開けた。

室内の空気がわっと顔に降りかかる。結衣の匂いがした。

……アッ。

Ｍ大学の後期試験の受験料の振り込み。

五味は腕時計を見た。午前一時を指している。

テレビのニュースの音が聞こえる。

五味は目を覚ました。体中が痛い。リビングのソファで丸くなっていた。がちがちに固まった体の関節をゆっくり動かしながら、起き上がる。

傍らに綾乃が立っていた。テレビのリモコンを置いて、「片付けておいてくださいよ、もう」と五味にぼやいた。テレビでは朝のニュースをやっていた。

五味はソファから、こわごわ、顔を上げた。

ダイニングの惨状を目の当たりにし、頭が重くなる。

朝起きたら、修羅場がなかったことになっていればいい――泥酔しながら祈っていたが、ひっくり返ったダイニングテーブルが祈りで元に戻るはずがないのだ。

結衣が昨晩ひっくり返した。昭和の親父はちゃぶ台をひっくり返したものだが、令和の女子高生は怒り狂うとダイニングテーブルをひっくり返すらしい。

壁に脚を向けたテーブルの周囲に、皿やグラスの破片が散らばっている。綾乃が片付けようとしていた。

「いいよ。俺がやっとくから」

綾乃はすっと立ち上がり、五味を静かに見下ろした。

「結衣にも言っておいて。今日、M大学に行ってくるから。事務局に行って、土下座して頼んでくる」

「しばらく帰らないそうですよ」

「え⁉　どこ行った」

思わず立ち上がる。万が一高杉のところへ行ってしまったら、親権が――。

「小倉《おぐら》さんの所へ行ったようです」

祖父のところなら、いつも通りの家出だ。五味はほっとする。小倉隆信《たかのぶ》は百合の実父だ。警察学校時代の五味の担当教官でもある。五味が窮地に立つといつもふらりと現れて、格言めいたものを吐いて立ち去っていく。仙人みたいな元警察官だが、現役時代は結構な不良刑事だったと聞く。

綾乃が「私も出ます」と五味の目の前を通り過ぎていく。スーツケースを転がしていた。玄関の上がり框《がまち》から、三和土《たたき》に下ろしている。五味は慌てて玄関に躍り出た。

「ちょ、ちょっと待って。どこ行くの」

「仕事ですよ」

「なんだよ、そのスーツケースは」

「この間、話したじゃないですか」

綾乃は心の底から五味にあきれ果てた様子で、説明した。

「例の、山岳救助隊の横のつながりでピックアップした、山ガールの性被害事案です」

どこも遠方だ。吉村課長に相談したら、十日間、出張を許してくれたらしい。

「私、各道府県警の所轄署に顔を出して、調書を確認してきます。現場も見るつもりです」

そういうことかと五味はほっとする。

「私が家出するとでも？」

綾乃が冷徹に尋ねる。まあ、と曖昧《あいまい》に答えると、「いいご身分ですね」と更に鋭い言葉が返ってきた。

「M大の受験料のことを結衣ちゃんに頼まれたのは一度や二度じゃないですよね。毎日いったいどこを向いて生活していたら、娘の受験料の振り込みを忘れることができるんですか？」

挙句に——と綾乃は心底軽蔑《けいべつ》した様子で、五味を見た。

「お酒臭い。昨晩も例の法務省女性官僚と日付が変わるまで楽しく酒を飲んでいたんでしょうね」

「いや……深川のこともあったし、実は教場で、飛び降り自殺未遂騒動があって」

綾乃が目を見開き、五味を責め続ける。

「自教場の学生が飛び降りたのに、その学生に寄り添いもせずに、日付をまたいで女と酒を飲んでいた？」

「そういうことじゃない、確かに一場面を切り取ればそういうことになるが——」

「事実ではないと？」

「確かに事実だが――勘弁してくれ。なんで朝からこんなに責められなきゃならない」

「自分で蒔《ま》いた種でしょう」

綾乃はスーツケースを転がし、玄関を出て行った。

五味は一人、教場棟の五階にある自教場に入った。

「起立！」

藤巻のいつもの号令が、二日酔いの頭に響いた。敬礼をして座った学生たちだが、きょろきょろしている。高杉がいないからだろう。高杉とは、いつものように今朝駅前のプチショップの裏で合流した。結衣の受験料振り込み忘れの話をするやいなや激怒だ。いつもは五味の味方をしてくれる高杉も、結衣のこととなるとそうはいかない。

「お前、なにすました顔して学校に出勤してきてんだ、バカヤロー！」

高杉は急遽《きゅうきょ》休みをとり、Ｍ大学へ直談判《じかだんぱん》しに行った。高杉の母校でもある。なんとか押し通せることを祈るしかない。五味は出勤してすぐに予備校に電話をした。Ｍ大学の他の科で受験可能なものや、補欠選考などがないか確認するためだ。予備校は朝が遅いらしく、十一時以降にかけなおしてくださいと留守電に言われてしまった。

「教官！　菊池は大丈夫なんですか。一体なにがあったんですか」

誰かの発言に五味ははっと我に返る。とっさに、藤巻と笹峰、森口楓に目をやる。昨晩、練習交番の当番だった北里にもだ。

この四人は、昨晩、五味が抱えているものを目撃した。

他の学生たちは知らない。菊池忍の件の質問が殺到する。忍のＢＬ趣味を、ここで晒《さら》すわけにはいかなかった。

押し黙っている。

「菊池の件は事故と、それからその——自殺の意思があったのか、いま調べているところだ。怪我をしているが命に別状はないから、心配するな」

「最低」

楓だった。五味ではなく、忍の件を問い詰めようとした男警を責めている。

「朝、言ったよね。菊池巡査のことはそっとしといてやってって」

まあまあ、と藤巻が間に入った。

「プライベートなことかもしれないけど、一部が理由を知ってて一部が知らないっていうのはどうかな。俺たちは教場の三役なのに……」

藤巻の物言いから、楓は藤巻や笹峰にも、忍と佳代がもめていた理由を話していないらしかった。楓が「はあ？」と半笑いで、吐き捨てるように言った。

「教場の三役とか偉そうに言うけど、なんかの役に立ってるわけ⁉」

「そんな言い方はないだろ」

藤巻もさすがにカチンときたようだ。椅子から立ち上がる。楓が反論した。

「だいたい、菊池巡査に飛び降りをさせたのは、三役の有村巡査でしょう！　三役で助け合いがなかった結果がこれなんじゃないの」

有村佳代は今日、個室でひとり休んでいる。目の前で同期同教場の巡査に飛び降りられたのだ。精神的ショックが大きく、通常通り授業を受けることはしばらくできないだろう。

藤巻が楓に言い返す。

「それは女同士のトラブルだろ！　三役は関係ない」

「関係ないって、教場運営を適切にするのが場長の仕事でしょ。この三か月なにを見てたの」

「待ってくれよ。俺は場長だが、お前たちとなんら変わらない学生だぞ！　学生が起こしたトラブルの責任がなんで場長にくるんだよ、普通は――」

藤巻がチラッと五味を見た。口をつぐむ。

「いいぞ、藤巻」

五味は頷《うなず》いた。

「俺のせいだと言っていい」

笹峰が立ち上がった。藤巻と楓に強く言う。

「やめろよ。わかってるだろ……！」

五味は145号室の学生のことで手が一杯なのだと、暗に笹峰が訴えている。藤巻と楓は黙ったが、他がしゃしゃり出てきた。笹峰の態度は嬉《うれ》しいが、なにも知らない学生には意味ありげに見えてしまう。わかっているとはどういうことなのか、この教場は一体どうなっているのかと騒ぎが大きくなっていく。誰かが五味に叫ぶ。

「そもそも今日、高杉助教はどうしたんですか！」

五味の家庭内トラブルの後処理に……とは、言えない。五味が何度も口ごもるうち、教場は爆発的な騒ぎになった。

教場の混乱。

全部、自分のせいだった。


昼前に高杉が出勤してきた。

「ダメだった」

もう五味を責めなかった。五味は結衣の予備校の担当者と連絡をつけ、受験料の振り込み忘れのことを伝えた。どうあがいてもM大の再受験は不可能だという。いまだどこからも合格通知が届いていない現状も踏まえ、三者面談を二十時から行うことになった。

夕方には、有村佳代と面談した女性教官が、退職届を預かってきた。まだ受理はせず、一旦《いったん》預かりとしている。佳代は責任を痛感していると言った。午後には彼女の夫がやってきて、平身低頭、五味に謝罪した。

「アイツは娘に対してもそうなんですよ。良かれと思ってるんでしょうけど、言い方がきついし、問い詰め続けるから、言われた方は逃げ場がなくなるんですよね」

夫は妻の佳代に代わり、菊池忍に謝罪したいと申し出た。警察学校内の出来事であり、家族は関係のないことだ。学校内で処理をするので気にしないように伝え、佳代の夫を帰した。佳代は荷物をまとめていた。迎えに来た夫と共に警察学校を出るつもりだったようだ。高杉に説得され、なんとか踏みとどまった。

五味はいま、深川の矯正プログラムの真っ最中だった。

時間が気になる。

十八時前には切り上げたい。佳代と面談し、結衣を迎えに行きたかった。彼女と話し合わないうちから三者面談をしたら、親子喧嘩《げんか》の失態を予備校講師に見せてしまうことになる。

五味は視線を感じて、腕時計から顔を上げる。

深川がじっと五味を見ていた。

早く帰りたい——そんな気持ちを、見抜かれた気がした。

倫子がワークシートにのっとって、深川に質問している。

「テストの点が悪いと、お父さんが翼君のご飯を抜きにした。例えばお父さんが仕事で遅いとき、どんなふうに管理していたのかしら。お母さんも賛同していたの？」

深川が雑に答える。

「さあ……ちょっとどうだったか、覚えてないです」

「小学校一年生の時点で、テストの点が満点ではないと夕飯が抜きになったのよね。ここまで具体的なら覚えているでしょう？　お父さんは法務省官僚で帰宅は遅かったはず。夕飯を出さなかったのは、お母さんかしら」

「実母を侮辱しないでいただきたいんですが」

急に挑発するような言動になった。倫子は動じない。

「私は事実関係を確かめたいだけよ」

「母は料理を出してくれた」

「じゃあ、ご飯が抜きだったわけではない？」

「あいつは感づいて、わざと早く夕食の時間に帰ってくる。約束を破ったなと怒鳴り散らし、ダイニングの上に新聞を広げて、その上にご飯、味噌汁《みそしる》、ハンバーグ、サラダ、全部をぶちまけて箸《はし》も取り上げて、そんなに食いたいなら親子で犬のように食えと、ぐちゃぐちゃの食べ物に顔を押しつけて……お母さんにも……」

苛立《いらだ》たし気に吐き捨て、深川は頭を振った。

「なんでこんなことを思い出させるんですか！　自分ならまだしも、母親がひどい目に遭っているところなんか思い出したくない。しかも僕にご飯をあげたせいでそうなったわけで……」

「そうね。翼君は本当に傷ついたわよね」

倫子が気遣うように同意して見せた。

「わかったような口をきくなクソババア！」

深川が突然キレて立ち上がる。椅子が倒れ、大きな音が鳴った。五味は咄嗟《とっさ》に倫子と深川の間に立つ。深川を目でけん制する。

「教授を罵倒《ばとう》する言葉は許さない」

「五味さん、大丈夫です」

倫子が背後から言った。五味は深川から目を逸《そ》らさない。深川は——横浜での素直な態度はどこへやら、反抗的な目で五味を見下ろしている。

「……知らねぇよ。てめえ誰だよコラ」

チンピラのような口をきき始めた。

「お前の教官の五味京介だ」

「名前聞いてんじゃねぇぞ。ざっけんなよお前、何様で俺をこんなとこに閉じ込めてんだ！　ああん⁉」

これまで慇懃《いんぎん》に挑発していきた深川と違う。ずいぶん直情的でバカっぽい反抗態度だった。だがこれに五味も呼応してしまう。

「誰に口きいてんだ、お前！」

早く帰りたい。結衣の進路が大切だった。一発殴って今日は終わりたい。五味も短絡的な考えに陥ってしまう。深川のジャージの胸ぐらをつかみ上げ、彼の背中を壁に叩《たた》きつけた。深川がデスクにあった鉛筆を鷲掴《わしづか》みにした。振り上げる。五味は咄嗟に身を低くした。深川を大外刈《おおそとが》りで倒す。すぐさま深川の身をうつ伏せにし、後ろ手に腕をひねりあげた。深川の肩の関節が苦しそうに音を立てた。倫子が慌てて五味の肩をつかむ。

「五味教官！　暴力はダメってあれほど――」

「こいつが先に鉛筆を振り上げた、俺を突き刺そうとしたんだ！」

五味は深川の頭頂部の髪を摑み上げ、顔面を上に晒《さら》す。目が合った。憎しみで目が血走っている。

「結局はそれがお前の本心だろうな。横浜で心を通わせられたと思った俺がバカだった……！」

五味は限界まで深川をのけ反らせ、パッと手を離した。深川は床に顔面を強打した。鼻血を垂らし、うずくまる。

「ちょっとなにやってるの！」

倫子が深川を助け起こそうとする。

「赤木先生。もう終わりだ。俺には無理だ」

五味は踵《きびす》を返し、１４５号室を出た。倫子が慌てて廊下に飛び出してくる。

「五味教官！」

「もういい加減にしてくれ、ほっといてくれ！」

「お願いだからこらえて。進歩しているのがわからない？　これまで翼君はあんな中2のガキみたいな反抗の仕方、したことないでしょ？」

……確かに、まるで別人だった。

「あなたに心を開いて、全力でぶつかっている証拠なのよ！」

「悪いが俺にはもう……」

「こらえて！　道半ばまで来ているのに、放り出すの？」

よく考えて――と倫子に言い聞かせられる。

「翼君はこの先に逮捕しかないとわかっているのに、プログラムを受けてくれている。私たちの期待に応《こた》えてくれているの。彼にはなんの報酬もご褒美もないのに！」

「………」

「今度は私達の番でしょう？　私たちはいま、翼君に試されているの。自分の傷、本音を晒すに値する人なのか、なにをしても受け入れてくれるのか、翼君は私たちを試している。この壁を乗り越えたら――」

「性犯罪者に試される覚えはない！」

五味は怒鳴り返した。倫子が悲しそうに口をつぐむ。

「性犯罪者との間にある壁を、乗り越えたいとも思わない！」

五味は結局、有村佳代との面談を取りやめた。気持ちがいきり立っている。佳代との面談がいい方向に行くとは思えない――高杉にそう指摘されたのだ。これで面談のキャンセルは二度目だ。手紙を託すことにした。正直に書くしかない。

『実はここのところ家庭内トラブルに見舞われていて、仕事どころではなくなっている』

少々大袈裟《おおげさ》に書く。

『娘は家出し、妻も帰ってこない。有村の気持ちを受け止められるようになるまで、もう少し、時間がほしい』

五味は手紙を畳み、高杉に託した。

「そっちも頼んだぞ、結衣の受験の挽回《ばんかい》」

もちろんだと五味は頷《うなず》き、十八時には警察学校を出た。

電話をしても出ないだろうから、五味は結衣にメッセージを入れた。

『予備校の面談予約をしている。二十時からだ。ミスドで待ち合わせしよう』

調布駅で降りて、駅前のパルコの一階にあるミスタードーナツに入った。予備校は並びの雑居ビルの中にある。十九時半になっていた。小腹が減ったのでドーナッツとコーヒーを買い、結衣の分も買ってテーブルに座った。ため息まじりにポン・デ・リングをかじっていると、緑の蛍光色のジャンパーを着た男が「よう」と近づいてきた。いかにも市内のシルバーさんといった様子だ。

小倉隆信だ。

「なんだお前、警察学校の教官がポン・デ・リングかよ」

五味は「しっ！」と人差し指を立てた。小倉は狛江《こまえ》市内の自転車駐輪場で働いている。職場から直接ここへ来たようだ。

「結衣は？」

「じーちゃんが代わりに行ってきて、だと」

五味はため息をついた。小倉が結衣の分のドーナッツを食べ始める。この世でいちばんドーナッツが似合わない人だ。

「じじいと継父が本人抜きで予備校講師と面談したってしょうがねえよな。帰るか」

「結衣はそちらの自宅にいるんですか？　俺、連れ戻して――」

立ち上がりかけた五味に、小倉がぴしゃりと言う。

「やめとけよ、京介。あの子は一旦《いったん》ああなったらてこでも動かないよ。お前が一番よく知ってるだろ」

「そうですけど、一生を決める大学受験の……」

「その受験料の振り込みを忘れたのはどこのどいつだ」

五味はしょんぼりと頭を下げた。

「酒とつまみを買って帰ろう。ドーナッツを肴《さかな》にしゃべるような話じゃないだろ。嫁にも出て行かれたんだって？」

五味はまた「シーッ！」と人差し指を立てた。

小倉は昔からそうだった。警察学校で初めて会ったときから、学生のピンチをのんびり遠くから見ていた。こまごまとした指導は殆《ほとん》どない。学生の人生を揺さぶる言葉をバシッと決めて、いなくなる。なんでも見通す千里眼を持っているように見えた。

五味は教官になって四年、未《いま》だなにも見えていない。

小倉と共に新百合ヶ丘の自宅に帰った。ダイニングテーブルがひっくり返ったままだった。小倉がゲラゲラ笑っている。かつての教官と学生が力を合わせ、「いっせーの、せ」とダイニングテーブルを元に戻した。

「結衣はこれを一人でひっくり返したのか。すごいなぁ」

「感心している場合じゃないですよ。あの、もう少し右側をそっちに引いてもらえませんか。キッチンと平行にしたいんです」

「細かいことなんかあとでいいだろ、早く酒だせよ」

ダイニングテーブルの位置が斜めのまま、晩酌が始まった。

「お前は相変わらず、背負いすぎる。今度は更生プログラムだぁ？　心理学の土台もないただの警察官が無理な話だ。引き受ける方がバカだ」

五味は黙って瓶ビールを手酌で注ぐ。

「しかも自教場の面倒もみながら？　そりゃーお前、家庭は壊れる」

「壊れてませんよ。瀬山は越境捜査に行っているだけですから」

「娘はよ？」

「結衣のは……お義父《とう》さんの家に転がりこむのはいつものことでしょ」

ヘッと笑ったあと、小倉が五味と綾乃の関係を分析する。

「瀬山とお前はなにもなきゃ平和なんだろうが。もう少しお互いに努力はした方がいいぞ、百合の時にはしなくて済んだ努力だ」

お前と瀬山は似ているのだ、と小倉が指摘した。

「口下手。愛情表現が下手。どーせ百合のやつは、毎日毎日、京介君大好き大好きぃって感じだったんだろ」

吐き捨てるように小倉は言った。小倉と百合は仲が悪かった。本当は娘に、そんな風に甘えて欲しかったのだろう。

「だからお前は安心して夫婦をやれただろうけど、瀬山はそういうことを口に出すタイプじゃないからな」

五味は酒を呷《あお》った。

「だが、百合みたいに天真爛漫《らんまん》なところはない。地に足がついた娘だ。絶対にお前を裏切るようなことはしない。心配しないで、どんと構えて待ってろ」

まあ家族のことはいいや——と小倉は煙草に火をつけた。五味は瓶ビールを注ぐ。空っぽになった。

「日本酒でも燗《かん》します？」

小倉は嬉《うれ》しそうに顔をほころばせた。五味は大山が差し入れた日本酒を徳利《とっくり》に注ぐ。

「珍しい酒置いてんだな。立山？　富山の地酒か」

「卒業生が持ってきたんですよ」

小倉がへぇと面白がる。

「かつての教え子から、その教え子の差し入れの酒を呑《の》ませてもらえるとはなぁ」

小倉にとって五味教場の卒業生たちをなんと呼ぶのだろう。教え子の教え子だから、教え孫とでも言うのか。五味は湯を張った深鍋《ふかなべ》にそうっと徳利を入れた。弱火で火を入れる。

「お前さ、いつまで警察学校の教官やってんだ」

ふいに出た小倉の質問が、五味の背中に突き刺さる。

「さあ」五味は自嘲《じちょう》した。

一三〇〇期五味教場を送り出した二年前の秋に、本部捜査一課に戻るはずだった。だが深川の件があり、戻れなくなってしまった。

小倉が背筋を伸ばし、両腕を前に伸ばした。テーブルにべたっと手をつきながら、指でリズミカルにテーブルを打つ。

「深川の件が一件落着したら、恐らくは、ぜーんぶきれいに片がつくんだろうな」

五味は綾乃に無理な捜査を頼む必要がなくなる。結衣にはまた弁当を作ってやれるほどの余裕ができる。自教場の学生たちのこともくまなくフォローできる……。

「深川の件の決着が、なにより一番、難しいんですよ」

「だろうな」

「綾乃も結衣も家族です。けんかをしても元に戻る自信はあるし、一三一七期の学生たちは素直でいい子たちだ。事情を全部知っているわけでもないのに、かばってくれるのまでいるんです。そもそも犯罪者じゃない」

深川が何よりも手ごわいのだ。

「余罪が明らかになっても相変わらず逮捕もできない。そして救世主のように現れた法務省の矯正官は、深川浩も国家公安委員を退けない。弥生と桜が見つからないから深川の味方ばかりで現場をかき乱す」

「矯正官は自分の仕事を全《まっと》うしているだけだろう。かき乱しているのは、正義を捨てられないお前かもしれないぞ」

五味はぎくりとした。

正義と贖罪《しょくざい》を捨てろ――。

倫子が当初、口を酸っぱくして忠告した言葉を思い出す。

「京介。お前の本分は刑事捜査だろ」

「本分と言われたって、身分は府中ですよ。いまや、桜田門本部に戻る道を失って路頭に迷っている、警察学校の教官です」

「だから、刑事捜査」

五味は深鍋の湯が沸騰しかけているのに、火を消すのも忘れ、小倉を見た。

「刑事捜査授業がお前の担当だろ。一三一七期もそろそろ後半戦だったか。模擬捜査授業、もう始まっているのか」

「来週からですが、なんの準備も……」

「五味」

その一言で、義父と息子から、教官と学生の関係に戻る。

「お前はいつも事件からよく学んでいたと思う。今回も、事件から学んでみたらどうだ」

五味は小倉の言葉の意味を考える。

「お前は深川本人に近づきすぎて、事件が見えなくなっている。事件だよ、五味」


週が明けた二月八日月曜日から、一三一七期五味教場の模擬捜査が始まった。

関係者役の依頼をまだ一部の教官助教にしかしていないが、『事件現場』への臨場は後回しでいい案件だ。グラウンドにある模擬家屋の中に入って現場を再現するのはこれからでいい。

五味は教壇に立つ。

「さあ。待たせて悪かった。今日から模擬捜査だ」

先週まで学生たちは菊池忍の一件で五味に疑心暗鬼の目を向けていた。模擬捜査と聞くや、目を輝かせる。

「まずは土地勘をつけてやる。今日からここは石神井警察署だ」

五味は、深川が大学三年生のときに起こした、福島玲奈の強姦《ごうかん》事件を扱うと決めていた。

この案件は被害届の取り下げで捜査本部が途中解散した。警視庁のデータベースには残っていない。実際の捜査で、どの遺留品からどう捜査を広げたのか、どの聞き込みのどんな情報から犯人逮捕に至ったのか、捜査の道筋が全く立っていない。

五味と学生たちの力量が試される『模擬捜査』だった。

五味は黒板に張り付けるタイプのロールスクリーンを広げた。手元のタブレット端末と連動している。警視庁管内の白地図を呼び出す。市区町村ではなく、警察署の管轄で線引きされている。

「さあ。石神井警察署はどこだっけ？」

はい、と女警が前に出た。自信満々で光《ひかり》が丘《おか》署の管区に、「ここです」と丸をつけた。

「ブーッ！」と五味は強めに言ってみせる。教場がどっと沸いた。方々から、「その左だ」とか「そこは光が丘だ」とか声が飛ぶ。こんなに教場に活気があるのは久しぶりだった。五味は石神井署の正しい位置を示した。

「住所的には練馬区西部と、西東京市《にしとうきょう》の一部だ。この界隈《かいわい》に詳しい奴、いるか」

五味は一番に挙手した北里を指名した。

「石神井は、ドラえもんの舞台になっていると言われている町です！」

五味はずっこけた。

「お前、ドラえもんの世界観で刑事事件を捉《とら》えるつもりか？」

教場がまた沸く。「さすが銅像、言うことが違う」「タケコプターで緊急配備か」と北里を揶揄《やゆ》し、面白がる声が上がった。

五味は一度手を叩《たた》いて空気を変える。ロールスクリーン上に石神井警察署管内の白地図を出し、地域柄や昼と夜の人口差を教示した。

「閑静な住宅街だから、殺人や傷害事件はおろか、暴行事件も少ない。空き巣、強盗も少ない。極端に多いのが自転車窃盗だ」

学生たちがメモを取る。

「目立った歓楽街もない。駅周辺に多少の飲食店が並ぶが、駅のすぐ近くまで住宅街が迫り、最近では駅直結のタワーマンションもできるなど、都心のベッドタウンになっている町だ」

事件は石神井駅と地下で直結しているタワーマンションで起こったが、具体的すぎる。管内にある大規模マンションXとした。

「現場は何階ですか？　具体的にどんな事件が？」

藤巻がメモとペン片手に、前のめりで尋ねる。

「端緒は通報ではない。被害相談から始まった。誰か、窓口役をやってくれ」

積極的に手が上がった。五味は笹峰を指名した。教卓を隅へ押しやり、二つの空きデスクと椅子を前に並べさせる。窓側を背に笹峰を座らせた。

「じゃあ、始めるぞ」

五味は教場の扉を開け、廊下に顔を出した。赤木倫子が廊下の壁に寄りかかって待っていた。五味は頷《うなず》いてみせる。

「お願いします」

先週末の急な依頼を、倫子は快諾してくれた。先日のカウンセリングで深川を放り出した五味を、怒るでも嫌味を言うでもない。本当に懐の深い女性だった。

倫子は被害者A子として、笹峰の座るデスクの前に座った。なかなか神妙な顔を作っている。見慣れない女性がやってきたからか、学生たちは戸惑っていた。教授職にある警察幹部と学生巡査は接点がない。五味は笹峰の背後に立ってフォローする。

「名乗り」

笹峰は咳払《せきばら》いし、「一三一七期五味教場――」と言った。

「模擬捜査中は石神井署刑事課だ」

「失礼しました。石神井署刑事課の、笹峰雄太です。今日は、どうされましたか」

「実は、大変申し上げにくいのですが、強姦、されまして……」

メモを取ろうとした笹峰が、ペンを止めてしまう。強姦事件を扱うという戸惑いが教場にわき上がることはなかったが、男警たちは難しい顔になっている。さっきドラえもんがどうのと騒いでいた北里は、顔を引きつらせていた。笹峰が必死そうに受け止める。

「わかりました。強制性交ですね。えっと、誰から？」

五味は尋ね方に引っ掛かったが、止めはしなかった。

「知らない人です」

「場所はどこでしょう」

「自宅です」

「自宅に押し入ってきた？」

「はい。宅配便業者の恰好《かっこう》をしていました。荷物が届いたと思って、扉を開けてしまったのです」

「それは……大変ですね。不法侵入という罪状もついてきます。それから……あ、えっと、怪我は？」

「鼻を打撲しました。首も絞められたので、痣《あざ》が残っています」

「では、暴行罪もつきますね。病院にかかったとか、診断書が出れば傷害罪となり、もっと重い罪に問えますが……」

「はあ……じゃあ、診断書を取ればいいんですね」

「あっ、はい。そうです」

沈黙が流れる。おいおい終わってしまうぞ──五味は笹峰の肩をつつく。

「ええっと……。あっ、ちなみにいつですか」

「一週間前の午前中、十時半ごろのことです」

一週間も前なのかと嘆くようなため息が聞こえてきた。森口楓だ。五味はすぐさま指摘した。

「森口。被害者本人の前でそのため息は、絶対にダメだぞ」

楓がハッと口元を押さえる。

「被害届を出すまでに一週間、悩みに悩んで、やっといま勇気を出して警察署まで来てくれた。その心の葛藤《かっとう》に寄り添わなくてはダメだ」

笹峰に続けさせる。

「ご自宅でということですが、住所を教えてもらえますか」

倫子は架空の住所を口にした。

「その時、室内には他にご家族が？」

「いえ。私ひとりでした」

いま思い出した、という様子で笹峰が質問する。

「家族構成を教えていただけますか」

「夫と小学校四年生の息子がひとりです」

笹峰が同居家族の氏名と生年月日、夫の勤務先、息子の小学校名を聞き取る。顔を上げて五味に頼む。

「似顔絵捜査官的な人、呼んでこられますかね」

犯人の顔を証言してもらおうと思っているらしい。

「犯行の流れも把握せずに、いきなり似顔絵に行くのか？」

楓が挙手した。

「大規模マンションなら防犯カメラ映像が残っていると思いますが」

五味は頷く。

「その通りだ。もっと証言を聞けば似顔絵は全く必要ないとわかると思うぞ」

笹峰はかなり緊張した様子だ。性行為について女性被害者から詳細を聞くというのは、若い男性巡査にはハードルが高い。笹峰が手のひらの汗を太腿《ふともも》にこすりつけながら、聴取を続けた。

「えっと……犯人の顔は見ましたか」

「いいえ。目出し帽をかぶっていました」

「あっ。そういうことでしたか」

覚悟を決めたように、笹峰が倫子の顔を正面から見る。

「では、犯行の詳細をお尋ねしても？」

倫子は雑に言う。

「宅配便が来たと思ったので、オートロックを解除して、自宅の扉を開けて待っていました。宅配便業者の男がやってきて、そのまま押し倒されて、レイプされました」

長い沈黙がある。笹峰がまた「あっ」という。

「以上ですか？」

「以上ですが、なにか？」

倫子は敢《あ》えて、いら立ちを表に出しているようだ。

「なにか……会話とかは」

「犯人とですか？　突然押し倒されて、抵抗したら首を絞められ、最後は顔を蹴《け》られたあげくに息子の縄跳びで縛り上げられたんですよ！　一体犯人となんの会話をしろというんです？　今日の天気でもしゃべればよかったんですか！」

うまいなぁと五味は感心しながら、模擬聴取を見守る。笹峰は腰を浮かせて、五味に助けを求める。

「お前を助けるのは、俺じゃない」

「でも……ちょっと、もう……さすがに強姦《ごうかん》事件は、男性の俺にはやりにくいです」

「お前を助ける同じ署の仲間たちが、目の前にたくさんいるじゃないか」

「あっ」と笹峰が学生たちを見た。「私が代わる」と楓が手を挙げた。

五味は一旦《いったん》、聴取を止める。教場に問う。

「ここまでで、なにか気が付いたことはあるか？」

いくつもの手が挙がった。女性が性被害を訴えてきたのなら、すぐに女性警察官を呼ぶか、同席させるべきだという意見が出た。

「その通りだ。これは相手が被害者ではなく、加害者であっても同じこと」

特に取調室の中は要注意だ。女性と男性警察官が一対一になると、なにかとトラブルが発生しやすい。

「もし署内に手が空いた女性警察官がいなかったら、相手が容疑者であっても、応接スペースなど密室になりにくい場所で聴取をするという選択肢も考慮しておけ」

藤巻からも指摘の手が挙がる。

「聴取の流れがスムーズじゃなかったですよね。思いつきで聴いているように見えて、頼りなく感じました」

厳しい指摘に笹峰が肩を落とす。「いい失敗の見本だった」と五味は肩を叩《たた》いた。学生たちに説明する。

「まず被害相談に訪れた相手に対しては、こちらの身元を明かすこと。次にすべきは、相手の身元確認だ。氏名、生年月日、本籍地の確認だ」

運転免許証、保険証等の提示を求めて照会する。

「その後は現住所と職業の聞き取り、次は家族構成だ」

身元、家族関係をきっちりと把握したあと、いよいよ、時系列を追って被害の把握につとめる。

「この時大切なことは、相手のペースでしゃべらせないということだ。特に性被害者というのは、供述するごとに屈辱感が積み重なっていく」

犯行の一部始終を冷静に話せる被害者はいない。記憶の欠落も多い。勇気を出して警察署に来ても、いざとなったら口を開けなくなる女性もいる。

「思い出したくないという意識が強すぎて、さっきの赤木教授の演技のようにたったの十秒くらいで証言を片付けてしまうこともある」

こうなると、もう一度最初から説明してくれと頼むことになる。

「被害者はまた恥部をさらさなくてはならないのかと心に負担がかかる。負担を感じさせたら最後、下手をしたらセカンドレイプだ。被害の聞き取りひとつとっても強制性交事案は慎重な対応が求められる」

五味は楓を笹峰の隣に座らせ、再度、聴取をスタートさせる。

いきなり、倫子がワーッと声を上げて泣き出した。

どうやら先ほどとは別バージョンでいくらしい。笹峰と楓は顔を見合わせ、困った顔をした。楓が立ち上がり、倫子の隣に立って背中をさすって慰める。泣いている女性に対しては、女性警察官が時間をかけてなだめるのが正解だ。だが倫子は楓の手を振り払い、楓を罵《ののし》った。

「やめてよ、あんたみたいな若くてピチピチした警察官には、レイプされた私の気持ちなんかわからない！　私は汚された、私も夫も子供まで汚されたも同然だわ！」

楓も笹峰も途方に暮れた顔で、五味に目で助けを求めた。五味は口を引き結び、自分で考えろと首を横に振る。遠慮がちに笹峰が嘆く。

「これ、いきなり応用編、変化球が飛んできたようなもんですよ。どうしたら……」

「被害者に基礎も応用もない。相手は練習ドリルじゃない。人間だ」

教場がふっと静まり返った。学生たちの心に響いている証拠だ。

「事件にだって基礎も応用もない。お前たちが現場に出た途端に基礎的な事件、中級編、応用編が順番に起こってくれると思うのか？」

　笹峰が肩をすぼませる。

「いきなり爆破テロ事件にあたるかもしれないし、永遠にないかもしれない。窃盗ばかりの勤務になるかもしれないし、異動の先々で凄惨《せいさん》な殺人事件に遭遇するかもしれない」

　けれど、どんな事件でも関係者に対する態度は一貫して同じだ。

「誠実であること。親身になってやること。自転車泥棒の被害者でも、爆弾テロリストでも同じだ。まずはこの基本からぶれないことだ」

　学生たちに指南する一方で、連続強姦魔に対してはどうなのだという自問自答がわき上がってきた。これまでの五味の深川に対する態度が根本的に間違っていたのではないか――じわじわと、自分の言葉が自分の言動を戒めていく。

　五味は時計を見上げた。あと五分で休み時間だ。

　五味は笹峰の背後から、倫子に「巻いて」と身振り手振りで合図する。犯行の一部始終を学生一同が把握したところで、五味は黒板に書いた。

「よし。今日はここまでだ。授業日数が残り少ない関係で申し訳ないが、もう関係者聴取に入るぞ。容疑者候補をピックアップしていく」

　五味は板書しながら、関係者の人物像をざっと話す。

「まずは、同じマンションの別フロアに住むサラリーマン、五十六歳。痴漢で逮捕歴が二回ある」

家庭教師の説明もした。

「三十一歳、A子の息子の家庭教師だ。最後の一人――便利屋」

五味は感情が声に乗らないように気を付けながら、板書する。

「A子宅に出入りして犬の散歩代行をしていた大学生だ。家庭教師を紹介したのもこの便利屋だ」

学生たちは、家庭教師と便利屋が顔見知りであるところが引っ掛かったようだ。

「この二人は友人同士ということですか」

北里が問う。

「便利屋は中学校時代、この家庭教師に習っていた。以降、二人は付き合いがあった」

五味は赤いチョークを持ち直した。

「聴取だが、休憩時間、昼食時間、放課後にそれぞれ役を割り当てられた教官助教に声を掛けていい。授業中、会議中、面談中はダメだぞ。被害者に話をききたかったら、赤木教授に声をかけてもいい」

倫子が、いつでもいいと大きく頷《うなず》く。

五味は改めて、黒板に書く。

サラリーマン……高杉
家庭教師……統括係長

便利屋…………五味
真犯人・深川翼を、五味は模擬捜査授業で、演じる。

昼休みを早々に切り上げ、五味は高杉と共に、本館の面談室に入った。

有村佳代を呼び出している。佳代はここ数日は泣き通しだったようだ。昨日、夫と話をしたときは人相が変わるほどに顔が腫《は》れていた。今日はむくみも収まり、しっかりとメイクをしていた。

「教官、助教。改めまして、大変申し訳ありませんでした」

まあ座れ、と五味は佳代に席を勧めた。高杉がコーヒーを出す。

「実は問題が問題だけに、俺も高杉もまだ菊池と面談ができていない」

病院には顔を出している。担当医によると、忍は右足首を複雑骨折していた。ボルトを入れる手術が必要だが、脳には異常はなく、二週間ほどで退院できるという。

「あのノートはどうなったんです？」

佳代が恐々と尋ねた。

「没収したが、勝手に捨てるわけにもいかない。かといって、俺たちが持っているのもちょっと……」

佳代はコーヒーの入った紙コップを両手に持ち、少し笑った。数日経ってだいぶ落ち着いている。開き直っているようにも見えた。

「いずれにせよ、俺が菊池の様子を尋ねたことが全てのきっかけだったのに、面談を何度も先送りにして、本当に申し訳なかった」

五味の謝罪に、佳代は両手のひらを見せる。

「教官は悪くありません。それより、ご家庭、大丈夫なんですか」

佳代の顔は、井戸端会議の主婦そのものだった。

「立ち入ったことを聞きますが、新婚さんなんですよね」

まあ、と五味は短く答えた。先輩期がアレコレ吹き込むので、学生たちは教官のプライベートを意外によく知っている。

「ということは、連れ子の娘さんがいるというのも本当なんですね。奥さんも気を使ったんじゃないですか。連れ子で特にそれが異性だと、新たな配偶者とぶつかりやすいじゃないですか」

五味が入る隙もなく、話が進行していく。

「たぶん、新しい奥さんと娘さんで、バチバチしていたんだと思いますよ。五味教官は素敵な人だから、娘さんは若い奥さんに父親を取られてすごく傷ついただろうし」

五味は呆気《あっけ》に取られた。いつもは揶揄《やゆ》する高杉も、さすがに変な顔をする。

「いや……別にそこはもめてなかったよな？」

「いいですよ、隠さないで。女は全部、お見通しなんです」

佳代は一事が万事、この調子なのか。思い込みが激しく一方通行だ。彼女に忍の様子を訊くのは全くの不適任だったと五味はため息をつく。佳代はすっかりリラックスしてコーヒーを傾ける。一方的に菊池忍の話を始める。

「本屋の行方不明事件も、結局、アレの問題だったらしいです」

菊池忍は班の学生たちの目を盗んで成人コーナーへ行き、BL雑誌を立ち読みしていたらしい。購入して学校に持ち帰ることはできない。余計に欲求がたまり、結局、自分で描いたのか。欲しい本があるなら図書室に――と五味が言った時の菊池忍の動揺っぷりも、これで説明がつく。

「菊池巡査が学習室で一緒に勉強しなくなったので、妙だなと思っていたんです。授業中はシャープペンシルなのに、文具屋で2Bの鉛筆を一ダース買ったり、罫線《けいせん》なしのノートを何冊も持っていたり……。絵を描いているんだなとピンときました」

忍は新聞図書係だ。教場内の学生たちに配る新聞を月に二回作っている。たまに四コマ漫画を載せていたようだ。絵が得意だということは、教場内では有名な話だったらしい。五味はそれすら知らなかった。教場新聞も目を通した記憶はあるが、内容を覚えていない。

「教場新聞に載せるものではない個人的趣味の漫画なら、ルール違反のような気もしたので、何度か話し合いをしました。菊池巡査は、このノートは違反行為に当たらないと言い張る。でも中を読ませてくれない。頑《かたく》なに拒むんです」

これは全力で確認すべきと思った佳代は、力ずくで忍のノートを取り上げ、中身を確認したらしい。五味は咎《とが》めた。

「なぜそこまで強引に――」

「五味教官が言ったんじゃないですか、菊池巡査の様子を探ってくれって」

五味は閉口した。佳代は唇を歪《ゆが》め、汚らわしそうに言う。

「内容を見て卒倒しそうになりました。あんな卑猥《ひわい》でおぞましい漫画を、尊敬すべき教官助教をモデルにして描くなんて、お二人を侮辱するものです」

ＢＬ漫画を愛する特定の女性たちを完全に見下している。五味はその佳代の表情に、嫌悪を感じた。

「私はああいうのは全く理解できません。女がゲイの性行為を好むとか気持ち悪すぎます」

五味は咳払《せきばら》いした。

「警察学校は自由時間に限り、漫画や小説などの創作活動を禁止はしていない」

「でもあれはポルノですよね」

「確かに、ポルノはダメだ」

「しかも男と男、ＢＬですよ。男女の性愛を描いたものなら、百歩譲って許せるとして……」

「なぜ、許す、許さないの話になるんだ？」

「私は班長です。班員の行動を咎めることは……」

「あの漫画は犯罪じゃない。個人の趣味だ。流通・販売目的のものじゃないから、条例違反でもないし、刑法犯でもない。勿論《もちろん》、警察学校内ではだめだが、お前が追い詰めるようなものでもないぞ」

不満そうな顔で、佳代が五味を見返す。

「しかも、それをもって菊池巡査の人間性を叩《たた》くのもおかしい。そうやって人をジャッジするお前の人間性の方を、俺は疑う」

「私の人間性を疑う？　あんな漫画に耽溺《たんでき》せず、結婚して、子供を真面目に育ててきた私の人間性の方がおかしいというんですか？」

「お前の人生をおかしいと言っているんじゃない。BLを好む女性たちを、許す、許さないというお前の価値観でジャッジすることがおかしいと言っている」

前のめりだった佳代が、ふっと口をつぐんだ。高杉もたしなめる。

「例えばお前は誰かが自分の好みの料理を作っていたとして、それがお前の口に合わなかった場合、許す、許さないでその料理をジャッジするのか？」

「お料理と性的なことは全然違いますよ」

「同じだ。食と性、それから睡眠。人間の三大欲求だぞ。和食が好きだろうが和洋折衷が好きだろうが人の勝手だ。性にまつわる話だってそうだろ。BLは犯罪じゃない」

佳代はやっと理解したが、みるみる意気消沈していく。

佳代は学生結婚し、社会にもまれることなく母親となって子供はもう中学生だ。思考が自分本位に偏ったまま、誰から注意を受けても聞く耳をもたずに中年になってしまったようだ。主婦に限らず、こういう人間は多い。五味は言い聞かせる。

「お前が卒業して現場に出てきたときに相手にするのは、主に犯罪者だ」

忍がしたこと以上の、まさに犯罪行為をしてしまった人々と対峙《たいじ》することになる。

「お前は彼らに対しても、高圧的に出るつもりなのか。犯罪をしたな、お前を許さない、凝らしめてやる、と――」

五味は学生を指導しながら、またも自分の言葉が自分に跳ね返ってくるのを感じる。これはまさに、深川に対してこの一年四か月、五味がしてきたことだった。

懐のスマホが震える。五味はジャケットの内側でちらりと画面をのぞいた。

53教場の卒業生からだった。

深川弥生が見つかったという。


五味と高杉は放課後、電車を乗り継ぎ、西武池袋線《せいぶいけぶくろせん》秋津《あきつ》駅のすぐ脇にある、秋津駅前交番へ向かった。

一三〇〇期五味教場の龍興力《たつおきりき》が卒業配置されている。

「龍興……！」

高杉は交番の前に立番していた龍興に抱きついた。殆《ほとん》ど体当たりだった。百八十六センチで九十キロ以上ある高杉の巨体に抱きつかれたら、たいていの男はふらつく。龍興は見事に高杉を受け止めてみせた。

「おっ。お前すっげーな、また筋肉増えたな」

「高杉助教おすすめのプロテイン、いまでも愛用してますよ!」

高杉と龍興で筋肉自慢が始まった。この二人は教場会でいつも脱いで筋肉を見せ合う。

先月末、五味の自宅で捜査会議という名の教場会を開いたとき、龍興は当番で来られなかった。来ていたら脱ぐ者が続出して大騒動になっていただろう。

龍興はかつて、泣き虫でひょろひょろのごぼうみたいな奴だった。入校初日には電車の乗り換えを間違えて遅刻し、叱責《しっせき》を恐れて正門の脇に隠れて泣いていた。退職届を書いた数は教場一だった。入校してすぐに退職危機を迎えていた彼を支えたのは、深川翼だった。

二人は親友同士だった。

龍興は交番の中に五味と高杉を案内した。休憩していた後輩に立番に出るように指示している。落ちこぼれだった龍興が後輩の指導をしているのを、ほほえましく見る。

畳敷きの一角に三人であぐらをかく。龍興がファイルを見せてくれた。

「一昨日《おととい》のことなんですけど、秋津駅前のコンビニで万引き犯を取り押さえたという通報があり、駆け付けたんです」

五十代の会社役員がうなだれていたという。

「会社役員が万引きねぇ……金も名誉も地位もあるのに」

高杉は呆《あき》れた調子だ。龍興も頷《うなず》いた。

「そういうやつは、たいてい、すぐに弁護士がすっ飛んでくるじゃないですか」

龍興が日誌に貼り付けてあった名刺を見せた。

『前田《まえだ》法律事務所　弁護士　前田敏明《としあき》』

名刺に顔写真もついていた。五十代くらいの、豊かな黒髪を中分けにした精悍《せいかん》な男性だった。

「店側と示談したいと出てきたのが、前田弁護士が連れていた部下の女性です」

龍興がページをめくる。もう一枚、名刺が出てきた。肩書はパラリーガル、弁護士の業務を補助する人材のことだ。

『前田弥生』

彼女の名刺にもある小さな顔写真に、五味は目を凝らす。

高杉が懐から、深川浩提供の写真を取り出した。

産後間もない桜を抱いた、十年前の深川弥生の写真だ。産後の写真のせいか、顔つきがふっくらしている。くっきりとした大きな二重瞼《ふたえまぶた》と、右目の下に泣きぼくろがある。

名刺の女性にも、泣きぼくろが見えた。顔つきも同じだ。

――間違いない。深川の継母だった弥生だ。

五味は龍興の肩を叩く。

「龍興。大金星だ」

龍興は嬉《うれ》しそうな顔ながら「まだまだ」という。

「前田法律事務所は管内にありましたので、巡回カードを調べたところ、自宅兼事務所と届け出がありました。一見すると小さな雑居ビルです。一階が事務所で、二階と三階が住居です」

龍興が、巡回カードが納められたキャビネットを開けた。件《くだん》のカードを見せる。

「世帯主は前田敏明、妻は弥生。息子が一人います」

前田敏也《としや》、平成二十一年生まれ……この春で小学校六年生になる。

「弥生の子か？　弥生がシェルターを出た後すぐ結婚したとしても……」

高杉が首を横に振る。

「計算が合わない。弥生がシェルターに入ったのは十年前だ。その時敏也はすでに二歳になっている」

「じゃ、夫の方の連れ子か」

龍興がまゆをひそめた。

「若干引っ掛かりますよね。またしても男児の連れ子がいる家庭に後妻に入っているんです」

高杉が巡回カードを裏返す。

「世帯員は以上か？」

そうなんです——と龍興が太い眉毛《まゆげ》に力をこめる。

「桜は生きていれば十歳、今年小学校五年生になる年齢ですが、世帯員に名前がないんです」

深川翼の娘、桜はどこへ行ったのか。

五味と高杉は管轄の児童相談所を訪ねた。

前田家でのＤＶ相談や虐待通報は一切なかった。前田桜という女児についての情報もない。深川桜、名倉桜でも同じだ。最終的に苗字《みょうじ》を取り、『桜』という名前の、同じ生年月日の少女についても検索してもらったが、東村山市《ひがしむらやま》を管轄する児童相談所で把握している事実はなかった。

前田家の近隣を聞き込みすることにした。五味は本部捜査一課にいる塩見圭介にも電話をする。

「深川弥生の現在がわかった」

塩見が「本当スか！」と受話器が割れるほど叫ぶ。事情を説明し、改めて依頼した。

「警視庁管内で発生した、『桜』という名前の少女が死亡した事案を過去十年分、洗って欲しい。虐待、交通事故、殺人誘拐、全部だ」

塩見は声音に緊張感が漂う。「すぐやります！」と電話を切った。

高杉が探るように、五味を見た。

「死んだ——とみているのか」

「その可能性を潰《つぶ》したいだけだ。もしかしたら、養子縁組で手放したのかもしれないし」

「そっちの可能性の方が高そうだ。強姦《ごうかん》被害で生まれてきた子だ。普通の母親のように愛情を注げないかもしれない。すると里子に出しただろうし」

弥生はどういう気持ちで、桜を育てていたのか。

夫の子か、自分を強姦した継子の子か。どちらかわからないから、堕胎はできなかっただろう。産後にＤＮＡ鑑定し、後者と判明したときの弥生の絶望は、察するにあまりある。

「それとも母親なら――強姦被害でできた子供でも、愛するものかな」

「人それぞれだろう。そういう女性もいるし、子供を手放す女性もいるだろうし」

前田敏明法律事務所は、西武新宿線久米川《くめがわ》駅の南口ロータリーを抜け、路地を入ってすぐのところにあった。雑居ビル風の建物は住宅という感じがしない。看板がでかでかと出ていた。十八時を過ぎているが、三階のバルコニーには洗濯物が干しっぱなしになっている。一階の事務所には大きな出窓がついていた。ブラインドが降りていて、中の様子はわからない。たまに人が通り過ぎる影が横切った。

交番の自転車が建物の近くに置いてある。秋津駅前交番の名前シールが貼ってあった。龍興が先に近隣の聴取をしてくれているのだ。路地の先から龍興が戻ってきた。前田家のビルの前で、五味や高杉と合流する。

「裏のクリーニング屋で訊《き》いてきました。夫婦の評判はいいですね。この春で小6になる息子さんも元気で、母子の関係も良好だそうです」

クリーニング屋は、弥生と前田の再婚の際、記念撮影用の前田のスーツをクリーニングしたという。再婚当初の様子も知っていた。龍興が眉《まゆ》をひそめながら報告する。

「娘の姿は見たことがないと言っています。弥生は初婚だと勘違いしていました」

本部捜査一課の塩見から電話がかかってきた。一転、神妙な声音になっている。

「五味さん、とんでもないことがわかりましたよ」

塩見に一報を入れてから一時間も経っていないのに、なにか突き止めてきた——。

桜がなんらかの事件に巻き込まれて既に死亡していると五味は予想した。そうでなければ、こんなに早く殺人捜査担当の塩見が結果に辿《たど》り着けるはずがない。

「池上《いけがみ》署管内で八年前、山下《やました》桜ちゃんという、深川桜と全く同じ生年月日の二歳の少女が、凍らせたゼリーを喉《のど》に詰まらせて窒息死する事故がありました」

五味は奥歯を嚙《か》みしめる——。

「池上署はこれを事件・事故の両面から捜査しています。父親の名前は山下文夫《ふみお》、当時五十二歳。桜と血縁はなく、妻の連れ子です。妻の名前は——」

山下弥生。年齢も、生年月日も、深川弥生——現、前田弥生と一致した。

「結局、捜査はどう帰結した？」

「凍らせたゼリーを与えたのは継父の山下文夫です。殺意は立証できなかったようで、事故で処理されています」

五味は礼を言って電話を切った。高杉と龍興に伝えた。高杉は——星空を見上げる。

「まさか。死んでいたとは……」

改めて、前田敏明法律事務所の入る建物を見据える。

高杉が顎《あご》で、出窓を指す。

「どうする。深川の余罪の裏取り聴取、するか？」

深川の余罪の詳細確認も必要だが、なにより、桜を警察の保護下に置くために弥生母子を捜していたのだ。だが、桜はたったの二歳でこの世を去っていた。龍興が遠慮がちに意見する。

「一度目の結婚で継子の子を産み、二度目の結婚で子が事故死。三度目の結婚でまた男児のいる家庭に後妻に入る——。この前田弥生という女性、どうも引っ掛かります」

五味の脳裏に、いつかの深川の錯乱が蘇《よみがえ》る。しないで、しないで、と訴えて右足の親指を隠していた。リストカットの痕《あと》のように無数の傷が赤く膨れ上がっていた。

深川は当初、継母との性行為は、虐待だったと訴えていた。だが一方で、教育虐待をした父親への腹いせに、若い後妻を犯したとも言う。

どちらが真実なのか。

「龍興。しばらくこの界隈《かいわい》を重点的に巡回してもらえるか。息子の登下校時にも声をかけて、虐待がないか様子を探ってほしい。場合によっては保護してくれ」

「きっちりやります」

龍興は帯革の警棒に手を置きながら、ビルを見上げた。ぽつりと言う。

「深川は……もしかしたら弥生に虐待された側だったのでしょうか」

いまの段階では何とも言えない。龍興が五味の顔をのぞきこんでくる。

「深川、まだ大心寮にいるんですよね。いまの様子は？」

「一進一退というところだ」

龍興は難しい顔になった。やがて意を決したように尋ねる。

「深川は俺のこと、なんにも言ってないですか？」

「どういう意味だ」

龍興はちょっと口ごもった。遠慮がちに言う。

「自分は、アイツがいなかったら……アイツに支えてもらえなかったら、警官になれたはずがないので」

高杉は何度も頷《うなず》き、龍興の肩を叩《たた》く。

「そうだな。入校して一か月、お前が退職届を書くたびに、深川がとどまるように熱心に説得してくれたんだろ」

龍興が頷き、五味に訴えた。

「あの時、俺のために一緒に走って、一緒に泣いてくれた。そんな深川も嘘だったなんて、俺は思いたくないんです。だからこそ、深川の心を壊したやつがいるのなら、許せないというか……」

　龍興が意味ありげに、ビルを見据える。

「弥生の生き様は大いに気になるところだが、いずれにせよ」

　高杉が、五味の肩に手をついた。

「これで終われる」

　桜はもうこの世にはいない。深川浩はもう、桜が息子から加害を受けることを恐れる必要はない。国家公安委員を辞めることができるのだ。

　父親から権力を奪えば、深川の逮捕状請求書に、警察幹部たちは判を押すことだろう。

　深川翼を逮捕することができる。


　深川浩は世田谷《せたがや》区成城に長らく構えていた自宅を、既に売り払っていた。何年か前に再婚した女性とは別居婚していると深川翼が吐き捨てていた。悪魔のように危害を加えてきた息子を五味に丸投げしたので、めでたく、新しい女性と共に都心のタワーマンションに引っ越して、新生活を始めていた。

　ひとりでやってきた五味は豪華なエントランスホールを抜け、五十階までボタンがある高速エレベーターに乗った。ため息が漏れる。

　無責任でいられる人間ほど、高いところまで上り詰めるものだ。深川を放り出せなかった五味は様々なトラブルに見舞われ、地の底を這《は》うような日々だ。

三十六階で降りた。高級ホテルのようなふかふかの絨毯《じゅうたん》を歩き、深川浩の自宅のインターホンを押した。彼の書斎に通された。

立派なデスクで書物を読みふけっていた深川浩は、妻の手前か、少々威張って見せた。

「ああ、五味君か。どうぞ、わざわざすまないね」

五味にソファを勧め、自身も向かいに座る。妻がコーヒーを置く間、浩はうまいこと五味に雑談を振っていた。顔は息子の翼とうり二つだ。すらりと背が高く、切れ長の瞳《ひとみ》が色っぽい。人当たりのいいしゃべり方までそっくりだ。

妻が出て行った。浩は途端に五味から目を逸《そ》らした。肩をすぼませ、せわしなく指を動かす。一回り小さくなったように見えた。息子の様子を訊こうとしない。この一年四か月の間、深川のことで何度か父親と面談しているが、いつもこの調子だった。五味はなんとなく腹が立って、無言でコーヒーをすすり続けた。

「――金の件ですか」

五味はびっくりしてしまう。深川の食事代や日用品の購入費用は、浩の許可のもと、深川翼の預金口座の金で賄っている。金までも丸投げする男だった。

「足りなくなったのなら……」

「いえ。充分残っています」

「では、今日は……？」

息子があのせまい学生寮の個室で毎日どう過ごしているのか、気にならないのだろうか。龍興ですら心配して様子を尋ねてきたのに。

父親が息子の様子を問うことは、とうとうなかった。

五味は切り出す。

「弥生さんの居場所がわかりました。具体的には教えられませんが、再婚しています」

「桜は？」

珍しく、浩が前のめりになった。自分の子ではなかったとはいえ、孫にあたるのだし、一時期は娘としてかわいがっていたからだろうか。五味は首を横に振った。

「亡くなっていました」

「えっ。ええー」

浩はずいぶんわざとらしい反応をしてみせた。息子のことに関してはサル並みの思考回路しか持たない彼は、せめて、桜の件については人間らしくせねばと取り繕ったのか。瞳が大きく揺れているので、動揺しているのはわかる。

「どういうことですか。亡くなっていたというのは」

「誤飲事故だったようです。二歳のときのことです」

「弥生が誤飲させたんですか？」

「詳細は話せませんが、事件性はないと判断されています」

「そうでしたか……」

浩は脱力したように、ソファの背もたれによりかかった。五味は注意深く、浩の反応を見る。

浩は真顔で天井を見ている。目がみるみるうちに赤くなっていった。「失礼」と急いで立ち上がり、部屋を出て行く。嗚咽《おえつ》の声をかき消すトイレのフラッシュ音が何度も聞こえてきた。

浩は五分で戻ってきた。

所詮《しょせん》、五分で片づけられる感情なのだろう。

浩は五味の背後を通り抜け、デスクに立った。電話をかけ始める。

「夜分遅くにすみません――」

国家公安委員長である、国務大臣の名を呼ぶ。さっきの嗚咽は桜の死を悼むものではなく、自身の身の破滅に対するものか。

「急な話で申し訳ありません。早急に、国家公安委員を辞させていただきたく、お電話いたしました」

五味はじっとそれを聞いていた。この一年四か月の間、何度もこの瞬間を夢見ていた――深川浩が辞職してくれれば、五味は深川翼から解放されるのだ。

「急な話であるのは、先生を始め、委員の皆さんにご迷惑をかけることになるからでして……。実はうちの愚息が刑事事件を起こしまして……近々、逮捕される見通しでございます」

五味は立ち上がった。無性に腹が立っていた。へこへこと事情を説明しているこの深川浩という男こそ殴り倒してやりたい。

テストの点数だけで息子をジャッジしてきた男だ。母親がかばうと、母親ごと殴り犬のように扱った。母親が夜の夫婦生活に応《こた》えられなければ、外に女——弥生を囲った。母親の体が弱いのは出産時のトラブルのせいだと、息子を責めもした。母親を守ろうと、勇気を出してゴルフクラブを握った息子からそれを奪い、逆に滅多打ちにしてみせた。

電話を切った浩が、五味に向き直る。なにを驚いたのか、目を剝《む》いて後ろにひっくり返った。五味を強烈に恐れているようだ。五味は一切手を上げていない。だが、少年だった深川に代わってこの男を成敗してやりたいという気持ちは沸き上がっていた。それを父親は敏感に察したらしかった。

「深川翼の右足の親指の裏に傷をつけたのは、あんたか？」

五味は言葉遣いが乱雑になった。浩が後ずさりながら、「えっ、えっ」と繰り返す。とっくに壁にぶつかっているのに、まだ後ろに下がろうとしていた。子供に手を上げる人間ほど気が弱いのだ。

「彼の指の裏側に、リストカットのような痕《あと》が大量に残っていた。自分でつけた傷痕ではなさそうだ」

「しっ、知らないです……」

「かなり長い時間をかけてつけられた、古い傷のようだった。彼は、足を血まみれにしていた日々があったはずだ。本当に知らないのか？」

「私はなにも知らない。仕事が忙しかったから、全部、妻に任せていた」

「ゴルフクラブで殴ったことは？」

「それは……あったかもしれない。あいつが殴り掛かってきたから」

ゴルフクラブで殴打したことは認めるのに、右足の指を切りつける虐待だけは否定する。妙だ。

親指の傷は父親からの虐待ではないのか。

深川翼に虐待を加えていた人物が、もう一人いる。

第五章　命

『国家公安委員・深川浩氏が五年の任期を待たずして辞任』

一身上の都合、という小さな見出しをつけ、そのニュースは新聞の国内情勢欄の片隅に小さく掲載された。

五味は警察学校の校長室にいる。新聞を広げた大路孝樹校長が憮然《ぶぜん》としている。応接ソファに五味と高杉が、向かいには赤木倫子が足を組んで座っている。

十七時十五分になろうとしていた。いつもなら「では」と革のバッグを持ってさっさと帰宅する大路だが、今日は立ち上がらないし、コートを取ろうともしない。

「今日はお帰りにならないの？」

倫子が意地悪く言った。五味や高杉よりも、大路に対してきつい態度を取る。

「深川翼はこの件を知っているのか？」

大路の問いに、五味は答えた。

「いいえ。まだ話してはいません」

「いつ言うのだ」

「考え中です」

「府中署、三田署、石神井署の動きは？」

逮捕状が本当に出るのか、大路は訝《いぶか》しんでいるのだろう。現職ではなくなったとはいえ、国家公安委員まで上り詰めた男の息子の逮捕に、警察幹部はゴーサインを出すのか。様子を窺《うかが》っているのだ。足並みを揃えないと怖いのだろう。どこかの署長が先陣を切って逮捕状請求書に捺印《なついん》すれば、残りの署は五月雨式に後追いすると五味は思っている。

「互いに出方を見ている、というところでしょう」

問題は、どこが一番乗りになるかということだ。誰も一番乗りになりたくないと思えば、永遠に状況は変わらない。保身に走る公務員ほど、深川浩の影響力が残っていたらどうしよう、と一番乗りを恐れる。

逮捕状の請求書に判を押してくれた石神井署の署長は、二月五日で退職してしまった。いまは、前任よりも十歳も若い警察官が署長に収まっている。残り十年もある警察人生を気にして、判を押さないだろう。

大路はため息をついて、新聞を閉じた。「五味」と呼びかける。久々に、まともに対応しようとしている大路の姿を見た。

「深川が逮捕されたら、私は無傷ではいられない」

「でしょうね」

大路は目を吊《つ》り上げた。

「お前もだぞ……！」

「当たり前です」

大路がぐっと喉《のど》を鳴らして、黙り込んだ。

「警察官の道を絶たれた被害者がいるんです。私は彼女の被害に気が付かなかった責任を取らねばなりません」

大路は鼻で笑ってみせたが、変な音だった。「てっ」と聞こえた。

「もう本部捜査一課への道はあきらめたという顔だな」

なにやってんだお前は——と大路が五味を懐柔しようとしてきた。

「この一年四か月でお前のこともよくよく調べさせてもらった。一一五三期小倉教場の場長で、成績もトップ、都心のど真ん中の丸《まる》の内署《うち》に卒業配置された優秀な学生だったんじゃないか。え？」

深川から逃げていると思ったら、五味の経歴をさかのぼっていたのか。時間と労力を割く対象があまりにくだらなくて、五味は呆《あき》れ果てる。

「巡査部長昇任は二十五歳、刑事推薦は二十六歳で、二十七歳でもう本部捜査一課に呼ばれ、三十歳で警部補になっている。三十二歳で警部補四級、警部昇格は目前だったのに、シングルマザーとの結婚で台無しにしている」

高杉がぎろりと大路をにらみつけた。人間関係を知っている大路は、慌てて言い訳した。

「前妻に問題があると言いたいわけじゃない。前妻の病気療養の件だ。警部昇任の推薦がもらえるところで、なんで休職なんかしたんだ」

「妻の看病のためですが。なにか変ですか？」

大路は言葉に詰まった。咳払《せきばら》いのあと、再び続ける。

「現場復帰後も、数々の難事件を解決し、また警部目前のところで……警察官を三人も逮捕した。捜査上の秘密をマスコミに流したとして懲戒を食らってここに流れて来たんだろう」

高杉がしれっとかばう。

「そりゃ、上層部が隠蔽《いんぺい》しようとしたんだから、世論に訴えるしかないでしょう」

大路はなおも五味に畳みかける。

「そして今度は深川翼を抱え込んで、本部への返り咲きのチャンスを逃した。お前はどうしてそうやって、自分の将来の芽を些細《ささい》なことのために摘み続けるんだ？」

五味は怒りに震えた。ゆっくりと、大路を振り返る。

「──些細なこと？」

大路がびくっと肩を揺らし、顎《あご》を引いた。

「些細なこととは、一体なにを指しているんですか？」

大路は慌てて立ち上がり、コートを羽織った。バッグを持つ。いつものように「では」と言って、立ち去った。

倫子がつまらなそうに、扉が閉まるのを見届けた。

「あそこまで愚かになれる男も珍しいわよね。生きていて恥ずかしくないのかしら」

バッサリと卑怯者《ひきょうもの》を斬る倫子の物言いに、高杉がくすくす笑った。倫子は少し悲し気だ。きれいにネイルした指先を少しいじくりながら、ぽつりと言った。

「遅かれ早かれ――その時がきそうね」

深川翼の逮捕のことを言っている。

「あと何回、プログラムができるかしら」

「もうする必要はないんじゃないか？」

高杉が背もたれに寄りかかる。五味をねぎらった。

「お前も赤木先生も、充分やったよ。中途半端なところで終わってしまうかもしれないけどさ。矯正プログラムの続きは刑務所で正式に受けることができるだろう」

倫子が頷《うなず》く。

「そうね。余罪が多すぎて、執行猶予はつかないでしょうし。刑務所には確実に収監されるもの」

収監後、倫子が引き続き深川の矯正プログラムを続行することはできないらしい。いま彼女は現場に出るポジションにないし、深川が収監される刑務所にわざわざ異動するのも難しいと言う。

「そもそも、あの子が心を開いているのは、私じゃなくて五味教官よ」

「そうかな。赤木先生のことも――」

「男性なのよ」

倫子は遮り、五味の目をまっすぐ見つめた。

「翼君は、男性から認めてほしいんじゃないかと思う」

実母からは確かに愛されていた。母性に飢えているわけではないと倫子は断言した。

「なら、なぜ子供がいる母親ばかり狙うのかな」

「そういう風に父親に見せたいからじゃない？　321116も含めてね」

ネックは父親なのだ――五味は無意識に口走っていた。

「あの父親を二度と、深川に近づけたくない。余計に深川が悪くなる」

高杉が驚いたような顔で、五味を見つめる。

「批判を覚悟で言う」

五味は思い切って、二人に口にした。

「深川の逮捕を待ってほしい」

高杉も倫子も、何も言わなかった。矯正プログラムを続けたい倫子はそれを望んでいただろう。高杉は五味の心境の変化に気が付いていた様子だ。呆れた調子で言う。

「お前はまた……。背負うよなぁ、どこまでも」

「深川を虐待していた人間はもう一人いる。あの右足の親指の裏側の奇妙な傷痕《きずあと》がその証拠だ。それを突き止めてからでも……」

「突き止めたところでなんになる。子供時代の傷ならもう時効だ。恐らく継母の弥生じゃないのか。深川は一度は継母との行為を性虐待だと訴えていたし、あの女はなにかがおかしい」

「強制性交罪でガイシャがけがをした場合の時効は十五年だ。弥生が後妻に入ったところからだとしたら、まだ十二年前。間に合う」

「だとしても五味。誰が捜査するんだ」

五味は口ごもる。高杉の指摘はごもっともだった。

「綾乃チャンも、53教場特捜本部の連中も、深川の余罪の裏取りだけで精いっぱいだ。この上、今度は深川が被害に遭った事案を調べていたら、きりがない。そして次は誰だ。どうしてそういうことをしてしまったのか、弥生に感情移入するのか？」

弥生が深川を虐待し、桜も死なせたと決まったわけではないが……。高杉が説得する。

「まだまだ一三一七期の53教場も手がかかる。卒業まで一か月以上あるし、菊池忍の問題も保留のまま。綾乃チャンだって帰って来ないんだろ」

「越境捜査中なだけだ」

「結衣はどうしたよ。家出したままだろ？　受験の方はどーなってんだ」

五味は答えられない。

「俺は反対したぞ。これまでのことを、全部ひとりで背負ってきたと思うな」

「わかってる。お前にいちばん迷惑をかけている」

五味は思いを尽くして高杉の目を見つめた。頼むと懇願する。

しばし男二人で、見つめ合う。

沈黙を破ったのは、窓の外から聞こえた、カラスの鳴き声だった。

高杉はふっと力が抜けた様子だ。額に手をやり首を横にふる。

「やれやれ。俺もバカだ。とことんバカだ」

高杉は立ち上がり、先に校長室を出て行った。


校長室を出たところで、二人の学生が五味を待ち構えていた。

「一三一七期五味教場、藤巻です！」

「同じく、北里です！」

「五味教官、模擬聴取をお願いしてよろしいでしょうか！」

五味は了承した。廊下なので、通行人の邪魔にならない隅に学生たちを誘導した。

五味は深川翼役だ。深呼吸し、彼になりきってみる。藤巻が珍しく生真面目に尋ねる。

「石神井署刑事課の藤巻です。便利屋さんでよろしいですか」

「ええ。便利屋です。えっ。警察？　どうしたんですか」

「石神井のXマンションに住むA子さん、ご存じですか」

いきなり押しかけてきた警察官に、深川ならどう答えるだろう。自分が犯人なのだから、警察が来た理由も、A子の被害も知っている。ただの目撃証言を募る地取り捜査ではないと察するだろう。

五味は愛想よく言ってみせた。

「ええ。A子さんですね。めっちゃかわいいトイプードルを飼っている」

五味が相好を崩したからか、緊張で銅像のように固まっていた北里の表情が柔らかくなる。

廊下の先では、痴漢サラリーマン役の高杉が、別の学生から模擬聴取を受けていた。

「一件の痴漢は冤罪《えんざい》だ！」と繰り返し、学生たちを罵《ののし》っている。声がでかく態度も大きいので、迫力満点だ。

藤巻が高杉の演技に気を取られつつ、尋ねる。

「A子さん宅には何度くらい、お仕事でいらっしゃってますか」

「三回ですね」

深川なら正確に答えただろう。

「便利屋の仕事以外で、個人的にお会いすることはありましたか」

深川なら――。五味は困った顔をしてみせた。

「ちょっと待ってください。これは一体なんの捜査ですか。取調べかなにかですか？」

藤巻があっさり言った。

「実は、A子さんが強姦《ごうかん》被害に遭いまして」

五味はすぐさま両腕で×マークを作る。

「やめやめ。一旦《いったん》模擬聴取中止」

こら、と藤巻を叱る。

「事件捜査とはいえ、強姦被害を晒《さら》すのは絶対にだめだ」

「でも事件の概要を伝えないと、捜査にはならないですよね。致し方ないんじゃ？」

「強制性交以外の罪状だってあるだろう」

不法侵入と暴行傷害……北里が指折り数える。

「そうだ。そっちの方で充分だ」

仕切り直しだ。五味は深川になりきって、藤巻の言葉を待った。

「A子さん宅に不法侵入事件がありました。失礼ですが、その日はどちらにいましたか」

深川ならこう答えるだろう――五味は準備していた答えを口にする。

「その日ならずっと家にいましたね」

「大学には行かれなかったんですか？　平日ですが」

「水曜日は授業を入れていないんです」

これは事実だ。大学時代の深川を調べてきた綾乃が突き止めた。三田の主婦の強姦事件も、授業がない水曜日の日中の出来事だった。

「一日ご自宅ですか……うーん」

「父親がいましたけど」

本当に父親がいたかどうかは知らない。だが五味は敢《あ》えて言った。深川なら、自分が起こした強姦事件に父親を巻き込むはずだ。深川は父親に迷惑をかけたくて仕方なかったのだ。裏を返せば——SOSだったのではないか。32116という数字へのこだわりもそうだ。

(お父さん。こんなことをしてしまう僕を、止めてほしい……)

北里が頭をかいた。

「すみません。ご家族の証言は、アリバイ証明にはならないんですよ。他に、水曜日にご自宅にいたことを証明できる方は？」

「ちょっと思いつかないですね……」

疑惑の目に気がついた五味は、次の一手に出た。深川なら必ずこう言ったはずだ。

「ところで、不法侵入事件と言いましたね。A子さん宅には、まだ小学生のお子さんがいたはずです。お子さんにけがはなかったんですか？」

深川はいい人を演じて、捜査員を懐柔するはずだろう。五味や高杉にそうしたように。

「ええ。お子さんは学校にいましたので、無事です」

よかった——と心底ほっとして見せる。

「A子さんのお宅はトイプードルもかわいいんですが、息子さんもまた、素直でいい子なんですよ」

五味は、この息子がお菓子を分けてくれたとか、一緒に犬の散歩したとか、仲が良かったことをアピールする。

「そういえば、息子さんには家庭教師の紹介もしたとか」

「ええ。中学校の時にお世話になった、おもしろい先生で」

「するとその家庭教師とはもう十年以上のつきあいなんですね」

「はい。僕を教えてくれたころはまだ大学生のアルバイトだったんですが、ここ数年の間に独立したんです。顧客を探していると話していたので、紹介しました」

「ちなみに、その家庭教師さんってどんな方ですかね」

「――どんな方、というと？」

リアルの事件では家庭教師の岡本は、A子に性的興味があることを友人にアピールしていた。「玲奈さんとセックスしてぇー！」というのはかなりインパクトのある言葉だ。宅配便の受取時間を知っていたこともあり、容疑者筆頭候補になったのだ。この情報は、今日の二回目の模擬捜査授業で学生たちに公表している。

「親切な人だとか。カッとなりやすいところがあるとか。気が弱いとか」

藤巻が具体的に尋ねた。深川になって考える。悪気のないふりで陥れるか。

「すごく根性のある人だと思いますよ。志望校も絶対あきらめるな、志望校が逃げようと蛇のように食らいつけ、みたいなのをスローガンにしていましたし」

惚《ほ》れた女をあきらめるな、蛇のように食らいつけ――そういうふうに受け取るように、五味は話す。二人は「大変参考になりました」と頭を下げ、立ち去って行った。

五味はその背中を見送った。会話を聞く。

「便利屋はシロっぽいね」

「普通にいいやつだったな。やっぱり家庭教師じゃないか？」

五味はがっかりしてしまう。

学生たちがこの程度で参考人をシロにしてしまう、という以上に……。

（誰も僕のことを深く追及してくれない）

ふいに、深川の孤独が胸に迫る。


深川の矯正プログラムに入る直前、捜査一課の塩見圭介から電話がかかってきた。

塩見は、深川桜こと山下桜の窒息死事案を、もう一度洗い直している。当時、弥生と桜が籍を入れた山下文夫という男の自宅に飛んでもらっていた。これから聴取に入るという。

「よろしく頼んだ。俺はこれから深川の矯正プログラムだ。もしかしたら電話に出られないかもしれないが、構わずスマホを鳴らしてもらっていい」

場合によっては電話を取るつもりだった。まだ深川には、桜の死も、父親の辞職も伝えていない。深川の出方によって、桜の死の真相を話すつもりだった。

電話を切った。五味は南京錠を開けて、倫子と共に１４５号室に入った。

深川はデスクにいない。今日の十七時から矯正プログラムと知っているはずなのに、ベッドに横たわって目を閉じていた。

狸寝入りは昔からよくやっていたが、最近はなかった。倫子は初めて見る。ちょっと心配したようだ。

「翼君？」

揺り起こす。深川は目を開けたが、けだるそうだ。肘《ひじ》をつき、ゆっくりと起き上がった。

「珍しい。体調悪いの？」

「いえ……」

五味は深川の額に手を当てた。平熱だ。

「今日の振り返りはあまり気が進まないか」

小学校五年生の、母が急逝したころの記憶を辿《たど》る予定だった。

「そして、お前が初めての性犯罪に手を染めたころでもある」

担任教師だった榎本璃子の話を出したが、深川は反応が薄い。

「しんどかったら、寝たままでもいいわよ」

倫子はずいぶん甘やかす。深川も甘ったれる。本当にベッドに横になってしまった。

仕方なく、五味はベッドに向かってパイプ椅子を開き、プログラムを始めた。

「ワークシート、見せてもらうわね」

倫子はデスクの上の用紙を探り、小学校高学年時代を記したワークシートを手に取る。

ウーンと唸《うな》って、五味に渡した。

白紙だ。

「深川」

返事すらない。深川はぼけっと天井を見ている。演技なのか、気力がないのか。

「お母さんの命日を教えてくれ」

深川は、枕の上で小さく首を傾げた。

「覚えてないです」

「命日に墓参りをしたり、仏壇にお供え物をしたりしただろ？」

母親の命日は九月七日のはずだが、深川が口にすることはなかった。

「それじゃあ新しいお母さんについて、話してみるか」

今日は小学校高学年時代の母の死と、榎本璃子教諭にした性加害についての話をすべきだったが、時系列を飛ばす。倫子は任せてくれている。

「深川弥生」

意図した沈黙を挟み、五味は直球で訊《き》く。

「お前の足の親指に傷をつけたのは、誰だ？」

深川は無反応だった。五味は立ち上がり、深川の足元の掛け布団をぺらっと捲《めく》った。

深川の足先が天井を向いている。指の付け根に散発的に生えている毛が、妙に無防備に見えた。

「足の親指の裏側に傷痕《きずあと》がたくさんある。自分で気がついているだろ？」

五味は、リストカットのような傷痕を、指で触ってみた。横浜の岸壁では触られることを激しく拒絶していた。今日は一切の反応がない。くすぐったくもないのだろうか。

ここまで深川が無反応なのは見たことがない。

五味はすっかり戸惑い、倫子を見返す。倫子がはっきりと言う。

「解離状態に入っていますね」

本人がその言葉を認知しても問題ないようだ。いや、認知できないとわかっているから口に出したのか。

「お母さんの死。あの父親のもとにたった一人だけ残された絶望と恐怖が相当だったんでしょう。ワークシートに向かい合って当時を思い出そうとして、解離状態に陥ったのかと思います」

演技ではないようだ。

五味は敢えて、疑問を呈した。

「世の中には、虐待を受けた人はたくさんいる。それなのに解離を引き起こす人と引き起こさない人がいる。その線引きはなんですか」

「菊池さんが三階のベランダから飛び降りたでしょう？」

倫子が間髪容《い》れず、早口に例を出した。

「高杉さんが同じように飛び降りたら、どれくらいの怪我を負ったと思う？」

「あいつは運動神経がいいし、体中を筋肉で覆われているから、擦り傷程度かと」

「そういうこと。それと同じ。心の傷の負い方も人それぞれ」

虐待されても精神に異常をきたさず犯罪に走らなかった人と深川を比べたことを、倫子は怒っていた。

「五味教官、次に菊池巡査に会ったとき、叱るの？　お前、なんで足を骨折しやがったんだ、高杉なら無傷だったぞ、って」

倫子の言うとおりだった。五味は認識を改める。

五味のスマホがバイブした。塩見からの着信だ。五味は一旦《いったん》、145号室の廊下に出た。電話に出る。塩見は珍しく長い間唸り、やっと報告する。

「改めて山下氏から話を聞いた感じだと、弥生の故意があったのか、または関与があったのか、相当な疑問符がつきます」

五味はつられて唸る。もし我が子を手にかけているような女だったら、深川も傷つけたに違いないと、推理しやすくなる。彼女のもとで育てられている小学生の前田敏也を龍興一人に任せず、組織を動かして早急に保護しようと思っていたのだ。

「山下が弥生をかばっているという様子もありません。弥生についてはけんもほろろというか」

二人は小学校時代の同級生だった。同窓会で再会して火がつき、再婚したという。

「山下は自宅のある竹《たけ》の塚《つか》周辺にいくつかマンションを持っていて、家賃収入で悠々自適の暮らしをしていたようです。桜の世話も一手に引き受けていました」

弥生から波瀾《はらん》万丈の半生を聞いて、深く同情したのだろう。深川浩との不倫関係は十年近かったようだ。その間に三度も堕胎を強要されていた。

「国家公安委員まで務めた男が、そこまでのクズだったとは。びっくりです」

塩見も容赦ない。やっと深川浩と結婚できた弥生は、今度こそ子供を産みたかっただろう。それがたとえ強姦《ごうかん》でできた子か判断がつかなくても――。

「人のいい山下は同情して、弥生と桜母子を迎え入れた。蓋《ふた》を開けて見ると、弥生はネグレクト気味だったようで」

強姦されてできた子供なんかかわいがれない、この子を見ていると強姦されていた瞬間を思い出す――弥生は仕事に逃げ、イヤイヤ期でまだ手がかかる桜の面倒を、山下に丸投げしたようだ。

山下は不労所得があり忙しくはないだろうが、血のつながりもない幼児を一人で育児するのはきつかっただろう。実母でもワンオペと呼ばれる孤独な子育てが社会問題になるほどなのだ。

「ゼリーを凍らせたのは、冷たい刺激を桜が喜んだからららしいです。どれだけ泣いても、凍らせたゼリーを与えたら泣き止むんだとか。普通のゼリーだとむしろ癇癪《かんしゃく》を起こすようになってしまったらしいです」

「それじゃ、ゼリーを凍らせたのも、弥生ではなく山下の方か」

「ええ。これは池上署の調書にもありました。当時から山下本人が認めています」

そして桜が二歳になったとき、事故は起こった。夫妻は桜の死をきっかけに険悪になり、離婚に至ったらしい。

五味は礼を言い、電話を切った。

145号室に戻る。深川はまだぼんやりとベッドに仰臥《ぎょうが》し、天井を見ていた。

「深川。桜ちゃんのことなんだが……」

倫子が腕を引いた。今日は言うなとその目が訴える。


週明けの二月十五日月曜日、五味は斜めになったままのダイニングテーブルでひとり朝食を摂《と》る。結衣にメッセージを入れた。出ていってからもう二週間だ。毎朝メッセージを送っているが、全く返信がない。

『おはよう。今日、帰ってくる？』

毎日同じメッセージだから、返事がないのだろうか。綾乃には全く連絡を入れていなかった。いま、どの道府県警のどの山にいるのかもよく知らない。もっと努力して愛情表現すべきなのだろうが、結衣のように無視されたらたまらない。結衣に無視されるのは平気だが、綾乃に無視されるのは耐えられそうもなかった。

通勤中、京王線調布駅で下りの各駅停車を待っていると、スマホにメッセージが届いた。結衣だった。ほっとして表情が緩んだが、すぐに凍り付く。

『うるさい！　おんなじメッセージばっかり！』

……まだ怒っているようだが、返事をしてくれるだけましか。五味はほんのちょっと気が楽になる。綾乃にメッセージを入れる勇気がわいてきた。

『おはよう。越境捜査の具合はどうだろう。こちらは特異動向ナシ。結衣も家出したまま帰りそうにない』

夫婦とはいえ、お互い警察官だ。いつもやり取りはこんな具合だ。綾乃からすぐに返事が来た。

『いまは埼玉県警管内を回っています。最も案件数の多かった長野県警は、どれも深川の犯行と断定できませんでした（アリバイあるとか、目撃証言が全く違うとか）。明日は二子山《ふたごやま》です。結衣ちゃんの件、了解しました』

彼女らしい返答だった。愛情表現はないし、絵文字も一切使わない。夫婦喧嘩《げんか》のあとでも、結衣のように無視したり、罵倒《ばとう》したりしない。いたって冷静だった。

京王線が地下トンネルを抜け、地上に出た。眩《まぶ》しい朝日が降り注ぎ、すがすがしい気持ちになる。五味は気が大きくなった。夫婦喧嘩からしばらく経ったことだし――試しに、新婚夫婦らしいメッセージを入れてみる。

『早く帰ってきてほしい。さみしいし、恋しい』

すぐに返信が来る。五味は震えた。

『だったら私をこれ以上捜査にこきつかわないで下さい！　深川浩は辞任したのに、なぜ深川翼を逮捕しないんですか!!』

五味は更衣室で悶々《もんもん》としながら、警察制服に着替えた。綾乃にどう返事をしようか悩みながら、更衣室を出る。笹峰と有村が、模擬聴取に待ち構えていた。五味は慌てて背筋を伸ばし、教官らしく取り繕う。

藤巻と北里の態度から、便利屋を捜査線上から外していたと思っていた。だが、また来てくれた。うれしくて、つい五味は前のめりになりそうだ。

「以前、藤巻と北里というのが、A子さん宅で起こった不法侵入事件について、お話を伺いに来たと思うのですが。今日、もう少しだけお話をきかせてもらえますか」

佳代が言った。女が来たら深川はどう思うだろう。これまで彼がたびたびターゲットにしてきた『母親』でもある。深川がどう反応するか五味はしばし考え込み、返答がおざなりになる。笹峰がしつこく事件当日のアリバイを訊《き》いてきた。

「何度も言っています。父親しか証言できる人がいません」

「宅配便を受け取ったとか、近所の人が回覧板を回しにきたとか、ないですかねー」

「ないですね」

実際この日、深川は犯行現場にいた。アリバイなどない。

「その日、ご飯は何を食べましたか。近所のコンビニでお昼を買ったとか」

コンビニのレシートや防犯カメラでアリバイ確認ができると思ったのだろう。否定すると、佳代がこう尋ね返す。

「お母さんが作ったのかしら」

五味はドキリとする。母親のことに言及してきた——まだ便利屋の複雑な家庭環境を、学生たちに話していない。質問がないからだ。

「いえ——うちは、母親はいないので」

五味は深川になり切って、直感的に答えた。答えたあと、（しまった）と思う。昼食の話の流れで、母親が作ったかどうかを尋ねられただけだ。母親そのものの存在について、答えてしまった。だが、深川もこう答えたのではないかと思い返す。

佳代がメモの手を止めた。

「お母さん、いらっしゃらないの」

五味は頷《うなず》く。笹峰が割り込んできた。

「すると、父ひとり子一人ですね。食事の準備はお父さんが？」

「父は家事をしないので、各自適当にやっています。もう僕も大学生ですし」

「それなら夜か昼、どっちかコンビニに行っているとか、ファミレスで済ませたとか、記憶はないですか。いつもはどうなんでしょう」

笹峰が具体例を挙げ、思い出させようとする。

「家にある物で済ませたかなぁ。あまりコンビニ弁当は好きじゃないんです」

「やっぱり、手作り、おふくろの味が好き？」

佳代が母親の話題に戻ろうとする。彼女自身が母親だからだろうか。直感で思うところがあるのか。

「そうですね……母の手料理が恋しいときもあります。料理を教えてもらうには、僕は幼すぎて」

深川になりきり、あえて情報を出した。(母親を早くに亡くした辛《つら》さをわかってほしい。厳しい父親と二人きりで絶望した日々のことをわかってほしい——)

「おいくつのときに、亡くなられたの?」

佳代の質問を、笹峰が咎《とが》めた。

「踏み込みすぎだよ、個人情報だ」

佳代が五味を見た。教官に答えを求める表情だった。五味は深川のまま、答えた。

「小5のときです。中1の時には新しいお母さんがきましたが……」

勝手に顔がひきつっていた。五味は嘲笑《ちょうしょう》しているのだ。二番目の母親、弥生のことを。

深川ならこう反応するような気がして。

「あら。お父さん、モテるのねぇ」

佳代は五味から——いや、便利屋の深川から、目を離さない。見据えたまま、メモ帳に情報を書き込んでいる。五味は結構な圧を感じた。深川ならこのあたりで警戒したか。

「でも結局、離婚してるんで。もういいですか。授業に遅れちゃいます」

笹峰が背筋を伸ばした。

「失礼しました！　模擬聴取、ありがとうございま……」

「違う、聴取から逃れたいんだ」

五味は粘り強く聴取するよう学生たちを促す。教官室に向かって歩き出した。佳代が追いかけてくる。

「それじゃ、駅まで一緒におしゃべりしましょう」

また母親のことを訊《き》いてくる。

「お母さんを早くに亡くされた。二番目の奥さんは、どれくらいで出て行ったんですか？」

「なんでそんなこと警察に言う必要が？」

五味はつっけんどんに返してみせた。一方で、深川になり切っている自分が叫びたがっている。

（気が付いて。僕の心の傷に――）

「A子さんの件と明らかに関係ないですよね」

「ごめんね、もう聞かないわ」

佳代が引いた。とても丁寧な調子だ。五味を（深川を）、気遣う様子があった。五味は折れてみる。

「継母はすぐに出ていきました。中1のときに母親になって、中2の終わりごろに妹が生まれて、その年のうちに離婚です」

教官室に到着していた。五味は二人に向き直る。

「もういいですか」

「気を付けてね。また来てもいい？」

佳代が尋ねる。五味は無視して、教官室の扉を思い切り閉めた。

目を閉じる。五味は深川の気持ちを自分の心の中で突きつめていた。

（お願いだ、女刑事さん、また来てくれ。そして性犯罪をしてしまう僕を、止めてくれ）

五味ははたと我に返る。

また来てほしいと願うのに、なぜ彼らを拒絶するような乱暴な閉め方をしたのだろう。

殆《ほとん》ど、無意識だった。

深川の心のねじれを、痛烈に理解した瞬間だった。


一三一七期五味教場は、紛糾していた。

こんなに熱くなるやつらなのか……五味は興味深く、学生たちの白熱の議論を眺めた。

場長の藤巻は、捜査本部の管理官役として初動捜査を絞らねばならない。難しい顔で学生たちの意見を聞いている。いま熱弁をふるっているのは北里だ。『銅像』というあだ名返上で、高杉演じる痴漢男を推す。

「とにかく逃げ足の速いやつ。知らぬ存ぜぬで、止めても歩みをやめずにずんずん行っちゃうし、聴取の間中、捜査員と目を合わせたことも一度もない！」

五味がそういう風に演じてくれと高杉に頼んだ。このサラリーマンの起こした痴漢事案の調書を読んだが、あまりにひどかった。一度目は二十年前のことで、女子大生の尻《しり》を触って電車から引きずり降ろされた。駅のホームで他の乗客を突き飛ばし、百メートルも逃走した。結局、駅員と乗客男性五人がかりに押さえつけられて御用となった。

五年前はもっとひどい。山手線《やまのて》内で痴漢を目撃した会社員男性に田町《たまち》駅でひきずり降ろされたが、彼はここでも逃亡を図った。駅員二人の制止を振り切って、線路上に立ち入った。新幹線と競走するように走るさまが撮影され、SNSに投稿されて大きな話題となった。結局彼は品川《しながわ》区内の路上で巡回中の警察官に発見、逮捕された。

逮捕されたあとも逃げ口上が多く、「偶然手が当たっただけ」とか「触ったかどうか覚えていない」と否認を繰り返した。一件目は両手から検出された繊維片がガイシャの衣類と一致していた。二件目では、女性の体液がこのサラリーマンの左手人差し指の爪の間から検出された。有罪となり、半年近く収監されていた。

北里は、この二件目の痴漢を悪質過ぎると糾弾する。

「一件目はスカートの上から触るだけだったのが、二度目は女性の体液が検出されている。これはつまり、下着の中にまで手を忍ばせ、局部に指を入れていたということだ」

裁判で本人は否定しているが、この事実は認定されている。

「犯行がどんどんエスカレートしている。三度目はもう本番しかない。チンコをぶち込んだに決まって……」

「北里。言葉遣い」

「ア、すいません……」

「そもそも物証が全くないのに、心証だけで乱暴な推理をするな」

森口楓は、家庭教師が怪しいと訴える。

「サラリーマン犯行説に無理があるのは、犯人が宅配便業者を装っていたことから明らかです。オートロックを開けさせるために変装した。でもサラリーマンは住民ですから、そのままオートロックを通過できます」

北里が首を横に振る。

「その先は？　A子の部屋の鍵《かぎ》はどうやって開けさせるんだ。もしもし初めまして近所の者ですが、と言うの？」

楓はちょっと口をすぼめたあと、話をすり替えた。

「A子さんとの性行為に対するあこがれを、恋愛感情をすっ飛ばして叫ぶなんて、家庭教師の方が異常です」

笹峰が意見する。

「酔った勢いで性行為願望を口にした時点で、家庭教師がA子さんに恋愛感情を持っていなかったと勝手に決めつけるのは、どうかと思う。そもそもA子さんは、この家庭教師に親切すぎる」

A子こと福島玲奈は、授業のある日は必ず家庭教師の岡本に夕飯を食べさせてやっていた。雨に濡《ぬ》れた洋服は洗濯し、下着まで乾燥機にかけた。風呂《ふろ》も提供している。大山によれば、この家庭教師は中学生だった深川とも風呂に入っていた。派遣先の家庭の風呂に入るのが趣味なのか――大山から聞いたこれらの情報を、五味はそのまま学生たちに伝えている。

「家庭教師は家庭教師で、他人の家の風呂にまでちゃっかり入っているけど、どうぞという方もどうかと思う」

笹峰の意見は、玲奈への非難の色が強くなる。

「宅配便が届く日についてだって、実家から送ってくる米を家庭教師におすそわけするために知らせている。A子は家庭教師に尽くしすぎている。家庭教師は、A子も自分に好意があると勘違いしたはず。だから強姦《ごうかん》に及んでも大丈夫だと思った」

楓が強く否定する。

「まず、相手も性行為に同意していると思うなら、なぜ宅配便業者を装う必要があるの？」

素晴らしい指摘だ。笹峰は反論できない。楓が母親の立場の意見を求めるべく、佳代に訊《き》く。

「A子が家庭教師に尽くしすぎているとは言うけど、母親なら、息子の家庭教師にこれくらいはしますよね」

「うーん、人によりけりじゃない？」

笹峰が五味に質問した。

「教官！　A子は、家庭教師の恋愛感情に気が付いていたのでしょうか」

「ちょっと待て。論点を整理しろ」

五味はアドバイスする。

「森口と笹峰は、二人とも家庭教師が怪しいと思っているんだろう？」

二人は同時に頷《うなず》く。

「いま二人の意見が対立しているのは、動機や手口に関してだ。今日の議論は、三人の容疑者を絞ること。まずはこれだけに集中しろ」

五味は再度仕切り直したが、誰も真犯人——便利屋の深川について言及しない。五味は期待をこめて、佳代に話を振った。

「有村。お前の意見は？」

佳代は思い切った様子で便利屋の名前をあげた。北里が否定する。

「でも前科もないし、被害者との面識は三回だけ。被害者のA子自身も、便利屋のことはあまり覚えていない様子でしたし」

倫子は、玲奈の態度をそのまま再現したまでだ。

「いわゆる、被害者との鑑が薄すぎる、というやつです。僕も却下しました」

藤巻がまとめた。五味は佳代に再び問う。

「どうして便利屋をあやしいと思った？」

「家庭環境があまりに複雑ですし……」

「両親の離婚と再婚ってそこまで複雑かな。うちもそうだけど」

藤巻が答えた。彼は幼児期に両親が離婚、しばらく母子家庭で育った。中学校の時に母親が再婚している。佳代は慌てて弁明した。

「そういう家庭の子が犯罪者になりやすいと言っているわけじゃないの。ただ——便利屋は母親についてしゃべりすぎている気がして。こっちはアリバイを訊きたいだけなのに、なぜか、二人の母親の話ばかりになるし……」

北里が肩をすくめる。

「それは、有村巡査自身の『母親感』が強いせいじゃない？　それでなんとなく相手も合わせちゃうというか」

「でも、便利屋はなにかしきりに私に訴えている気がして」

「五味教官が演じているんだ。俺たちに訴えたいこと満載なはずだし」

五味は時計を気にする。あと五分で授業終了だ。立ち上がり、教壇に立つ。

「さあ。そろそろ結論だ。今日の第三回捜査会議で、三人の容疑者を二人に絞り込むと目標に置いた。藤巻管理官、結論を」

藤巻は黒板の前に立つ。

「これについては、殆《ほとん》どみんな、納得していると思います」

藤巻は『便利屋』の文字を消した。

五味は――授業中だという手前、ポーカーフェイスを装ったからだろうか。余計に心で感じたことの輪郭が際立つ。絶望的な気持ちになっていたのだ。学生たちの推理が外れたことにがっかりしているのではない。妙な孤独感に支配されていた。

取り残されている。にぎやかな教場の中にいるのに、ふいに喧騒《けんそう》が遠のくような孤独を感じた。自分の周りに見えない壁ができたような感覚だった。

(もう警察は来ない。僕の事件に、僕の傷に誰も気が付いてくれない)

逮捕を免れたという喜びはなく、孤独や渇き、みじめさばかりが真に迫る。

深川は本当は、逮捕されたいのではないか。性犯罪に走ってしまう自分が嫌で嫌で、みじめで、仕方がない……。


五味は、深川浩の辞任を報じた新聞を持つ。

倫子と共に、学生棟の145号室へ向かった。

深川の生い立ちを順に追っていたが、深川はとうとう、小学校高学年時代を思い出すことができなかった。実母が亡くなった日付すらもわからない。当時どういう心境で毎日を過ごしていたのか、どうやって学校に行ったのか、友達は誰だったか。一切の記憶が欠落していた。担任教師のことを覚えていなくて当然だ。榎本璃子にした性加害も、忘れてしまったのだろうか。

小学校高学年時代のことは後回しにして、先へ進むことにした。

矯正プログラムを行う上でのモチベーション欄は相変わらず『リンゴを拾う人』という意味不明のものだ。深川の心の内側を知る上で最も重要な、母親を亡くした小学校高学年の振り返りもしない。

このまま進めて大丈夫なのか……。

更生を促し、自首させられるか。

今日は深川浩の辞任と、桜の死も伝えねばならない。

五味は三つの南京錠を順に開けていった。今日はこの三つの南京錠を重たく感じる。

大きな波乱があると、予想していた。

深川はデスクで前のめりになって、ワークシートに文字をしたためていた。整った字が、みっちりと紙に敷き詰められている。小学校高学年時代の白紙とは正反対だ。この極端さと、ワープロで打ったのかと思うほどに整いすぎた文字に、五味は深川の闇を見る。五味と倫子を見て、深川が内容を消しはじめた。倫子が深川の手首をつかむ。

「翼君。なぜ消すの」

「いや、間違えていた気がして」

「一度書いたものは消しちゃダメ。正直な気持ちでしょう?」

深川はブンブンと首を横に振る。

「正直な気持ちじゃないと思ったから、消しているんです」

倫子はため息をつき、手を離した。結局、五味と倫子の目の前で、深川は書き込みを全て消してしまった。デスクの上や椅子の下は、大量の消しゴムのかすで溢《あふ》れた。鉛筆の折れた芯《しん》もいくつか転がっている。デスクに、交通事故現場のタイヤ痕《こん》のような黒い汚れをつけている。机の上のとっちらかった様子は、深川の心模様そのものに見えた。解離状態でベッドに寝られるよりましか。

五味はパイプ椅子を開いて、深川のデスクの横に座る。倫子も座りながら、尋ねる。

「どうする？　もう一度書く時間が欲しいなら、今日のプログラムは延期するわ」

「いえ……やっぱり、思い出せないです」

「中学校時代の三年間も？」

深川が頷いた。五味は疑問をぶつける。

「みっちり書いていたじゃないか。ちらっと読めたぞ。あれは弥生との性行為の詳細だろう」

『下着が破れた』とか、『精液が継母の膣《ちつ》からあふれてきた』とか書いてあった。

「でも、本当に起こったことじゃない」

五味は、乱暴に消しゴムで消したせいで折れ、破れたワークシートを見返す。ところどころ文字は残っているが、内容は把握できない。

「ちょうどいい」

五味はワークシートを折り畳んだ。倫子を見据える。倫子は五味の意図を理解したようだ。

　五味はまず、深川にとって桜がどんな存在だったのか、確かめることにした。

「深川桜のことだが」

　背中を丸めていた深川が、ゆっくりと背筋を伸ばす。

「お前が中2の時に生まれた。初めて妹の顔を見たとき、どう思った」

「覚えてないですね。僕が覚えているのは、退院した桜を抱いて、だらしなく鼻の下を伸ばした父親の顔だけです」

　浩は深川に厳しい教育虐待をした。桜のことは猫かわいがりしていたようだ。なぜ僕だけ愛されなかったのか――深川の自尊心は傷ついただろう。カラスとツバメの話を思い出す。駆除されたカラスと、守られたツバメ。

　五味はいよいよ、切り込む。

「桜だが、調べた結果、亡くなっていたことがわかった」

　深川の表情が大いに乱れた。眉《まゆ》があがり、唇の端が引きつる。

「亡くなっていた？　どういうことです」

「二歳の時、誤飲の事故で――」

「事故⁉　嘘だ！　そんなはずがない」

　深川が突然、語気を強めた。

「どういう意味だ」

「あの女が殺したに決まっている！」

「あの女とは」

「深川弥生だよ！　父さんを奪い続け、母さんを苦しめ続けた！」

「そしてお前のことも虐待した？」

「そうだよ、そういうことだよ！」

深川が突然、白紙のワークシートをビリビリに破りはじめた。五味を糾弾する。

「お前ら警察がちゃんと捜査しないから、あの子は死ぬことになったんだ。あの女を野放しにしておくから……！」

「お前の犯罪は？」

深川がまっすぐ前を見据える。肩で息をしていた。

何を考えている？　何を取り繕おうとしている？

「お前が作った被害者がいることも、忘れるな」

厳しい言葉を投げかけ、五味は続ける。

「お前は当初、弥生から性被害に遭っていたと話し、俺の同情を買おうとしていた。ついでに桃子にしたことも、被害者だと装おうとした」

深川が目を背ける。

「だが、桃子の件はお前が加害者だった。だから俺は自動的に、弥生の件もお前の犯罪だと考えた。父親もそう証言している。実際のところは、どうなんだ？」

深川は、ぎゅうっと強く目を閉じた。両手で耳を塞《ふさ》ぐ。なにも聞きたくない、なにも思い出したくないという顔だ。

「深川――」

五味は彼の両手首をそっとつかんだ。拒否はなかった。その両手をゆっくり耳から外してやる。五味は深川の顔を両手で包んだ。こういうスキンシップをするのは、初めてのことだった。瞼《まぶた》を閉じ硬直している深川の顔面の筋肉を、五味はほぐすように撫《な》でた。目を開けるよう言い聞かせる。

「俺の目を見て、本当のことを話してくれ」

深川の表情筋がぐにゃぐにゃになる。いまにも目を開けそうだが、そこに見える景色を非常に恐れているのがわかる。五味に本心を見られるのが怖い――本当のことを思い出すのが怖いのか。

「俺は、お前に虐待を加えた人間がもうひとりいると思っている」

深川が、うっすらと目を開けた。涙が溜《た》まり、瞳孔《どうこう》が揺れている。

「お前の過去を探らないと、お前というやつがどうしてこんなふうに壊れてしまったのか、俺は理解できない。俺は、お前を理解したいんだよ」

深川の表情がまた硬くなった。目から涙が落ちそうになっている。倫子が、そうっと五味と深川の会話の間に入ってくる。

「五味教官はいま、一三二七期の模擬捜査授業で、あなたの事件を取り上げているのよ」

深川が、やっと五味と目を合わせた。五味は視線を外さなかった。

「あなたの役を、五味教官がやっているの。あなたを理解しようと、五味さんも必死なのよ。あなたも五味教官の努力に応《こた》えるときなんじゃないの?」

深川の迷いを払拭《ふっしょく》してやるべく、五味は続ける。

「信頼するのが怖いのはわかる。信じるのが怖いのも理解できる。本当の姿をさらして裏切られるのは怖いだろう」

これまで深川のそばにいた大人たちは、裏切り者ばかりだったのだ——五味はそこを強調する。

「たった二年、同じ時間をたまたま共有しているだけの男に心を開いてたまるかという気持ちもわかる。だが、ここは乗り越えてほしい」

五味は力強く続けた。

「時間がないんだ。お前はもうすぐ、ここを出なくてはならない」

涙があふれかけていた深川の表情が、凍り付く。

「深川浩が、辞任した」

五味は深川を傷つけないように、そうっと、彼の顔から手を離した。深川の紅潮していた顔色が、一瞬で真っ青になった。深川の状態が非常に不安定になってきていると五味は感じた。かつてのように、完璧《かんぺき》に嘘をついて感情を隠す鎧《よろい》をまとうことができていない。人を――五味を丸め込むこともできなくなっている。五味を信頼し、頼りたいからだ。甘えたいからだ。

深川は――。

ぷいっと五味から目を逸《そ》らした。椅子に寄りかかり、ふんっと鼻で笑った。結局、仮面をかぶる。だがかつてのそれではない。ボロボロに擦り切れた傾いた仮面を、かろうじて顔からぶら下げているだけのようだ。

「やべー。俺、大ピンチってわけっすか」

深川は必死という様子で、斜に構える。

「よかったじゃないっすか。今日でプログラム最後ですか？　教官は無事俺から解放されて、バイバイっすね。一三一七期、がんばってください。せいぜい、後輩たちをかわいがってやってくださいよ」

ていうか――と深川が五味をまた挑発する。

「俺の事件を模擬捜査で扱ってる？　はんっ。迷惑なんすけど。俺の気持ちを理解したい？　無理っしょ。あなたのような、人徳篤《あつ》く他人から愛される人には、無理ですよ」

声で必死に五味を挑発している。顔色は真っ青だ。一方で、深川の目頭からはボロボロと涙があふれていた。

心、体、言動――全てがバラバラで解離し、壊れている。

このままでは取り返しがつかなくなるという気がした。深川の体が爆発して破片がバラバラに飛び散ってしまう。抱きしめて守ってやらなければ、という切迫感が、五味を動かしていた。立ち上がる。

五味は椅子に座る深川を、抱きしめた。バラバラにはさせない、ちゃんとした人間になんとか戻ってほしい。

深川の──部品が。

成長の過程であちこちにとっちらかってしまった深川の部品が、五味の体の中でまとまり整っていくような、不思議な感触を覚えた。

深川が嗚咽《おえつ》を漏らす。泣き出した。

五味は、小さな子供を抱きしめているような気持ちになった。深川の体は五味よりも大きいのに。心と体と言動、人を構成する要素の全てを人生の時間の中にまき散らし、それぞれが勝手に肥大して大きくなった人のなりそこないが、五味の腕の中で、元に戻りたがっている。

深川の腕が、五味の背中に回っていた。深川の手のひらが、五味の肩甲骨の上を這《は》う。やがてそれが力を発揮して、五味の体を引き寄せる。

「……僕を見捨てないで」

わかってる、と即答した五味の答えが震えてしまう。それほどに深川のしがみつく力に必死さがあった。まるで溺《おぼ》れる少年を水から引きあげているような気持ちになった。

「教官、そばにいて……」

声を震わせながら深川が絞り出す。

「わかってる、大丈夫だ。すぐには逮捕させない」

「本当に？　本当に？」

深川が五味の顔をのぞきこんだ。幼児のように確認してくる。途端に五味から顔を背けた。

「嘘だ、五味教官は僕を憎んできた。僕は小田巡査を傷つけてきた。三田の主婦を強姦《ごうかん》したし、石神井の女性も傷つけたから……」

初めて認めた。

このタイミングで、認めるのか……。

「本当は僕のことを嫌っているはずだ！　三文芝居なんか、よせ！」

深川はどうしても、五味に反抗してしまうようだ。何があっても見捨てない――そういう姿を深川に見せてきた大人は、彼の人生でたったのひとりもいなかったのだ。

「本当は、表で瀬山さんがゴーサインを待っているんだ。ワッパと逮捕状を持って。そうなんでしょう！」

深川は駄々をこねた幼稚園児のように叫んで、五味を突き飛ばした。

彼の心をほぐすのは簡単にはいかない。だが今日、五味は大きな手ごたえを感じた。

五味はもう、彼の人生を正面から受け止める覚悟ができていた。

「瀬山はいま、警察学校どころか、府中にもいない」

五味は丁寧に言い聞かせる。

「越境捜査だ。お前が登った山とそこで起こった性事案を突き合わせる捜査をしている」

取り乱していた深川がぴたりと固まってしまった。妙な反応だった。

黙って様子を見守っていた倫子が、「どうしたの、翼君」と尋ねる。

「どこの山ですか」

深刻そうに、深川が五味に問う。

「……なぜそんなことを訊《き》く」

深川は椅子をひっくり返す勢いで、立ち上がった。五味にすがるように両腕を摑《つか》み、目を血走らせて叫ぶ。

「瀬山さんはいま、どこの山にいるんですか！」

五味は戸惑ったまま——正直に、答えた。

「二子山と聞いた。埼玉県警の管内の事案と言っていたから、埼玉県にあるどこかの山だと思うが……」

深川が激しく五味を揺する。

「すぐに瀬山さんを止めてください、二子山だけは絶対にダメだ、大変なことになる！」

綾乃は西武秩父《ちちぶ》駅から一時間以上、バスに揺られていた。

ようやく目的地に到着する。埼玉県西部、秩父市からさらに西にある小鹿野《おがの》という町の外れの地域だ。群馬県との県境に近い。

スーツケースを転がしながら、二子山の山道入口まで、県道沿いの道を歩く。車も通らなければ、歩行者もいない。民家もまばらだ。白線で区切られたのみの歩道は、山の斜面から張り出した木々や流出した土砂で、十センチくらいしか幅がなかった。なんとなく不安になって、綾乃はスマホを見る。

十七時を過ぎたところだった。辺りはもう真っ暗だ。風が枯れ葉をまく音や野鳥の声に、びくっとしてしまう。スマホの充電も二十パーセントを切っている。

越境捜査に出てもう二週間近い。この三日で北関東の山を二つ登った。山道の入口や、頂上の手前などの休憩所、公衆トイレを重点的にあたるようにしていた。売店などの職員からの目撃証言も募った。いまのところなにも見つかっていない。いまさら深川が五年前に登った山に行き、彼の犯行なのか判断できるか。判断するに足る材料が山に残っている可能性は低い。

こんなに時間と労力をかけて、私はなにをやってんのかしら、と思いながら足早に進む。『二子山入口』と、木の板にペンキで書かれた簡素な看板が見えた。綾乃は看板通りに進み、辿《たど》り着いた民宿の扉を抜けた。

「こんばんはー」

腰の曲がったおばあさんがやってきた。スニーカーを脱ぎ上がり框《がまち》をあがると物で溢《あふ》れた受付があり、埃《ほこり》をかぶった土産物も並ぶ。綾乃は宿帳を書いた。

二階の部屋へ案内される。階段の壁には、民宿の主人が撮ったらしい二子山の写真が大量に飾られていた。岩肌や崖《がけ》ばかりで、緑が少ない。西岳《にしだけ》、東岳《ひがしだけ》と二つの看板の写真がある。てっぺんは切り立った崖になっていた。夏に撮られた写真では、緑のマフラーを巻くように二子山の首周りが豊かな樹木で覆われていた。

「二子山って、西岳と東岳があるから、そういう名前がついたんですか？」

「うん、そうよ。お客さんも登るの？」

「ええ。チャレンジしようかと」

「最近は元気なお嬢さんが多いねー。こんな山、私は若くても絶対に無理ですよ。鎖につかまって殆《ほとん》ど垂直の岩場を登るとかねぇ」

綾乃は思わず、足を止める。

「もしかして頂上って、この切り立った崖の上のことですか？」

「そうよ。これただの崖だから。一歩足を踏み外したら普通に死ぬからね」

綾乃は民宿の部屋で、考え込んでしまった。

――本当にこの山を登るのか。

民宿の主人が、二子山のパンフレットや写真集、トレッキングガイドを見せてくれた。

二子山は秩父山塊の中でも上級者向けの山だった。山頂付近の切り立った崖に挑むのは、登山客よりもロッククライマーの方が多いらしい。

鎖場の手前で引き返すか。いや、その先になにか決定打があるかもしれない。行かなかったら後悔する。鎖場の垂直崖を登り、頂上を目指すべきだった。

　綾乃は想像するだけで疲れ、テーブルの上に突っ伏した。夕食は食堂で、十九時からと言われている。まだあと三十分ある。移動で疲労したこともあり、綾乃は襖《ふすま》から枕を引っ張り出して横になった。枕カバーは洗いたてのようだ。太陽を連想させるにおいがした。綾乃は五味の腕の中を思い出す。

こんこんと寝てしまった。どれだけ寝たか——。

「おい、おい……！」

部屋の扉が激しくノックされる音で、ハッと我に返る。

「綾乃！」

五味の声だった。綾乃は飛び起きる。かすれた声で返事をして、転びそうになりながら三和土《たたき》に降りた。スリッパを踏んで、部屋の扉を開ける。

五味が警察制服姿のまま、目の前に立っていた。

肩で息をしている。よほど急いで、東京都府中市から秩父山塊まで来たことがわかる。背後で、五味を案内したらしいおばあさんが、心配そうに様子を窺《うかが》っている。五味にいきなり怒られた。

「お前、なんでスマホの電源が切れてるんだっ」

――充電するのを忘れていた。

五味は質問の答えを求めることなく、つかつかと部屋に入ってきた。手に紙袋を一つ持っていた。

「五味さん……。いったい、何があったんです？」

五味は答えない。テーブルの脇に立ち、乱暴に紙袋の中身を出した。なにやら医薬品のパッケージを開けている。個包装された体温計みたいなものを取り出すと、綾乃に突き出す。

「すぐに調べて来い！」

綾乃は、五味の手の中にある外箱の商品名を見て、目を丸くした。

「くっそ、どれだけこれを買うのが恥ずかしかったか。ケータイも通じないし、早くトイレに行け！」

妊娠検査薬とある。


民宿には急遽《きゆうきよ》、夫婦で宿泊することになった。翌朝、「待ちきれない」と五味に言われ、小鹿野町内の総合病院の産婦人科を受診した。綾乃は陽性反応が出た妊娠検査薬を男性の産婦人科医に見せた。「最後の生理はいつでしたか」と訊かれる。

「すみません……全く覚えていなくて」

「周期表とかつけていないんですか」

「仕事柄、夜勤や徹夜も多くて、生理不順でしたし……。来たり、来なかったりで」

結婚したらちゃんと自分の体と向き合わなくてはならないとは思っていた。だが、深川の件で忙しすぎて、それどころではなかったのだ。

綾乃は内診室に案内された。下半身に着けている衣類を全て脱いで、内診台に座る。カーテンが引かれ、お腹から下が見えなくなる。台が動いて開脚状態になった。とても不安な気持ちになる。看護師が「経膣《けいちつ》超音波でーす」と言った。医師が来て器具を押し込まれる。膣に差し込んだ器具で、子宮内部の超音波画像が見えるらしかった。

「うーん」

画像を見ているのか。医師がモニターのスイッチを押し画面を切り替えているような音がカーテンの向こうから聞こえる。

「ダメだな。ベッドで」

何がダメなのだろう。綾乃は不安が大きくなる。妊娠したのかもしれないのに、ダメだったのだろうか。もう泣きそうになっていた。五味にすがりつきたくて、不安で不安でいっぱいになる。看護師に、「衣服を身に着けて、診察室のベッドに横になってください」と言われた。綾乃は半泣きで下着とスラックスを身に着けた。診察室に戻る。

ベッドの上に横になった。医師が丸椅子に座り、看護師に言った。

「あ、旦那《だんな》さん呼んで」

赤ちゃんはだめだったのだろうと綾乃は悟った。妊娠に気がつかず、無理をしすぎたせいだ。綾乃はこの二週間で五回も登山している。下山時にかなり下半身に負担がかかっていた。大腿筋《だいたいきん》が震え足をつくたびにズンズンとお腹にも響いていた。赤ちゃんは苦しかっただろう。涙があふれてきた。

看護師が扉を開け「五味綾乃さんのご家族の方～」と呼ぶ。五味は町内のホームセンターで急いで買った白いワイシャツ姿だ。綾乃がベッドの上で泣いているのを見て、青ざめる。

わらわらと超音波器具が綾乃のベッドの横に運ばれてくる。綾乃はお腹を出すように言われた。ヒヤッと冷たいジェルがお腹の上にのばされる。男性医師が超音波器具の先にもジェルを塗りながら、五味と綾乃に説明する。

「普通、妊娠初期は経膣超音波で検査するんです。赤ちゃんが小さすぎて、腹部エコーでは見えないので。でもある程度成長すると、今度は赤ちゃんがでかくうつりすぎて、経膣超音波ではなにもわからなくなるんですよねー」

五味は神妙な顔で話を聞いている。医者が綾乃のお腹に、エコーを当てた。モニターを見て、顔をほころばせた。

「あー。いたいた」

五味も綾乃も、はっきりとその姿を見た。

体重の増加、強烈な眠気、些細《ささい》なことでイライラする、食べていないと気持ちが悪くなる（食べづわりというらしい）、全て、妊娠初期症状らしかった。

夫婦で、あれもこれも妊娠初期症状だったのか、と取り上げて数えるうちに、綾乃は
行為中に寝てしまったことを指摘された。そういえば、夜と朝で五味の態度が一変していたことがあった。綾乃が夫婦の営み中に寝てしまったので、怒っていたようだ。

「起こしてくれたらよかったのに……」

「起こすもなにも、萎《な》えるよ。すやすや寝てるの見たら。まあ妊娠してたのなら、体は性欲より休息だよなぁ」

胎児の頭の大きさや推定体重から、綾乃は妊娠四か月くらいだろうということだった。出産予定日は七月ごろだと聞かされた。今日ざっと検査してもらったが、胎児は元気で異常は見つからなかった。妊娠しているのを知らず果敢に登山してしまったが、妊娠初期なら多少は問題ないという。「でも二子山はダメだわ」と医師はくすくす笑っていた。

赤ちゃんが指しゃぶりをしている様子もエコー動画ではっきりわかった。五味は目を細め見つめていた。男女の区別はまだわからなかった。

車は小鹿野町の町道を走り、住宅街を抜けた。再び山道に入り、カーブを抜ける。五味がフロントガラスの先を指さした。

「見ろ、二子山」

葉を落とした木々の向こうに、切り立った崖《がけ》の頂上が見えた。綾乃は背筋がぞっとす

る。五味が止めに来なかったら、いまごろ鎖をつかみ、あの崖からぶら下がっていたことだろう。

「妊婦があれに挑戦しようとしていた――そりゃ、普通は止めるな」

綾乃は五味の横顔を見つめた。

「本当なんですか、深川君が止めたって」

「山岳救助隊の事案を確認に行くお前を、頼んだぞと送り出した俺が、突然、あいつは妊娠しているかもしれない、止めなきゃと考えると思うか？」

確かに、綾乃ですら全く妊娠に気が付いていなかった。五味が察するはずがない。

「それならよっぽど、深川君がなんで気づけたのかという疑問があるんですが」

「お前が石神井の件であいつを聴取しただろ」

綾乃が深川と直接対峙《たいじ》したのは、あれが最後だ。二月一日、二週間前のことだった。

「あれで久々にお前の顔を見て、すぐに気がついたと言ったぞ」

太って顔が丸っこくなっていたのでぴんときたらしいが、深川は「顔つきでわかる」と言ったらしい。

「なんの能力か知らないが、母親とそうでない人は一目見てだいたいわかると言っていた」

「これまで、狙う獲物はほとんどが『母親』でしたもんね。なにか、嗅《か》ぎ分ける能力があるのかしら」

「久々に会ったからこそ変化に気が付けたというのもあるんだろう」

二子山の頂上は手前の山の斜面に隠れ、見えなくなった。

「凶悪な犯罪者なら、心の中で笑っていそうですけどね」

五味が無言でギアチェンジする。

「私が二子山に登ると聞いて、妊娠しているのにバカだなとか。いっそ滑落してしまえとか思いそうです。五味さんをそういうふうに挑発しそうだし」

「いや。二子山と聞くや、すぐに止めろと血相を変えて俺に訴えた」

「……深川君。変化の兆しが見えてきているみたい」

五味がフロントガラスを見据えたまま、ほほ笑んだ。いい笑顔だった。

捜査一課時代、捜査が進展したときに見せた笑顔だ。教官になってからは――。

学生が成長したときに見せる笑みだった。

「綾乃」

ふいに呼ばれた。うねった下り坂から平坦《へいたん》でまっすぐの県道に出ていた。五味がギアから手を離し、綾乃の右手を握った。

「憎んでいて、いいんだぞ」

綾乃は驚いて、五味の横顔を見た。五味はフロントガラスに視線を固定したままだ。

「深川は変化していると思う。素直になってきているし、いい人間になろうと努力しているのも見える。だが、それでこれまで女性にしてきた数々の悪行がチャラになるわけじゃない」

綾乃は、五味の手を握り返した。

「罪は、消えない」

だからさ――五味が言いながら、手を握り直す。夫婦の指がしっかり絡み合った。

「お前は被害者だけを見ていてほしいんだ。深川に一切、同情しなくていい。憎んで怒って恨んで、被害者の気持ちに寄り添っていてほしい」

綾乃は横向きになり、シートに頰をつけて五味の横顔を見つめる。泣けてきた。加害者に寄り添うと決めた五味がいちばん辛《つら》かったはずなのに、綾乃はどれだけ彼を責め続けただろう。情けなくて、申し訳なくて、涙が出てくる。

「泣くなよ」

絡んでいた手が外れ、ポンと頭を撫《な》でられる。

「だって……」

「なんか食っていくか？　秩父の名産グルメでも。なにが有名なんだ？」

「わらじカツとみそポテトです。西武秩父駅直結の店で食べられます」

食べる気満々だったんだな、と五味は肩を揺らして笑った。

五味は結局、授業を丸一日休むことになってしまった。綾乃を自宅に送り届け、十六時には警察学校に戻る。高杉に今日一日の学生たちの様子を聞きながら、警察制服に着替えた。これから単独で深川の矯正プログラムに入る倫子には、深川に礼を言って欲しいとだけ伝えた。

今度は高杉を助手席に乗せて、警察学校を出る。

菊池忍の両親から、面談をしてほしいという一報が入っていた。

これから忍が入院している病院へ向かう。高杉がシートベルトをしながら尋ねる。

「ところでお前、今日一日どうしたんだよ。赤木先生はニヤニヤして何も言わないしよ」

五味は昨夕の出来事と、秩父山塊まで飛んで行って綾乃を病院へ連れて行ったことを話した。高杉は尻《しり》を浮かせて飛び上がり、「で？　で？」とでかい顔を近づけてくる。五味は高杉の顔を手のひらで押しのけながら、綾乃は妊娠四か月で、夏に出産予定だということを伝えた。

「五味！　おいお前、やったじゃないか‼」

高杉は無邪気に喜び、五味の太腿《ふともも》や腕や背中を叩《たた》いてくる。

五味は苦笑いだ。

エコー画像で赤ん坊を見たとき、喜びが半分、責任感半分で、少し怖気《おじけ》づいてもいた。深川の変化が目に見えたことの達成感もあり、いい意味で心が混乱したままだ。

病院に着いた。

ロビーで面会申し込みをして、菊池忍の病室へ向かった。母親らしき人が、ランドリー袋を抱えて個室に戻るところだった。五味と高杉は声をかけ、挨拶《あいさつ》する。母親がすぐさま病室から父親を呼んできた。

父親はいまどき珍しいバーコードヘアで、七十歳近いように見えた。忍は遅くにできた娘なのかもしれない。父親は深く頭を下げた。

「この度は娘が大変なご迷惑を警視庁さんにおかけしたようで」

とんでもない、と五味と高杉は首を横に振る。

「これ、つまらないものですが」

父親が煎餅《せんべい》菓子らしいお土産を手渡した。五味は恐縮して受け取ったが、次に父親が差し出した物は、一旦《いったん》、拒否した。

退職届だった。

「これが娘の意思です。どうぞ、受け取ってやってください」

「娘さんと直接話ができませんか」

「先生、どうぞ、娘の気持ちを察してやってください。天下の警視庁の教官助教殿を侮辱するような内容の漫画を描くなんて、本当に本当に申し訳なく――」

高杉が眉《まゆ》をひそめた。

「侮辱ではなかったかと思いますが」

「いやいや、お二人が男性同士の色恋沙汰《ざた》を起こすポルノ漫画だそうじゃないですか。私、話を聞いたときは、死にたくなりました」

そこまで責めるものではないと思うが、父親は娘を病気扱いする。

「昔っから、男と男が体を貪《むさぼ》り合う漫画ばかりを好んで、読んだり描いたりしていました。見つけるたびに厳しく叱りつけてきたんです」

ノートを取り上げ、鉛筆も処分し徹底的に管理してきたという。

「それでも忍はやめない。スーパーのチラシの裏紙、学校のプリントの裏紙を使って、私が怒って折った鉛筆を使って、ポルノ漫画を描こうとする。お手上げでした」

天井をあおぎ父親は懺悔《ざんげ》するように続ける。

「娘のこの性癖は軍隊みたいな厳しい環境下に置いて、体罰でもなんでも受けて他人様《ひとさま》が矯正してくれないと、治らないと思いまして」

「……それで、警視庁に？」

「ええ。結果、今度は教官先生と助教先生をお恥ずかしい目に遭わせてしまうことになってしまって、本当に、心から、お詫《わ》びを申し上げます」

父親は土下座しそうな勢いだった。

それが娘の自尊心を傷つけるものだとは、思わないらしい。

五味は視線を感じて、病室の入口を見た。忍が石膏《せっこう》で固めた右足を前に投げ出し、出入口の枠につかまるようにして立っていた。こちらに暗い瞳《ひとみ》を投げかけている。五味と目が合うと、隠れてしまった。

彼女の姿が深川と重なる。

深川が自尊心を求めてしたことは、犯罪だった。しかし忍がしたことは犯罪ではない。

五味は——。

思わず隣の高杉の手を、握りしめていた。え、と高杉が五味を見る。

「お父さん、誤解されています」

「はい……？」

「僕と高杉は、愛し合っています」

隣の高杉が目を丸くする。かあっと顔が赤くなっていった。

「五味、お前なに言って……！」

「僕たちの関係は公然の秘密ですが、警視庁は何も言いません。同性愛は犯罪ではないからです」

父親と母親は目を合わせ、気まずそうに、俯《うつむ》く。

「僕と高杉の関係は、出会ってから二十年にも及びます。勿論《もちろん》、学校で性行為などはしていませんが、深く信頼し愛し合っている我々に、娘さんは心打たれたのかもしれません。だから僕たちのことを物語にして描きたいと思った」

はァ、と父親は困ったように頭を掻《か》く。

五味は強く高杉を抱き寄せてみせる。高杉は五味の肩に顔を隠し、肩を震わせている。たぶん、笑っているのだ。五味は必死に深刻ぶって見せた。

「お父さん。僕たちの姿は、汚らわしいですか」

　父親が唇をかみしめ、体を寄せ合う五味と高杉をチラチラと見る。

「警視庁に教官と助教が愛し合っていると抗議しますか。何度も言いますが、校内で性行為は……」

「勿論、それはわかっております」

「娘さんが描いた僕と高杉の愛を侮辱だと認識することこそが、侮辱なんです……！」

　父親はうなだれ、大きなため息をついた。

「娘さんの、BL漫画を描きたいという思いを否定するということは、僕たちのような人間を否定することにほかなりません」

「そりゃ、私は別に、他人様の性的指向をあれこれ言うつもりは……」

　母親が、父親の腕に手を添えた。

「お父さん……そろそろ、認めましょう」

　父親は唇を震わせ、目元をごしごしとこすった。

「あの子は私たちとも違うし、他の娘さんたちともちょっと違う。それでいいじゃない」

　五味は父親の手から、退職届を受け取る。

「――娘さんと三人でお話をさせてもらっても？」

　両親は揃って、深く頷《うなず》いた。

　五味と高杉はパッと体を離した。高杉は目がふざけんなと言っているが、口元はにやけていた。揃って忍の病室に入る。忍は扉のすぐ脇にある椅子に腰かけ、目をこすっていた。高杉が扉をきっちり閉めるのを待って、五味は彼女の前にしゃがみこんだ。

「菊池」

はい、と忍は返事をしたが、嗚咽《おえつ》でかすれている。

「教官、助教、ありがとうございます。両親を説得するために、嘘までついてもらっちゃって……」

カップルのふりをしたのを、見抜いていたようだ。高杉が少し驚く。

「なんだ。てっきりお前は勘違いしているのかと……。その、教場で湿布を貼ってもらっているときの、その……」

結果的に露出してしまった高杉が、口ごもりながら言った。

「いいえ。勘違いはしていません。あれは、一種のインスパイアというか……」

忍がポロポロ泣きながら説明するのだが、自教場で教官と助教官が少年のようにじゃれ合っていたのを思い出したのだろう、途中でプッと噴き出した。五味は尋ねる。

「小さいころから、夢だったのか?」

「はい。漫画家になることが夢で、高校三年のときに、BLに目覚めて」

五味は、ベッドの脇にあるゴミ箱が目についた。大量のノートが廃棄されていた。親に捨てられてしまったものか。高杉が拾い上げて、ページを捲《めく》る。もう、五味と高杉が主人公ではなかった。

「すごい根性だな。右手首をねんざしているのに描けるのか。お前、右利きだろ」

「BLのためなら、痛みくらいへっちゃらです」

五味は退職届を忍に見せる。

「ひとつ、確認させてくれ」

忍が大きく頷く。

「ポルノ漫画を描いているのがバレたから、警察学校を辞めるのか。それとも、BL漫画家になりたいから辞めるのか」

「私は、漫画家になりたいです。BLを描きたいです」

五味は深く頷き、立ち上がった。

「確かに退職届を受け取った。今日にも係長に提出して、受理する」

五味は名刺を出し、その裏側に携帯電話の番号を描いた。忍に渡す。

「デビューしたら連絡くれ。漫画、買うよ」

忍は泣きながら名刺を受け取った。漫画家になりたいと言ったくせに、教官と助教を見送る一礼は、警察礼式にのっとったきれいな十五度の敬礼だった。

綾乃の体調が心配だったこともあり、五味はその日、早めに帰宅した。

玄関の扉を開けるなり、誰かがきゃあきゃあはしゃいで、五味の胸に飛び込んできた。

結衣だ。

赤ちゃん赤ちゃんと繰り返し、喜びで大爆発していた。綾乃から直接知らせを受けたらしかった。

「お前……それで家出から帰ってきたの？」

「なに冷めた顔してんの京介君！　今度こそガチだよ、ガチのパパになるんだよ！」

「もう何年お前のガチの父親やってきたと思ってるんだ」

結衣の額をつついてやる。結衣の頭がポーンと飛んだが、すぐに戻ってくる。五味にまとわりつき「シーッ、シーッ」とうるさい。

「プレママ、寝てるから。すやっすや」

「プレママってなんだ。綾乃のことか？」

「知らないのーっ。初めて妊娠してママになる人のことをプレママって言うの！」

「……お前、やる気満々だな」

靴を脱ぎながら、五味は苦笑いだ。

「あったり前じゃん！　京介君のリアルベビーが生まれてくるんだよ」

「まだだいぶ先だよ。それより結衣、受験どうするんだ」

結衣はつんと澄ました顔になった。

「それをそんな態度で京介君に言われたくないんですけど。第一志望の受験料振り込み忘れという大失態を忘れたとは言わせない」

五味は謝るしかない。死ぬまで責められそうだ。結衣は「今日はお祝いだからごちそうつくっちゃおー」と、久々にエプロンをして、キッチンに立つ。冷蔵庫になにもないと五味を責め、位置が曲がったままのダイニングテーブルを見て「なんでこんなにズレてんの」と自分がひっくり返したことも忘れた顔だ。

「赤ちゃんが生まれてくるんだから、ちゃんとしといて！」

結衣は五味に厳しく命令し、五味の財布から二万円も取って、スーパーへ買い物に出かけて行った。

「おい、二万円も必要か？　これからなにかと入用なのに……」

入用。子供が――生まれるのか。

五味はジャケットを脱いで、ネクタイを取る。そっと、和室の扉を開けた。綾乃は右半身を下にして、ぽかんと口をあけよく寝ていた。

枕の横にあぐらをかく。自分の子供を宿した綾乃を、改めて眺める。顔にかかる長い髪を丁寧にかきあげてやった。

子供が。

生まれるのか。

改めて自覚し、内側からこみ上げてくるものがある。まだ姿が見えないのに、母親ごとこんなにいとおしい。これが父親の、普通の感情なのだろうと思う。

なぜその子供に、殴る蹴《け》るの暴力を振るえたのだろうか。

――なぜ、周囲の子供たちが当たり前に両親からもらっている愛情が、僕にはないのか。暴力しかなかったのか。

五味は自身を取り巻く日常を、深川の立場になって考える癖がついていた。


翌日の昼休みに時間を作り、五味は女子寮に入った。

班長の有村佳代に声をかけ、菊池忍の個室を片付ける。

「俺はデスク周りをまとめるから、お前は衣類の方をバッグに詰めてくれるか」

「了解です」

佳代には忍の退職を伝えている。今日の夕方にも、教場のみなに話すつもりだった。

「漫画家になる——菊池巡査、確かにそう言ったんですか」

「ああ。力強かったぞ」

「信じられない。自分の意思をほとんど示さない子だったのに」

五味は校外持ち出し厳禁の教科書を破りシュレッダーにかけながら、ため息をつく。

「警察という組織の中では、意思を示したくなるようなことが何もなかったんだろう」

「確かにモチベーションが低かったですしね。ご両親も、考え方が前時代的というか、なんというか……」

しばらく無言で作業したあと、「私も同じか」と佳代が自省した。直接謝りたかったともつぶやく。気を取り直すように、模擬聴取の話をふってきた。

「教官は便利屋役をやっていますけど、どうして突然、母親の話を始めたんですか？」

五味は苦笑いで答える。

「聴取の返答の意図を直接教官に聞くのは、ルール違反だろ」

佳代が背筋を伸ばす。

「じゃあやっぱり、突然母親の話を始めたことに意味があるんですね?」

五味は答えなかった。

「五味教官! 模擬聴取、お願いします!」

佳代が懐からメモ帳を取り出し、ペンをノックした。いきなりここでか、と思ったが、学生のみなぎるやる気を受け止める。五味は咳払《せきばら》いし、了承した。いまはもう、深呼吸して体内の空気を入れ替えるだけで、『深川』になれる。そんな気がしていた。

「何度も何度もすみません、便利屋さん」

「本当ですよ、刑事さんもしつこいですね」

深川っぽく、皮肉に言ってみる。

「私はあなたのこと犯人だと思っているわけじゃないの。でも、なにかが気になるのよ。なぜ突然母親の存在を口走ったのか。かなりプライベートなことなのに、母親が二人いることも話してくれたでしょう。私に何か訴えたいことがあるんじゃないかな、って」

五味は、佳代の物言いと目の優しさ、強さに、吸い込まれそうだった。

これが母親なのだろうと思う。子供がトラブルを抱えていると敏感に察する。佳代のようなタイプはお節介を焼き、しつこく食らいついてくる。慈愛を感じるので、追い返しにくい。無下に振り払えないのだ。

五味は四年教官をやっていて、母親になった女性を指導するのは佳代が初めてだった。菊池忍の件で、考え方に偏りがあるとわかり、指導が難しいと思っていたが……。

母親となった女性には、こんなアドバンテージがあるのか。

五味は感心を一旦《いったん》心にしまい、もう一度深呼吸する。深川の魂を吸い込んで、自分の魂を吐き出すような感覚だ。

「……別に、何の意図もありませんけど？」

（この女刑事、親身になっているが、所詮《しょせん》他人だ。どうせ寄り添ってくれないだろう。五味だって――）

五味ははたと深川の思いに至り、顔を上げる。

（五味だって――俺をここに閉じ込めているのは、愛情からではない。憎しみからだ。五味がギブアップするまで、徹底的に精神を痛めつけてやる）

「ねえ。聞いてる？」

「っせぇな、くそばばあ。お前に俺の何がわかるんだよ」

五味は無意識に乱暴な言葉を使っていた。佳代は全然ひるまない。むしろニヤついた。便利屋の別の一面を引きだせて、してやったり、というところか。

「私にもね、娘がいるのよ。生意気なやつなんだけどね－」

「知らねぇよ」

「朝、機嫌よく行ってきまーすって言ったのに、帰宅するとそういう態度になっているときがあったわ。学校で先生に怒られたとか、友達と喧嘩《けんか》した日ね。トラブルがあると、帰宅した途端に母親に当たり散らすのよね」

深川にはいたのか。学校で嫌なことやトラブルがあったとき、感情を受け止めてくれる大人が、家にいたか。

いなかった。むしろ、深川に感情を押し付けてくる大人だけがそこにいた。

「刑事さんの娘さんは、幸せですね」

五味は口走っていた。佳代はハッとした顔で、気遣うように便利屋に尋ねる。

「お母さんを早くに亡くして、淋《さび》しかったわよね。お父さんはそんな便利屋さんに、優しくしてくれた？」

「知らねぇよ、あんなクズ」

五味は吐き捨てていた。

とうとう佳代が父親の存在に言及してきたのに。教官として、教え子が真相に近づいているという手ごたえを感じたのに。

なぜか佳代のことも突き放してしまう。

「俺や実母を十年もないがしろにして、囲ってきた愛人を後妻に据えるような奴だ」

「そっか……でも、お父さんと楽しい思い出もあったわよね？」

「ひとつもない」

五味は訴える口調になっていた。

「本当に、本当にひとつもない」

五味は次の模擬捜査授業で、大事な物証を提示することにした。

深川はこれを、福島玲奈が保管する契約書に、電話番号の一部として残してしまっていた。

ただでは出さない。

『３２１１６』だ。

グラウンドの片隅にある模擬家屋には、マンションの室内を模したものもある。五味はここに石神井の福島玲奈の自宅を再現する。なるべく現実と近くなるように物を置き、備え付けの家具を配置し直した。

拘束に使われた縄跳び用のロープ、視界を遮るために使った段ボール箱もほぼ原寸大の物を準備した。学生たちはこの二つに注目するだろう。指紋やＤＮＡ鑑定を要求するだろうが、実際の捜査では被害者のものしか出なかった。

果たして彼らは不自然な契約書の存在に気付けるか。

五味は模擬家屋の準備を終えたあと、倫子と共に、深川の矯正プログラムに入った。

綾乃の妊娠が確認されてから、五味は初めて深川と会う。

なんと礼を言えばいいのか。そもそも感謝すべきものか。深川が嘘まみれの余罪リストなど出さず正直に罪を告白していれば、綾乃は二子山に登ろうとすることはなかったのだ。

１４５号室に入る。気を利かせたつもりか、倫子が開口一番言った。

「今日はまず五味教官から翼君に報告があるそうよ」

深川は子供のように純粋な目で五味を見返す。五味は咳払いを挟んだ。

「──妻のことだが、確かに、妊娠していた」

深川の表情がやわらいだ。これまでの完璧《かんぺき》に取り繕った顔とも、邪悪な顔とも違う、素の表情だった。

「おめでとうございます」

深川は膝《ひざ》にちょんと手をそえ、ぶっきらぼうに頭を下げた。照れているように見えた。五味もこそばゆい気持ちになる。故郷の舞鶴の両親に妻の妊娠を伝えたときの感覚と、よく似ている。五味も照れ臭いのだ。

倫子が誇らしげに、五味に言う。

「それからね、今日は翼君からも、五味教官に報告があるのよ」

深川が改めて背筋を伸ばした。膝の上に置いた手をギュッと強く握る。五味に頭を下げた。

「僕が以前書いた、百件の余罪リストです。全部、撤回します」

五味は、すぐに二の句が継げなかった。

「そうか」

　やっと声を振り絞る。震えていた。感動していると気がついた。声を張り上げることで、誤魔化す。

「却下か。つまり全部嘘、妄想、ということか」

「はい。お手数をおかけして、申し訳ありませんでした」

　深川は頭まで下げた。

「改めて聞くぞ」

　覚悟を決めた顔で、深川が「はい」と返事をする。

「一三〇〇期五味教場在学中、小田桃子に性行為を強要したか」

　深川の喉仏《のどぼとけ》が上下した。

「はい」

　少し震えながらも、短く答えた。

「三田のスーパーで見かけた赤ちゃん連れの主婦の自宅に押し入り、強姦《ごうかん》したことは？」

　深川が振り絞るように答える。

「はい。認めます」

「石神井で、以前便利屋として出入りした自宅に宅配便業者を装って押し入り、主婦と強制性交に臨んだことは？」

「認めます」

「小学校高学年の時に遡《さかのぼ》る。担任の榎本璃子先生の体に触ったり、自分の下半身を触らせたりしたことは、認めるか」

深川は震えるため息をついた。握ったこぶしの血管が浮き上がる。

「すみません……それは、思い出せなくて」

五味は一度、言葉を切った。

「中2の時のことはどうだ。継母との性行為について」

深川が初めて、五味から目を逸《そ》らした。

「ゆっくりでいいぞ。何か思い出すヒントを、一緒に探そう」

はい、と深川が答えた途端、その額に玉の汗が浮かび始めた。部屋の中は適温だ。五味はエアコンを消した。深川はタオルで顔をぐるりと拭《ぬぐ》う。それでも汗が流れて目に入った。ぎゅっと目を閉じている。

「足の傷のこと。思い出そうとすると、あ、汗が……」

言い訳なんかしなくていいのに、深川が弁明する。

「いいのよ。ジャージ、脱ぐ？」

深川はジャージを脱ぐことすらうまくできない。倫子に手伝ってもらいながら、やっと袖《そで》から腕を抜く。皮膚の色が透けて見えるほど、ティーシャツが汗で張り付いていた。

五味が部屋に入った当初、深川はこんなに汗をかいていなかった。真実を語り出した途端、体に異変が現れた。

五味は新しいティーシャツを出し、濡《ぬ》れたティーシャツを脱がしてやった。背中を拭《ふ》いてやろうとしたところで、激しい拒否反応にあった。

五味はタオルを深川に託し、距離を置く。深川は真っ青になり、ガクガクと震えながら、タオルを前に抱いた。突如、嘔吐《おうと》する。

だが深川の口から出たのは、唾液《だえき》だけだった。何度も何度もえずいているのに、何も出てこない。深川のえずきは嗚咽《おえつ》に変わる。涙がポロポロと流れた。

「今日はここまでにするか」

五味は本人に問い、倫子を見た。これまで散々深川を甘やかしてきた倫子が、今日は厳しい眼差《まなざ》しだ。五味を見据え、強く、首を横に振る。

「これを乗り越えないと、深川君は変われません」

五味は145号室を出て、売店で冷たい飲み物を何本か買ってきてやった。深川は茶をいっきに飲み始めた。唇の両端からだらだらと茶が垂れて、しなやかな若いからだにこぼれていく。どれだけこぼれても深川は飲むのをやめない。三十秒で五百ミリリットル入りの茶を飲み干した。更に飲み物を欲しがる。

「もっと買ってくるか？」

深川は答えない。二本目を半分飲んだところで、突然飲むのをやめた。ペットボトルをデスクの上に乱暴に置く。倒れ、こぼれた。五味はペットボトルをつかみあげ、蓋《ふた》を取る。

「自分が親代わりだと、言いまして」

唐突に、深川がしゃべり出す。

誰の発言か、いつのことか倫子が尋ねる。五味は汗で手が滑り、ペットボトルの蓋をするだけで難儀する。

「甘えなさい、自分の胸に飛び込めと、言うんですよぉぉ……」

深川が語尾を激しく震わせた。倫子の質問は耳に入っていないようだ。倫子は口をつぐんだ。ただ吐き出させる。いまはそれだけに集中するようだ。

「で、で、で……」

慌てなくていい——五味は心の中で願い、痛々しい思いで、深川を見つめる。

「テストの点が悪いから、頭の悪い子だから、父親から、将来のために？」

言葉が不自然に途切れる。

「君にセックスを教えるように言われている、と……」

五味は唇をかみしめた。深川がいま思い出そうとしているのは、深川を虐待していたもう一人の人物のことだ。倫子のまなざしも厳しさを増す。

「言われたのでズボンを脱がされて、いや、脱いで。ん？　脱がされて」

深川は何度も何度も言い直す。顔色は真っ青なのに、目の縁が異様に赤くなっている。焦点も合っていない。突然、擬音を口走る。

「ギリギリギリ、ギリギリギリギリ、と……」

　何の音だろう……。

「右手はつかまれ、触れ触れと言われるわけです。ゲームしようって。ゲームだからって。練習をしておかないとお父さんに怒られる。下着の中が固くなると笑われる。スケベだと頰を叩《たた》かれた……。お前は悪い男の子だ。頭が悪い」

　脈略のないしゃべり方に闇を感じる。五味の背中に、冷たい汗が流れた。深川がまたえずいた。何も出てこない。大量の茶や水を飲んだので、腹だけが幼児のようにポッコリと膨れている。

「顔を舐《な》められた。くさくてくさくて……。頭が悪いから、白いものが出てくると言われて、それのせいでお母さんは死んだ……」

　五味は唇の震えが止まらなくなった。聞くに堪えない。

「本当に、白いものが飛び出してくると、僕の負けで……。射精したお仕置きは、ギリギリギリ、と……」

　深川は突然立ち上がった。錯乱したような目でデスクに飛びつき、何かを探す。

「深川？　深川、どうした」

　五味は止めようとして、倫子に腕を引かれる。

「見守りましょう。静かに……」

「僕は汚い」

唐突に深川が言う。五味は即座に否定した。

「そんなことはない」

「誰からも愛されなかった。生きている意味もなかった。母を殺してまで生まれる必要もなかった」

「お母さんはお前のせいで死んだんじゃない」

五味はひとつひとつ、丁寧に、深川の自己否定の呪縛《じゅばく》を解いてやる。だがいまの深川に、五味の言葉は一切、届いていないようだった。

「暗闇なんだ。右を向いても、左を向いても、上も下も、前も後ろも、心の中も、心の中をめくり返しても真っ黒で……！」

深川が突然、絶叫した。なにかを振り上げる。鉛筆を握りしめていた。五味は慌てて止めに入ろうとしたが、間に合わなかった。

深川は、デスクについた自分の左手の甲に、鉛筆を振り下ろした。

血があふれる。

五味は警察学校の車両に深川を乗せて、夜間診療窓口を尋ねた。三鷹《みたか》市内にある大学病院だった。二年前、一二九三期の中沢が交番襲撃事件で被弾し、救急搬送された病院だ。

あの時の心配とは、種類が違った。

夜間対応に出た医師によると、鉛筆は貫通しておらず、縫う必要もないという。レントゲンを撮ったが、骨や神経に異常はなかった。深川は放心したままで、医師との受け答えができる状態ではなかった。医師が付き添いの五味に尋ねる。

「彼は、精神疾患の既往歴などありますか？」

五味は考えた末、こう答えた。

「はっきりとした診断は出ていませんが、子供の頃、虐待を受けていたようで」

「なるほど……。ちょっと、腕を見ても？」

医師は深川の両腕の裏側をじっくりと観察した。

「鉛筆を突き刺したのは自傷行為でしょうけど、リストカットの痕《あと》はないんだなぁ……」

念のため——と医師は、深川の顔をのぞきこんだ。

「ティーシャツとジャージを脱いでくれますか。体に傷がないか、確認させてください」

五味は深川を診察ベッドに横たわらせた。胸、背中に傷はない。医師は五味にジャージのズボンを下ろすように言った。五味がジャージを下げようとしたとき、深川のスイッチが入った。激しく抵抗する。やめろ、離せと怒声を上げ、ズボンのウェスト部分を離さない。しまいには子供のような甲高い声になる。「しないで、しないで」と泣き出した。五味は深川の顔を両手で包み、言い聞かせる。

「深川。俺だ。五味だ。わかるか？」

深川の目の焦点がどうしても合わない。

「翼！　俺だよ、警察学校の五味だ」

初めて彼の下の名前を呼んだとき、五味の中でこみ上げるものがあった。

「こっちを見ろ、翼……！」

深川の中にも、同じようにこみ上げるものがあったのだろうか——深川の瞳《ひとみ》が揺らぐ。目を細めて苦しそうに、五味の顔に視線を注ぐ。

「翼。俺にならい、見せられるな。大丈夫だろ？」

深川は、血管が浮き上がるほど力を込めてつかんでいたズボンを、パッと離した。医師がすぐに下着の上にバスタオルをかけ、配慮する。

「実は、性的虐待の他、右足の親指の裏を何度も切りつけられる虐待を……」

五味はバスタオルの下で、ジャージを深川の膝《ひざ》まで下ろし、絶句する。

「ああ……」

医師が悲し気に唸《うな》る。五味は唇をかみしめた。

右大腿《だいたい》に、ぎっしりと、横一直線の傷痕が並んでいた。全部で十四本あった。完全にかさぶたになっているのもあれば、赤黒く膿《う》んだ傷口もあった。古傷ではない。

「リストカットしたいけど、他人の目を気にする人って、ここにやるんですよね。痛かっただろー？」

医師が深川に呼びかける。深川はぼんやりしたまま、五味を見上げた。深川の右手がふらふらと伸びてくる。五味は受け止め、強く握り返した。しゃがみこみ、視線を合わせる。

「いつからやり始めたんだ？」

五味の問いに深川はほんの少し眉《まゆ》をひそめた。もう治りかかった一本の傷を、指さした。

「一月二十一日」

五味が自律神経失調症で、倒れた日だった。傷口の周囲は黒ずんでいる。１４５号室には凶器になるようなものは置いていない。ボールペンで皮膚を抉《えぐ》ったのだろう。それから深川は一日おきに、ボールペンの先で太腿《ふともも》に傷を入れていたようだ。

「どうしてこんなことをしたんだ。痛いだろ？」

「血がにじむのを見ると、すっとする」

――これまでは、五味を攻撃して、「すっとしていた」

「生きているという感じがする」

――これまでは、女性を強姦《ごうかん》して、「生きているという感じがしていた」

どちらもできなくなって、後は、自分を傷つけるほかなくなっていたようだ。

自傷を始めた日付から察するに、この自傷行為には〝もうこれ以上五味を追い詰めない〟という決意が刻まれているように見えた。深川は自分を傷つけることで、心の中で暴れたがっている抑圧されたもう一人の自分から、五味を守っていたのだ。

「気づいてやれなくてごめんな。痛かっただろ？」

「――しない方が、痛い」

五味は深川の手を両手で握る。嗚咽《おえつ》が漏れそうになった。

医者は、精神科の受診をすすめてきた。五味は倫子に電話をして報告を入れる。

「精神科の受診は逮捕後の方がスムーズかと思います。現状で受診と通院は難しいです。なにせ、警察学校の個室に監禁しているという事実がありますから……」

ロビーの待合ソファに、五味は深川と並んで座る。会計でずいぶん待たされた。ひっきりなしに夜間の急病人がやってくる。たまに、救急車で搬送されてくる人も見えた。

隣の深川は、うつらうつらしていた。まだ二十時だが、もう眠いようだ。当たり前か。長らく抑圧され封印し続けた過去を、今日、発露したのだ。深川は歪《ゆが》んだ攻撃的な部分を表面に出さぬように取り繕いながら、人生を送ってきた。とうとう、全てを五味の前に吐き出したのだ。

疲れ切って当然だ。

深川は「心の中をめくり返しても真っ黒」と不思議な表現をしていた。心、というものを袋状に喩《たと》えている。どうして袋状だと思ったのだろう。空っぽだと思ったからか。そこに注いでほしいものがあったからではないのか。だが、深川の袋の中に注がれるのはいつも、周囲の大人たちの悪意だった。最初、その袋には実母の愛情が詰まっていたはずだ。父親が教育虐待をするたびに空っぽになり、母がまた愛情で満たす。その繰り返しだった。やがて実母が亡くなった。悪意だけが袋の中にたまり満杯になって溢《あふ》れ、担任教師の榎本璃子を傷つけるに至った。そうやってバランスを保っているうちに、もう一人、深川に悪意を注ぐ者が現れた……。

深川がぼんやりと目を開けたまま、五味の左肩に寄りかかってきた。甘えている。目を閉じた。

もう、生きるのに疲れた、という顔だった。

五味はたまらなく辛《つら》くなった。彼を逮捕し送検することは、いまとなっては赤子の手をひねるよりも簡単だ。この先深川は、自傷行為を繰り返していくだろう。性犯罪は治らないと倫子は断言していた。一生この依存症とつきあい、衝動と闘いながら、自分を傷つけて生きていく。

このまま静かに寝かせてやり、終わりにさせてやれたらどれだけ本人にとって楽だろうかと——五味ですら思うのだ。

本人が、それを望んでいないはずがなかった。

五味は左腕を上げて、深川の頭を五味の体へ招き入れた。足を組み、太腿を高くしてやると、深川は何も言わずに五味の膝枕《ひざまくら》に顔を埋《うず》めた。男児の手を引いた母親が、いい大人の男二人が膝枕で身を寄せ合っているのを、変な顔で見ている。

五味は左手を深川の肩に置いた。教官、と呼びかけられる。発する声が五味の太腿に響く。

「うん？」

「僕は何年くらい、刑務所に入ることになりますか」

「……余罪の数による」

「もう全部、しゃべりましたよ。あとは、覚えてないです」

「なら、十年弱かな。あまりに悪質すぎた」

「まだ三十五かぁ……」

途方に暮れたように言う。三十五歳で刑務所から出られてしまうと思っているようだ。

「いっそのこと、死刑でいいんですけどね」

五味は無言で、深川の耳にかかる髪を整えた。一年四か月も床屋に連れていかず、伸び放題だった。一度、懲罰的な意味合いで、バリカンで髪を刈ったことがある。１４５号室に閉じ込めて三か月目、脱走を図ろうとしたときだった。高杉が殴り、押さえつけ、五味が頭を丸めさせた。「死ね、殺すぞ」と深川は猛犬のように荒ぶっていた。

「僕は残りの人生、なにを楽しみに生きて行けばいいんですかね」

「………」

「どうやったら、すっとできるのかな。他人を傷つけない、自分を傷つけないように」

教官――とまた呼ばれる。

「ひとつ、お願いが」

「なんだ？」

いまなら何でも聞いてやる――五味はそんな気持ちだった。

「赤ちゃん、夏に生まれてくるんですよね」

五味教官の赤ちゃん――いとおしげに深川が口にした。

「翼、って名前、つけてください」

五味は唇を噛《か》みしめた。気が付けば、深川の肩にそっと置いていたつもりの手が、震え出していた。

「最近は女の子でも、翼ちゃんって名前の子がいるらしいですよ。だから、男の子が生まれてきても、女の子が生まれてきても、翼でいけますよ」

ぼそぼそと、深川は続ける。

「それで、もう本当に愛して、これでもかっていうくらい、かわいがってあげてください。僕に言われなくても、教官は愛情をたっぷり注ぐんでしょうけど……」

五味は涙が落ちないように、天井を仰ぐ。

「お父さんが五味教官で、お母さんが瀬山刑事……すっごく幸せだろうなぁ」

目を離したら死ぬと思った。

五味は病院から警察学校へ帰ってきて、深川を１４５号室に送り届けた。大急ぎで本館へ向かう。更衣室でジャージに着替え、枕とシーツ、洗面用具を抱えて、１４５号室へ戻った。

深川はぼんやりとベッドに横たわっていたが、戻ってきた五味を見て身を起こす。ほんのちょっと眉をひそめた。五味は扉を開け放って入口をストッパーで止めた。隣の個室からマットレスと掛け布団を担いで、145号室に持ってきた。無言で深川のベッドの横に置く。

「教官……？」

「今日から一緒に寝る」

五味は145号室のシャワールームで、体を流した。歯を磨きながら、『今日は泊りになった』とだけ綾乃にメールを入れた。深川はとても深刻そうな顔で、五味の一挙手一投足を見つめている。五味は口をゆすいだ。室内灯に手をかけた。スイッチを消す直前、五味は深川に言う。

「生まれてくる赤ん坊に、翼という名前はつけない」

「………」

「俺にとって翼は、お前だけだからだ」

深川の目と口がゆがみ、顔が真っ赤になった。涙が落ちる前に、五味は明かりを消した。深川は一晩中、声を上げて泣いていた。

第六章　リンゴを拾う人

今年の三月は暖かい日が続いていた。

まだ三月十二日だが、警察学校の桜はすでにピンク色のつぼみをつけている。今日もかなり暖かく、教場の中はむんとしている。五味は窓を開けた。

川路広場から涼やかな風が吹き込んできた。改めて、教壇に立つ。

「よし。今日は刑事捜査授業最終日だ。逮捕状請求な」

勉強のため、全員にそれぞれ書かせる。五味は実物と同じ様式の逮捕状請求書を、授業係に配布させた。

改めて、捜査本部名を黒板に書く。

『石神井署マンション主婦宅住居侵入並びに強制性交致傷事件』

五味は被害者A子と、事案が起こった日付、時間と罪状を記す。

離れたところに、容疑者名を書いた。
・家庭教師
・便利屋

第三回目の模擬捜査授業で、便利屋は容疑者候補から消えていた。だが模擬家屋の家宅捜索で、佳代がとうとう不審な契約書を発見したのだ。再び容疑者リストに便利屋が上がる。代わりにサラリーマンが却下された。

五味は後を藤巻に譲った。教壇から降りて窓辺のデスクに座る。

藤巻が教壇に立つ。

「では始めます。我々、一三一七期五味教場は石神井署の案件について、以下の結論に達したので、ここに発表します」

咳払《せきばら》いし、前を向いた。

「犯人は、便利屋、事件当時二十一歳の大学三年生としました」

五味はポーカーフェイスを装った。心は喜びで爆発寸前だった。

学生たちが真相に辿《たど》り着いたことだけではない。

深川の闇に気が付いてくれる警察官がいたことへの喜びが、勝った。

五味はいま、深川が自らのタイミングで出頭を申し出るのを、待っている。深川は、桃子と三田、石神井の主婦の事件を自供する上申書も書いている。榎本璃子については未《いま》だに思い出せていない。深川弥生の件は虐待と結びついている可能性があるので、怪我が治るまでは「書くな思い出すな」と話してある。

遅かれ早かれ、深川は大心寮を出る。彼を受け入れる警察官が誰になるのか、五味が選ぶことはできない。自教場の学生たちに理解者がいたことが救いだった。きっと、四万人いる警視庁の警察官の中に、深川を理解し、送検まで導いてくれる者がいるはずだ。

裁判が始まり、刑務所に入ってしまえば、矯正プログラムがある。倫子のような、優秀な矯正官が面倒を見てくれるだろう。

藤巻が根拠を話し始めた。

「まず、ガイシャがこの日の午前中に在宅であり、宅配便がやってくるのを知っていた人物はこの二人しかいません」

家庭教師と便利屋だ。

「この時点でサラリーマンを容疑者から排除しました」

たとえ宅配便が来ると知らなくても、この手の業者を装って部屋に押し入る性犯罪の例はいくらでもある。北里はギリギリまでサラリーマン説を推していた。佳代が発見した奇妙な便利屋の契約書の登場で、やっと引いた。

契約書が二枚存在していることを不思議に思った佳代が、五味に「本社に問い合わせしたい」と言った。五味はその場で、二枚目の契約書は本社に存在しないことを伝えた。

契約書は、石神井の現場にあったものとほぼ同じだ。五味は被害者の福島玲奈の個人情報だけ変えたものを、再現した。学生たちは最初、約款にばかり気を取られていた。会社の住所が実在するのに電話番号が二桁《けた》足りないということになかなか気がつかない。

本物との比較分析に時間がかかった。

「不審な契約書について便利屋に問い詰めたところ、これを認めませんでしたが、文書偽造の罪になることを話すと、便利屋は父親が霞が関の官僚だと言って捜査に圧力をかけてきました。これで更に疑惑が深まりました」

五味は深川浩の名前や肩書、現住所を架空にしたが、生年月日だけは敢《あ》えてそのまま、学生たちに教えた。

『便利屋の父　住所・目黒区、生年月日　昭和三十二年十一月十六日』

漢数字で書いたので、ニセの契約書の中の321116とすぐにつなげられた学生はいなかった。若い彼らには無理かと思ったが——。

いま、藤巻が教壇に立ち、自信に満ち溢《あふ》れた顔で言う。

「便利屋の父親の素性を調べるうち、この生年月日と、便利屋が被害者に託したニセの契約書内の数字321116が一致しました。便利屋はまた、ウソの契約書更新の際に、この数字を被害者に声に出して読むように強要していました。便利屋の一連の行動に大きな意味があると見て、我々は便利屋に焦点を絞った捜査を開始しました」

この時点で佳代は便利屋役の五味の口から、虐待の過去を引き出すのに成功している。宅配便を装って段ボール箱を目隠しにしてことに及ぶ——この計画的犯行から、犯人は常習性があると疑ったのは笹峰だ。

「321116と犯行前に被害者に言わせる性事案が過去になかったか調べたい」

五味に申し出たのが先週の話だった。

ここまでくれば、もうゴールだ。

五味は、三田で実際に深川が起こした事案を、個人情報を伏せて、学生たちに提供した。今日のこの藤巻の発表は満を持してのものだった。

「以上、われわれ五味教場捜査本部は、容疑者を便利屋に絞り、逮捕状の請求に踏み切りたいと思います。五味教官、いかがでしょうか！」

熱っぽく藤巻が五味に問う。

五味はひとつ頷《うなず》き、藤巻を下がらせる。無意識にジャケットを脱いでいた。教官用のハンガーにかける。

一三一七期五味教場の学生たちに、四十人目の学生の話をするときが来た。

教場は異様に静まり返っていた。

五味は教壇に立つ。

「さて──」

「教官！」

笹峰が立ち上がる。

「なんだ」

「実は、これで終わりではないんです」

「は？」

「まだ、僕たち五味教場の捜査には続きがありまして」

「……どういうことだ。藤巻の結論を覆すのか？」

「覆しませんが、聞いていただけますか」

自席に座っていた藤巻が、五味に頷いてみせる。みなと示し合わせた顔だ。

「教官はこちらで聞いていてください」

北里が窓際のデスクの椅子を引いた。

五味は訳がわからなかったが、一旦《いったん》、引き下がることにした。再び、窓辺のデスクに座る。笹峰はノートも持たず、手ぶらで教壇に立った。

「実は、この32116という数字を有村巡査が突き止めたとき、僕はひっくり返ってしまいました」

なんでだ、と五味は眉《まゆ》をひそめる。

「僕と藤巻、北里が男子寮一階の立入禁止区域へ肝試しに行った一月の話です」

笹峰が藤巻と北里を順に見たあと、五味へまっすぐ視線を注ぐ。藤巻と北里も笹峰を後押しするような視線を五味に向けている。

「145号室から声が聞こえてきました。藤巻と北里は幽霊かとすぐに逃げて行きましたが、僕は一人残って……彼の言葉を聞きました」

五味は唇をかみしめる。

32116。

「145号室にいる誰かは、その数字をずっと、繰り返していました」

笹峰が悲しそうに眉を寄せる。

「僕らを怖がらせようとするような声じゃなかった。淋《さび》しそうで……辛《つら》そうで」

五味は細かく頷くにとどめた。当時は、深川が学生たちをからかい、幽霊のふりでもしたと考えていた。いまならわかる——。

深川は悪夢にうなされていたのだろう。

「助けを求めている、という感じでした」

「そうか」

五味はやっとひとこと、答えた。

「その後、実は何度か……」

尾行していたわけではない、と笹峰は言いわけしながら続ける。

「五味教官が学生棟に来るたび、なんとなく目で追ってしまって。145号室に食事を運んでいるのを知りました。赤木教授と議論しながら入っていくのも見かけました」

咳払いを挟み、笹峰が続ける。

「僕は、授業に出ることができない、僕らに姿をさらすことができない五味教場の四十人目の学生が、145号室にいるのだと察しました」

笹峰は理由をああでもないこうでもないと考えていたようだ。

「病気なのか、怪我をしているのか……。321116は暗号なのかと、モールス信号表と比べてみたりもしました」

五味はちょっと笑った。早く教えなかったことを申し訳なく思う。

「そして――菊池巡査の飛び降り騒動があった晩、五味教官が見覚えのない学生を学生棟から引きずり出しているのを見ました。彼の目の凶暴さにぞっとしたというか……」

笹峰は慎重に言葉を選んでいる。

「警察官になるべきではない人が、なんらかの事情で警察学校に迷い込んできたのだろうと思いました。しかし、僕が肝試しの夜に聞いた、辛くて苦しそうな声とは一致しなくて……。やがて、模擬捜査が始まりました」

佳代が、321116を突き止めた。笹峰は頭が真っ白になったらしい。

「突然、321116だけがつながったんです」

笹峰はなんとか整理し、いくつもの不可解な出来事に推理の道筋をつけたようだ。

「145号室にいるのが、模擬捜査の容疑者だった便利屋だとしたら、全て辻褄《つじつま》が合うことに気が付きました」

模擬捜査の中で、便利屋もまた父の権力を誇示し、捜査に圧力をかけている。

佳代が立ち上がった。改めて五味に確認する。

「私たちが模擬捜査で調べたのは、145号室にいる学生の事件ですね？」

五味は覚悟のため息をつき、頷いた。

「なぜ私たちにその捜査を？　同じ五味教場でも、決して机を並べることのない学生の存在を、私たちに知らせたかったからですか」

違うと思う――藤巻が立ち上がる。

「権力者からの隠蔽《いんぺい》圧力に屈するな――五味教官はそれを僕たちに教えたかったんですよね」

五味は苦笑いした。違う違う、と首を横に振る。

「すまない。そんな仰々しい目的があったわけじゃない。俺が、彼の役をやることに意味があった」

学生たちが深刻そうに、五味を見る。

「どうしても理解したかった。なぜ人を強姦《ごうかん》するのか。なぜ平気でうそをつくのか。なぜ平然と人を傷つけるのか」

沈黙があった。

「――結局、理解、できたんですか？」

佳代が遠慮がちに、尋ねてきた。

「俺が理解できたから、お前たちも真相に辿《たど》り着けたんだろ」

口にした途端、五味は涙がこぼれた。

五味はハンカチで目元を拭《ぬぐ》う。教場からも、洟《はな》をするような音が聞こえてきた。五味は立ち上がり、笹峰を自席に座らせた。改めて、教壇に立つ。

「今日、この模擬捜査が完結した最後に、便利屋――145号室にいる巡査が入校してきた二年前の一三〇〇期五味教場で起こったことを、全て話そうと思っていた。お前たちが入校して以降、半年間、俺は教官としてダメだったことを謝らねばと――」

嗚咽《おえつ》が漏れそうになった。察した学生たちがざわつく。

「そんなことはないです」

「しっかり見てくださっていました」

次々と気遣いの言葉で溢《あふ》れる。みんな泣いていた。

「特に有村と菊池には申し訳なかった。俺があの時適切な配慮をしていれば、菊池は飛び降りることはなかった。怪我を負うことはなかったし、有村もショッキングな場面を見ずに済んだ」

佳代が立ち上がる。

「いいんです！　私はあの一件で多くを学びました」

「しかし――」

「教官！」

北里だ。はらはらと泣きながら言う。

「教官がどれだけのものをこの一年半近く背負っていたのか……教官室で倒れたことだって……」

五味も思い出した。

「そうだな、あの時がいちばん苦しい時だった。俺にとっても、深川にとっても――」

五味は改めて、深川翼の名前を出した。一三〇〇期五味教場の場長だったこと。学生たちの信頼を集める優等生だった一方で、女警を強姦していたこと。一年五か月かかってようやく更生の兆しが見えてきたこと――。

「恐らくお前たちが卒業するころ、深川もここを卒業する」

「逮捕……できるんですか？」

笹峰が目を見開き、五味に迫る。

「当たり前だ。一部の警視庁幹部が一時期血迷っただけだ。警視庁はそんな警察官ばかりではない。53教場の卒業生たちが寝る間を惜しんで捜査した結果だし、なによりまず、お前たちだって模擬捜査を通じて正しい選択をしてくれた……！」

五味は咳払《せきばら》いし、ぐっとあふれる涙を堪《こら》えた。一度、黒板を向いて、目元をハンカチで押さえる。

「なんだよ泣かせやがって。卒業式でもないのに」

学生たちがどっと笑う。洟をすする音、ティッシュを出す音、嗚咽、いろんな声が教室の隅々から聞こえてくる。五味は指導する立場だ。しっかりせねばと大きく息をつく。威厳を持って学生たちに向き直った。

「改めて、みなに詫《わ》びを言う。俺は恐らく五十パーセントくらいの労力しかお前たちに使うことができなかった。だがその分、愛情は二百パーセント注いだつもりだ」

藤巻が泣きながら立ち上がった。「教官！　俺たちだって」といまにも抱きついてきそうだ。他も一斉に立ち上がりそうな気配がある。五味は慌てて止めた。

「まだそれはダメだ。卒業式に取っておこう」

学生たちがみな中腰になって苦笑いするも、わらわらと涙を流す。

「それから――この模擬捜査授業の最後に、みんなへ。この五味教場に名前を連ねる四十人目の学生、深川翼に代わって、言わせてくれ」

大粒の涙が溢れてきた。

「事件を解決してくれて、ありがとう。彼の心の傷に気がついてくれて、本当に、ありがとう……！」


五味は145号室のデスクの上にスマホを横置きした。ウーン、と動画を見る。バリカンでセルフカットする方法を、美容師が指南している動画だ。深川が部屋の中央で、椅子に座っている。十リットルのポリ袋に穴をあけて、ポンチョみたいに被《かぶ》ったところだ。椅子の下には新聞紙を敷いている。

「別に、丸刈りでいいですよ」

「いや。お前、意外に丸刈りが似合わないんだよ」

深川が静かに笑う。五味は深川の自傷行為以降、十日間くらいはここで寝泊まりしていた。その間に深川が自傷行為に走ろうとすることが二度あった。五味が全力で止めた。言葉で彼の存在を肯定し、抱きしめて愛情を伝えた。最近はなくなってきたので、五味はこの部屋に泊まるのを週に三回としていた。深川は「身重の奥さんがいるのに」と気遣ったが、五味と布団を並べて寝るのは嬉《うれ》しいようだ。「ピロートークですね」と笑って、母親との思い出話や、学生時代の楽しかった話を聞かせてくれることもあった。自然な笑顔が増えてきた。

五味は四十ミリのアタッチメントをバリカンに取りつけて、スイッチを入れる。学生の頭髪検査で違反者が出るたびに丸刈りにしてきたので、バリカンでの散髪は慣れている。ある程度長さを残して刈るのは初めてだ。ちょっと緊張する。

深川はされるがままになっている。アタッチメントの長さを三段階に替え刈っていく。最後、もみあげと耳の周りを整えようと、ハサミを入れた。げっそりと瘦《や》せこけた深川の頰に目が行き、五味は辛《つら》くなる。

自傷行為をなんとか押しとどめている深川は、拒食の症状が出始めていた。なにかをやめさせると、なにかが出る。このあとは過食の症状が出るのだろうか。深川は加害者ではあるが、同時に、虐待の被害者でもある。

なんとか様になったかな、と深川に手鏡を渡した。

深川は、見ない、と首を横に振った。

「なんでだよ。遠慮しないで、仕上がりを確かめろ」

「いいです。五味教官ならちゃんとやってくれてると、わかりますから。もともと、鏡で自分の顔を見るのが、好きじゃなくて」

五味は深川の顔にまとわりついた細かい毛をタオルで拭ってやった。思い切って、自分の顔を深川の顔に近づけた。

「俺と一緒なら平気だろ」

鏡を前に出す。二人の顔が同時に鏡の中に映った。深川の表情の変化より、五味は自分の顔に、がっかりする。

「あれ……俺こんなに老けてたっけ？」

若い深川と並ぶと、目の下のたるみがだいぶ目立った。眉毛《まゆげ》も薄くなり、力強さがなくなっている。

「五味教官はいつものままですよ」

「そうかぁ？　やだなぁ、これから赤ん坊が生まれるのに」

深川は少し笑い、やっと、五味の手から手鏡を受け取った。神妙な表情で自分の顔と向き合っている。五味は落ちた髪の毛を新聞紙ごと丸めてゴミ袋にまとめた。二人で掃除機をかける。下はカーペットなので、細かい毛がうまく吸い取れない。五味はひざまずいて、掃除機のスティックの先を押し付ける。深川が五味の傍らに立った。

「教官……。白髪が」

五味は掃除機のスイッチを切った。

「まじか。また出てきたか。抜いてくれ」

「いいんですか。増えるかも」

「そんなの迷信だろ」

深川が五味を椅子に座らせた。すぐ真横に立ち、五味の頭頂部を探っている。五味の顔のすぐ目の前に、深川の痩せた体があった。

「深川」

「はい。あっ、動かないで」

「……ごめん。あのさ。俺は、前田弥生を逮捕したいよ」

「…………」

「深川浩もだ。虐待、傷害罪で……」

「傷害事件の公訴時効は十年ですよね。十四歳の時には、もう俺の方が強かったですよ。俺の方が父親を殴って、何度も怪我をさせています」

だてに半年間、警察学校の学生だったわけではない。深川は刑事訴訟法の成績がトップだった。五味はため息をつく。

「弥生の方はどうだ。傷害を伴う性的虐待だと公訴時効は十五年。充分、訴追できる」

「いま彼女と暮らしている男児の方が心配です。大丈夫なんですか」

弥生が三度目に結婚した前田という弁護士には、小学校六年生になる息子の敏也がいる。五味は深川を安心させる。

「自宅周辺を毎日巡回してもらっているし、龍興がこまめに息子に声かけもしている」

龍興……と深川が驚いた。

「あの龍興が、ですか？」

「そうだよ。一三〇〇期五味教場一の落ちこぼれだったたな。初期のころはお前がよく文えてくれた」

深川は感慨深げな表情だ。口角が自然と上がっている。

「俺と高杉でいろいろ調べたが、児相も地元警察も虐待の通報はないと言っている。龍興が敏也の学校も訪ねていて、担任教師からも話を聞いているんだが、特に目立った変化はなく元気だと言っていた」

「そうですか……」

頭にチクッと痛みが走った。そこそこ痛い。

「抜けたか？」

「手が滑っちゃって。もう一回」

「一発で抜いてくれよ」

「結構根深いんですよ、この白髪」

五味は笑ってしまう。三度目の正直で、やっと抜けた。そのまま捨てると思っていたが、深川はなぜか、五味の白髪を指に絡ませたまま、じっと見つめている。

「どうした？　俺のことが好きで好きで白髪すらも宝物にしたくなったか」

なに言ってんすか、と深川は大真面目に気持ち悪そうな顔をした。まともな反応なので、五味はほっとする。

「……そういえば、弥生はよくネイルをしていたな、と……」

深川が見つめているのは、自分の爪だった。

「元法務省の職員でいまは弁護士のパラリーガルだろ。地味な見てくれをイメージしていたが」

「法務省の官僚と十年も不倫して後釜《あとがま》に収まった女ですよ。見てくれは派手でした。髪は染めていて、パーマをかけていました。ネイルサロンにも通っていたんですよ」

深川が記憶を辿《たど》っていく。

「ある日、ジェルネイルがぽろっと落ちたんです。中にラメと花のモチーフが入っていて、すごくきれいだったんで……僕」

深川は自分のことを基本的に「俺」というが、過去を思い出すとき、五味に甘えたいときに「僕」を使う。

「宝物にするね、って弥生に言ったんです」

「……お前が弥生の息子になったのは、中1の時だったたな」

「ええ。新しい母親になじみたい一心で、正直、爪なんかいらなかったんですけど、懐に入り込もうとしたというか……」

これまでなかなか思い出せなかった、中学校のときの記憶が断片的に蘇《よみがえ》ってきた。五味は錯乱を予感し、緊張する。注意深く深川の様子を見守る。

「新しい母親に慣れたいと思ったというか……」

「愛してほしいと思った？　実母のように」

「ええ。そうだと思います」

「そうしたら、弥生はなんて答えた？」

「気色悪い、って」

深川が目をすがめる。

「彼女は僕を嫌っていましたから。不倫中に三度も堕胎してます。なんでお前は生まれてこれたのに私の子はダメだったのかという気持ちだったのでしょう。堕胎を強要した父ではなく、僕に怒りを向けることが多々あったので……」

かなり具体的になってきた。虐待の瞬間の描写がいまにも出てきそうだ。

「赤木先生を呼んでくるか？　過去を思い出したなら……」

「いえ。大丈夫です」

深川が深刻そうに断定する。

「これは僕の罪です」

五味は息を呑《の》んだ。

「カッとなって——殴ったんです」

「お前が殴ったのか？　弥生を……」

「ええ。それで、強姦《ごうかん》した」

五味は言葉を失う。深川を虐待していたのは弥生ではないということか。

「弥生が必死に抵抗するのを見ているうちに、妙な喜びが湧いてきたというか」

深川は一度目を閉じた。次に開いたとき、目に力がこもっていた。

「ずっとモヤモヤしていて、目の前の出来事を、自分にかかる出来事を自分事と捉《とら》えられなかった。痛みも、喜びも……。弥生を殴りつけて、服をはぎ取るたびに、目の前にある物の輪郭がはっきりしてくるんです。それまでは、歪《ゆが》んで色あせていたものが、急に鮮やかになっていく」

吸っても吸っても足りなくて息苦しかった胸が、不思議と新鮮な空気で満ち足りていく。なんの匂いも感じない、味もしなかったのに、女性の甘い香りに気づき、涙が出るほどに感動する——深川が丁寧に説明する。

「弥生が僕の顔をひっかいたとき、宙を掻《か》いて線を作ったネイルの赤さがとてもリアルで、それだけで気持ちが躍ってしまう……。弥生の真っ赤な唇から漏れる悲鳴が、クリアに聴こえるようになって」

それまでは暗いモノクロの世界で、すべてがくぐもって聞こえたと表現した。

「世界はこんなに鮮やかでいきいきとしていたのか、と弥生を凌辱《りようじよく》しながら気が付いた。弥生の胸をつかんだときのやわらかい感触に優しさを感じて、無意識に揉《も》んでみると、弥生の上半身がビクンと反応したんです。彼女はもっと強く抵抗を始めましたが、本当は気持ちがいいんだろうと、僕は下半身がうずいて、このまま性交をして気持ちよくなれたら、世界を取り戻せる、生きていけるような気がして……」

深川が挿入から射精までを赤裸々に語り終えるのを待って、五味は尋ねる。

「足の指の傷は？　強姦された仕返しに、弥生がつけたのか？」

深川は途端に顔をくもらせた。

「弥生は、それどころでは……」

泣きじゃくり、パニックになって風呂場《ふろば》に駆け込んだという。

「僕は、風呂場で膣《ちつ》の中に指を突っ込んで僕の精液を洗い流そうとしている弥生の写真を撮りました。父親にばらすと脅せば、また彼女と性交できると思ったんです。もう一度、弥生を支配したときに見た景色と感覚を取り戻したくて……」

深川は言葉に詰まり、顔を両手で覆った。

「ひどいことを――」

五味は深川をベッドに座らせて、隣に並んだ。彼とのスキンシップが多くなり、もう照れ臭くもなんともない。五味は彼の両頬を両手で包み、尋ねる。

「俺がいる。怖くないな？　大丈夫だ」

深川は、覆っていた両手を顔から外した。

「話しても怖くない。痛くもない。思い出してももう怖くないから、大丈夫だ」

深川の目から、不安げな色が消えていく。

「目を閉じて。思い出せ。お前を傷つけた人は、誰だ。父親以外にもうひとりいるだろう。お前に性的ないたずらをし、足の指を傷つけた人だ」

強く目を閉じて、深川は思い出そうとしている。なんとか突き止めてやりたい。彼が逮捕され収監される前に、彼の心を壊した人物をあぶりだす。抑圧された記憶を解放してやらないと、深川は一生、苦しみ続けるのだ。思い出したとき、猛烈に苦しむのは深川本人だ。その瞬間に立ち会い、彼を受け止め支えるのは、精神科医でも矯正官でもなく、絶対に自分でなくてはならない――。

五味は思い切って、自分の額と深川の額をくっつけた。バカみたいだったが、せずにはいられなかった。模擬捜査で深川の役をやってまで、彼を理解しようとつとめてきた。いま、彼を理解できるのは世界で自分だけだという自負があった。

教えてくれ。

伝わって来い。

お前の心を壊したのは、誰だ――。

五味の脳裏に蘇るのは、これまでの、深川との二年にも及ぶ壮絶な時間の断片だった。走馬灯のように出来事が脳裏を駆け巡ったとき、深川がはじめて錯乱し、自殺を試みた瞬間のことを思い出した。

横浜の夜だ。

それまで自殺するそぶりはなかった。五味を攻撃することで「すっとしていた」し、太腿《ふともも》を傷つけることで精神の均衡を保っていたはずだ。なぜあの横浜の夜に突然、自殺のスイッチが入ったのだ？

あの晩、あの瞬間を思い出す。岸壁に立ち、肌で感じた海風、耳に届いた音を、ひとつひとつ、丁寧に、五味は掬《すく》いあげていく。どれがきっかけだったのか、なにがスイッチだったのか。

ギリギリギリギリ。

五味がその音を思い出した瞬間、深川も口走っていた。

「ギリギリギリギリ」

五味は倫子に深川のカウンセリングを続けるように頼み、慌てて警察学校を出た。警察学校の車両で、府中署に向かう。刑事課のフロアでエレベーターを降りて、強行犯係のシマへ走る。綾乃は電話対応中だった。五味を見てびっくりした顔をしている。係長の三浦が立ち上がった。

「よう。新米パパ。どうした」

「まだ生まれてませんよ。ちょっと瀬山を借りますよ」

「妻だろ、好きにしろよ。妊婦検診かぁ？」

もう夕方だ。そんなわけないだろうと答える時間も惜しい。五味は綾乃が耳に当てている受話器を奪い取り、切った。綾乃が目を丸くして、腰を浮かせる。

「一緒に来てくれ。まずい事件が起こりそうだ。いや、もう起こっているのかもしれない」

「どういうことですか」

「深川を虐待していたもう一人の人物がわかった。被害者はいまも多数いるはずだ。早く救ってやらないと……！」

深川の自殺のスイッチが入る音が、大きな手掛かりだったのだ。横浜で聞こえたロードバイクのギアのギリギリという音で、深川に希死念慮のスイッチが入ったことを話す。

綾乃は血相を変えて立ち上がった。悔しそうに叫ぶ。

「あの男、いい人だと思ったのに！　やっぱりやばい奴だったんですね」

五味は目が点になった。

「は？　誰のことを言っている」

「岡本隼人ですよね。家庭教師で釣りが趣味の。あの日も、釣《つ》り竿《ざお》のリールの音がギリギリとやかましく鳴って……」

五味は捜査一課時代、綾乃を相棒にして捜査していた日のことを思い出した。あの頃も、素《す》っ頓狂《とんきょう》な推理を繰り返していた。つい、「瀬山――」といつかのように妻を呼ぶ。こう言うしかない。

「お前、警察学校からやり直せ」

「え！」

五味は綾乃を助手席に乗せ、自らハンドルを握った。捜査一課の塩見にも一報をいれた。鑑識を引き連れて現場に来てくれる。助手席の綾乃はふくれっ面ながら、情報を整理するべく、ノートを見返していた。

中央道で都心に向かいながら、五味はハンズフリーで高杉に電話を掛けた。

「高杉。小岩署に53教場の卒業生がいたか、覚えているか？」

「小岩？　小岩小岩……」

高杉が電話の向こうで唱える。やがて、指をパチンと鳴らす音がした。

「水田《みずた》がいる！」

「そうだ！」五味も太腿を叩《たた》いた。「水田翔馬《しょうま》だな」

一二八一期守村《もりむら》教場の学生だった。五味がまだ教官になる前、事件捜査で知り合った。高杉の教え子で五味は教育していないのだが、教場会をやると聞くや必ず顔を出し、五味を慕ってくれていた。

「あいつ、生活安全課だったよな」

ちょうどいい。

「悪いが、水田に電話をしてくれ。至急、急行してほしいところがあるんだ」

五味は綾乃にスマホを押し付けて、住所を高杉に伝えろという。

「住所と言われても、どこに……」

「榎本璃子が働いている、児童養護施設の住所だ！」

五味と綾乃は西の多摩地区から都心を越えて、江戸川区小岩にある児童養護施設『江戸川学園』に到着した。一番乗りは管内の水田翔馬だ。水田は生活安全課の風紀係で、主に風俗店の取り締まりをしている。五味を見て手を上げた。

「少年係、連れてきましたが……」

少年係の女性刑事は、困惑顔だ。

「これまで、江戸川学園とは虐待案件等で緊密にやり取りしています。ここで虐待案件があるというのは、本当なんですか？」

綾乃も含め、みんな訳が分からないという顔だ。

「令状もないですし、踏み込んで万が一間違いだったら、連携すべき児童養護施設側と我々小岩署の間に溝ができます。それは非常にまずいんですが……」

本部鑑識の軽ワゴンがやってきた。運転している鑑識課員も憮然《ぶぜん》としている。塩見が強引に説得して連れてきたのだろう。助手席から飛び出してきた塩見が、五味に尋ねる。

「状況は？」

「裏取りしている暇も、証拠を探している暇もない。ここには何人の男児が保護されている？」

水田が連れてきた少年係の刑事が書類上の名前を数える。

「下は二歳から上は十五歳まで、八人います」

「八人の人生がかかっている。一分でも一秒でも早く救出してやりたい」

綾乃が前に出た。

「根拠はなんなんです？」

勿論《もちろん》、深川の足の指の怪我が根拠だ。

「足の親指の裏側にあれだけ複数の傷があったら、当時は歩行に支障があったはずだ。親指をつかないように歩こうとすると、独特の歩き方になる。そもそも走れなかったはずだ。岡本は一緒に風呂《ふろ》に入ったと言っていたんだろ？」

「ええ。でも下着を絶対に脱がなかったと。それは岡本にいたずらをされるのが嫌だったからだと私は思ったんですが……」

「下着を脱がないの前に、足の裏をざっくり切って風呂に入れたと思うか？」

あの傷は長期間にわたり、少しずつ、切り刻まれたものだ。傷口が塞《ふさ》がったところで次の傷をつけられ、その傷がやっと治ったところでまた、切りつけられる――。虐待されていたころは風呂に浸《つ》かれたとしても、難儀していたはずだ。

「中学に入った時点で風呂には入れていた。そのころには傷が治っていた、つまり最後の虐待から時間が経っているということになる。だが自分の陰部を晒《さら》すことに大きな抵抗があったんだろう。だから下着を脱がなかった。中学のときにはもう性的虐待のトラウマが出ていたんだ」

綾乃はハッと目に力をこめる。なにか思い当たった顔だ。

「そっか。風呂に浸かれない。歩行に支障が出るとなると、学校の体育も参加できませんよね。もしくは成績が極端に悪い……」

同じ指摘をされていた男児の話が、この江戸川学園で、出ていた。

「電話でクレームが来ていたと、塩見が報告していた。子供たちの栄養状態が悪いのではないかという、教育委員会からの調査だったんだろ？」

塩見が肯定する。

「食堂の様子を見ましたが、痩《や》せている子はいなかった。食事もきちんと提供されていた——そうか、原因は食事じゃなくて、足の指の怪我だった!?」

江戸川学園の男子だけ足を怪我していたから、体育の授業に影響が出ていたのだ。

五味は矢継ぎ早に綾乃に尋ねる。

「それから、榎本璃子は子供たちの履き物を自費で新調してやっていたと言ったろ」

綾乃は遠い目になりながら、何度も頷く。

「男児ばかりの履き物だったんじゃないのか？　女児のはあったか」

「確か……外履きは女児らしい色使いのものはなかったです。上履きも、そういえば男児の名前ばかり書いていていました」

「足の指を切れば、血で履き物が汚れる。バレないように、頻繁に男児の履き物だけ新しく買い替えてやる必要があったんだ！」

綾乃は歯ぎしりする。

「私、新しいのを箱から出して、タグを切るのを手伝いました——」

「カッターナイフを借りたんだろ？　璃子のポケットに入っていた」

塩見の詳細な報告を、五味は覚えている。ハサミがひとつしかなく、綾乃は璃子のエプロンのポケットに入っていたカッターナイフを使って、タグを切った。

「そもそも児童養護施設の職員が普段使いのエプロンのポケットにカッターナイフを忍ばせていることがおかしい」

虐待被害者の子供を保護する施設だ。刃物で傷つけられた子だっているかもしれない。自傷行為に走る子供が奪うかもしれない。普通、児童養護施設の職員は刃物を持ち歩かない。

「深川を虐待していたのは、榎本璃子だ」

五味は結論づけた。綾乃はまだ戸惑っている。

「なぜ卒業アルバムの写真では、深川は璃子に抱きついていたんですか？」

「小5の文化祭、十月の写真だろ。母親が亡くなった直後だ。甘えたかったんだろう。甘えてきたから、榎本璃子は深川をターゲットにしたんだ」

五味は水田に問う。

「L1照会してくれたか？」

水田が懐から、榎本璃子の運転免許証情報のコピーを出す。

現住所は江戸川学園と同じだ。この建物の三階の305号室とある。上に独身寮か職員寮があるようだ。

五味はもう待てない。敷地内に踏み込みたい。小岩署の生活安全課の女性刑事は思案顔で、鑑識課員は明らかに腰が引けている。

「その根拠だけでいけるんですか」

玄関の自動扉が開いた。赤色灯の明かりにつられるように、ひとりの少女が出てくる。綾乃が叫んだ。

「アミちゃん……？」

アミと呼ばれた少女は女子高生くらいに見えた。綾乃を見た瞬間、張り詰めたように押し黙る。やがてその顔が涙でぐしゃぐしゃに歪《ゆが》んでいく。その場に立ち尽くし、子供のように泣き出した。綾乃が慌てて飛んでいく。

「やっと来てくれた。ずっと待ってたんだよ。遅いよ……！」

アミという少女は綾乃にすがり、泣きじゃくった。

「早く逮捕して。男の子たちかわいそうで見てらんない。早く、榎本先生を捕まえて！」

五味は子供たちの保護を他の刑事たちに頼み、表玄関から中に入った。子供たちの下駄箱を見た。十八時、すでに学校から帰っている。下駄箱に収まっているのは、外履きのスニーカーだった。ピンクや赤の女児の靴は、総じて履きつぶされ、ボロボロだった。男児の名前が入るスニーカーばかりが新品だ。

五味は玄関脇の階段を駆け上がった。いっきに三階へ上がる。『関係者以外立入禁止』とプレートが貼られていた。ここが職員寮フロアだ。

五味はリノリウムの廊下を突き進む。既に仕事を終えた職員が数人いるようだ。台所から明かりが漏れ、味噌汁《みそしる》のにおいが漂ってきた。

３０５号室の前に立つ。鍵《かぎ》がかかっていた。「クソ！」怒りに任せて扉を殴ったとき、隣の扉が開いた。中年女性が顔をのぞかせた。

「どちら様です？　ここは関係者以外――」

五味はすかさず、桜の代紋を見せた。

「この部屋の合鍵は？」

「そこは璃子ちゃんの部屋ですが、なんで警察が……」

「合鍵を！」

五味の勢いに押され、女性はサンダルをつっかけて出てきた。

「寮母さんを呼んできます……！」

女性はいちばん奥にある部屋のチャイムを押し、なにやら事情を話してくれている。

寮母らしき人が、怪訝《けげん》そうに合鍵を持ってやってきた。

「あのう、令状とかはないんですか？」

五味は寮母の手から鍵をひったくった。璃子の部屋に押し入る。暗闇だった。明かりをつける。一人暮らしの女性らしい、ピンクのファブリックと、木目調の家具で統一された部屋だった。璃子はいない。

部屋のどこからか、下駄箱のようなにおいがする。

――戦利品のにおいか。

五味は六畳一間の室内に押し入り、デスクの引き出しの中、押し入れの中を徹底的に探った。深川がいる。深川がそこで泣いている。早く助け出さなくては——。現場保存の規則も忘れ、部屋を荒らす。刑事としての理性を完全に失っていた。

ギリギリギリギリ。

あの音が、背後からした。

横浜で、これとよく似た音を出すロードバイクのギアの異音を聞いて、深川は条件反射のように錯乱状態に陥った。

ギリギリギリギリ。

この音が、虐待が始まる合図だったはずだ。性行為を強要され、屈辱のうちに射精してしまう。それだけで魂を殺すほど少年にダメージを与える。更にあの女は、射精のたびに『おしおき』と称して、男児たちの足の指を切り刻んだのだ。

「あんた、誰」

ドスの利いた、低い声が聞こえてきた。榎本璃子は、十五年前とは打って変わった太った姿で、玄関口に立っていた。手にカッターナイフを持っている。ギリギリ、ギリギリとスライダーを滑らせる音を鳴らして、刃を出したりしまったりしている。これで相手を威圧しているのだ。虐待を受けた男児は震えあがり、動けなくなるだろう。されるがままになってしまう。

五味は璃子を見据える。

「深川翼の、担当教官だ」

女は一歩後ずさり、カッターの刃を完全にしまった。

「あんたは、深川翼の担任教師だったんだろう？　小学校五、六年の間、面倒を見た」

璃子は目を逸《そ》らし、たじろいだような顔をする。

「あの時、翼は実母を病気で亡くしたばかりだった。凄《すさ》まじい教育虐待を仕向けてくる父親のもとに一人残されて、あんたに助けを求めていたんじゃないのか？」

五味は思わず、女のセーターの胸ぐらをつかみ上げた。

「必死に助けを求めてきたあの子に何をした！　ここにいる男児たちも同じだろう。親と離れ離れになって、淋《さび》しく苦しい思いをしている男児たちに、何をしたんだ!!」

五味は璃子の喉元《のどもと》に左腕を押し付け、そのまま壁に叩《たた》きつける。璃子の動きは左腕で封じている。

許せない。五味は右の拳《こぶし》を振り上げそうになった。

璃子は――にたぁ、と笑った。

一年半前に深川が見せた顔と同じだった。深川が『悪魔』だったと気づいて五味が問い詰めたときの表情と、そっくりだった。なにかが連鎖したのだ。深川はこの女から、なにかを受け継いでしまったのだ。

「なぜ、３２１１６を知っていた」

璃子を深川の『性被害者』と認定したのは、彼女がこの数字を言い当てたからだ。璃子はその後の深川の人生と関わっていた様子はない。深川が被害者に３２１１６と言わせて強姦《ごうかん》することを、知らなかったはずだ。

璃子はニヤニヤしたまま、答えた。

「あの子、うぶだったから。ちょっと刺激しただけで、すぐイッちゃうんだもん。つまらないでしょ」

五味は奥歯を嚙《か》みしめた。怒りを必死に抑える。

「だから、数字を数えていろと言ったの。数字に集中して、気持ちを下半身からそらさせようとしたの！　最初は1から順番に数えていたけど、そのうち、あの子の方から321116って言うようになったのよ！」

性的虐待を受けている間、父親の生年月日を呪文《じゅもん》のように唱えていた。

幼い深川は、助けを求めていたのだろう。救いを求めていたのだろう。

父親に……。

わらわらと刑事たちが踏み込んできた。塩見と水田だ。

「右足親指の傷、確認してきました。二歳児の男の子以外、六人の男児にありました！」

「誰かに話したら海外に売り飛ばす、と子供たちを脅していたようです」

五味は璃子から身を引いた。卒業生たちに、璃子の身柄を引き渡す。

榎本璃子の緊急逮捕を、五味はどこか他人事《ひとごと》のように見ていた。

刑事だったのに、ホンボシにワッパをかけたという喜び、達成感が全くない。

踵《きびす》を返す。

自教場の学生を、大切な教え子を救わねば。

部屋をさらい続ける。あとで家宅捜索が入るだろう。五味は指紋をべたべた残している。部屋を荒らしてしまっている。始末書ものだろうが、五味は手を止めることができなかった。

もう自分は完全に刑事ではなくなったと自覚した瞬間だった。

ベッドの付近から、一階と同じ下駄箱のにおいが強くした。五味はベッドの前に膝《ひざ》をつき、収納になっている引き出しを開けた。

大量の上履きが出てきた。

右足だけの上履きがみっしりと詰まっていた。二十二センチのものから、引き出しの奥にいくほど、サイズが大きくなっていく。名前が書いてあった。りく、はると、のあ……比較的新しいのは、いまここの施設にいる子供たちのものか。全ての上履きの親指が当たる部分に、血が滲《にじ》んでいた。

五味はやがて、それを見つけた。

青いゴム底がついた、二十五センチの上履きだった。

そうか——あいつは、背が高い。小学校高学年で、もう足のサイズがこんなに大きかったのか……。

上履きの上部に、『6—2　深川翼』と名前が入っていた。まだ自分の名前をバランスよく書けない年齢だ。上履きに名前を書いてくれるお母さんは、もういなかった。自分で書いたからか、画数の多い『翼』という字がやたらと大きい。そのバランスの悪さ、不器用さが、愛《いと》しくてたまらない。

その『翼』の文字に、彼が小学校の時に流した血が、茶色く変色し、滲んでいた。

五味は、翼の上履きを抱きしめた。泣き崩れる。

*

児童養護施設の女性職員が、保護男児複数人に性的虐待を行っていた。

警視庁はこれを重大事件として扱った。捜査一課が動き、塩見が所属する捜査一課六係が、小岩署の捜査本部に入っている。

榎本璃子の逮捕から、一週間経った。

五味はいつもより早い六時半、京王線飛田給駅で下車した。

改札を抜けて、駅前のプチショップ裏をのぞく。高杉がくわえ煙草で、新聞を広げていた。五味は紙袋に入れたいちごのパックを渡す。

「おはよう。これ、チーバベリーだってさ」

「チーバベリー？　なんだそれ」

「千葉県の特産品。昨日、桃子から届いたんだ。これまでのお礼だと」

高杉は紙袋からパックに入った大粒のいちごを取り出して見た。美味《おい》しそうな顔はするが、心配そうだ。

「桃子、様子は？　これまでのお礼ってなんだよ」

「どうやら進路が決まったらしい。俺もよく知らなかったんだが……」

桃子のフォローは綾乃に任せていた。綾乃は、五味がどのように深川を支え、心を開かせて更生に導いていったのか、話をしていたらしかった。

「それで桃子は、赤木先生の仕事に興味を持ったらしい」

「へえ。矯正の世界に？」

「そう。二月に入ってから猛勉強していたようだ。母校の臨床心理学のコースに編入することが決まったと、元気そうな電話がかかってきた」

高杉はたまげている。

「すげえ底力だな、桃子」

「本当に。結衣のやつに桃子の爪の垢《あか》を煎《せん》じて飲ませたい」

結衣は浪人決定だ。自宅で猛勉強している――と思ったらマタニティ雑誌を読みふけっていたということが何度もあった。夏に子供が生まれてきたらフィーバーして勉強どころではなくなるだろう。やれやれ、とため息をつく。

「まあ結衣はおいといて、みんなそれぞれ新しい道が決まっていくな」

五味はしみじみ、頷《うなず》いた。

今日、三月十九日は一三一七期の卒業式だ。

高杉がチーバベリーを紙袋の底にしまい、呟《つぶや》く。

「——アイツも卒業か」


警察学校の講堂で、一三一七期の卒業式が始まった。

警視庁音楽隊の生演奏と同時に舞台の緞帳《どんちょう》が上がる。警視総監を筆頭に、警察幹部や所轄署の代表署長が所定の座席に就く。

五味は高杉と共に、五味教場の学生たちが座るすぐ脇の教官助教席に座った。

半年前、銀色の礼肩章を付けた学生たちは、今日、堂々と金色の飾緒を垂れ下げている。背筋を伸ばし、一心に前を見つめている。

国歌斉唱の後、司会を務める統括係長が、「卒業生指名点呼」を指示する。

五味は立ち上がり、卒業生名簿を白手袋の手で持つ。もう何度もやってきた卒業生指名点呼だが、今期だけはその重さが違った。

四十人いた。

ひとりは別の夢に向かって、送り出した。

もうひとりは——。

五味は左へ直角に曲がった後、舞台上の警視総監に挙手の敬礼をした。直進し、五味教場の学生たちが座る一画の前に立つ。

一三一七期五味教場の学生たちと、向かい合う。

心身ともに限界を超え、くずおれそうだった教官を受け入れてくれた。何も聞かずに支えてくれた学生たちを、万感の思いで見据える。

五味は手袋の手で卒業生名簿を開き、顔の前に掲げる。

「一三一七期五味教場、卒業生指名点呼！　藤巻涼！」

場長として最前列左端にいた藤巻が、「はい！」と講堂に響き渡る声をあげ、立ち上がる。そのまま直立不動だ。

「笹峰雄太！」

「はい！」

「有村佳代！」

「はい！」

三役を筆頭に、一人一人、スピーディに点呼していく。誰かの名前のときに声がかすれたり咳《せ》き込んだりしたら、その卒業生の幸先が悪い。五味は卒業式が近づくと、マスクをして寝るほどに喉《のど》に気を使う。

「北里利良！」

「はい！」

あのお札をどうしたか――この後、川路広場で行われる卒業生歓送行事のとき、学生の一人一人と握手をする時間がある。その時に聞こうと思いながら、教え子たちの名前を読み上げていく。

「森口楓！」

「はい！」

「以上、一三一七期五味教場、三十八名、卒業生指名点呼、終了した！」

五味は名簿を閉じて小脇に抱え、くるりと回れ右をした。壇上の警視総監を見上げる。

他の教場の指名点呼が終わるまで――。

五味は心の中で、深川翼の名前を呼ぶ。


卒業式後、一三一七期五味教場に戻った。これから、最後の担当教官訓授だ。まずは『こころの環』を返却する。五味と高杉で全員に卒業を祝う言葉を書いた。五味はいつも通り、スマホの番号を書き加えた名刺を、学生たちに配った。

「このあとの歓送行事が終わって所轄署の迎えの車に乗ったら、もうお前たちは現場に立つ警察官だ。辛《つら》いこと、苦しいこと、不条理なこと、いろんな壁にぶつかると思う。なにかあったら深夜でも早朝でも、遠慮なく俺のスマホを鳴らせ」

いつもはスマホの番号だけなのだが、五味は「一三一七期だけ特別だ」と、黒板に向き直る。新百合ヶ丘の自宅の固定電話番号をしたためた。学生たちが一人残らず、五味の自宅の番号を書き加えている。

「特にお前たちには、深川翼の件で迷惑をかけた。この半年間、きちんと向き合えなかった分、フォローをがんばらせてほしい。固定電話にかけてもいいからな」

「でも、夏以降は大丈夫なんですか？」

北里が訊《き》いた。藤巻が腰をひねり、仲間たちに呼びかける。

「夏以降は遠慮しよう、赤ちゃんが生まれるんだから」

五味は妻の妊娠を話していない。まさかと白い目で、高杉を見た。高杉がニタアと笑ってみせる。俺が言わないはずがないだろう、という顔だ。

一三〇〇期のときもそうだった。高杉が五味の結婚が近いことをこっそり話し、学生たちは『てんとう虫のサンバ』を最後の教場でサプライズ演奏したのだ。警察学校の卒業とは全然関係ないのに。

「まさかお前ら、『こんにちは赤ちゃん』でも歌う気じゃないだろうな」

藤巻が立ち上がる。何人かとひそひそ言い合いながら、今朝、空っぽにさせたロッカーを開けた。

オムツケーキが現れた。新生児用のオムツを誕生日ケーキのようにラッピングし、赤ん坊のおしゃぶりやガラガラなどのおもちゃで装飾した、定番の出産祝いだ。

藤巻が三段あるオムツケーキを抱えて、近づいてきた。

「おめでとうございます！」

「よかったですね！」

次々と祝いの言葉が溢《あふ》れ、五味は拍手に包まれる。

「おいおい、まだ生まれていないし、産むのも俺じゃないし……」

苦笑いで受け取る。

オムツだけは既製品だったが、その他のものは手作りのようだ。ガラガラはオレンジ色のフェルトを縫い合わせたピーポくんだ。胴体が持ち手になっている。ファーストシューズにはピーポくんのワッペンが縫い付けられていた。オムツをケーキのように包む黄色のリボンは『KEEP OUT』と『立入禁止』の文字が入っていた。規制線のようだ。オムツケーキの警視庁バージョンというわけか。

「お前らうまいこと作ったなぁ。この規制線は本物そっくりだ」

どこで手に入れたのかと感心していると、笹峰があっさり言った。

「あ、それ、本物っすよ」

五味は絶句した。高杉も顔を引きつらせる。

「お前ら——まさか、学校の備品で作ったんじゃないだろうな!?」

教場は大騒ぎになった。ワッペンは売店で購入した、ガラガラは手作りだ、といろんな言い訳が聞こえてくる。誰がこのリボン代わりの規制線を準備したかで学生たちが揉《も》めだした。震える手を挙げたのは、環境備品係の北里だ。

「いや……なんか倉庫に大量にあったし……」

五味は雷を落とした。

「お前、ふざけんな！　ペナルティ百周どころか、学校長宛の始末書レベルだぞ！」

藤巻が間に入る。

「まあまあまあ、今日でもう卒業ですから、時効ってことで」

「そもそも場長のお前がなんで警察学校の備品を使っていることを咎《とが》めないんだ。お前だって連帯責任だぞ！」

五味は頭を抱える。この程度の分別もつかない学生たちを現場に送り出す――自分の指導不足を痛感する。卒業式は終わった。後の祭りだ。高杉は一度雷を落としただけで、もう呑気《のんき》にゲラゲラ笑っている。藤巻が誤魔化すように仲間を急《せ》かす。

「こうなったら、次のプレゼント急げ！」

佳代が焦った調子で前に出る。

「それじゃ最後に、教官助教へ、一三一七期五味教場一同からです！」

ラッピングされたA4用紙くらいの大きさのものを、五味と高杉にそれぞれプレゼントした。

「これはなんだ。今度は何の備品を使った？」

「これは教場のお金で注文しましたから大丈夫です。開けて下さい」

リボンを解いて袋を開けると、白いティーシャツが出てきた。背中に『五味教官　高杉助教』の文字が見えた。学生たちの寄せ書きと署名でびっしりと背面が埋まっている。個人情報のオンパレードに苦笑いだ。外で着られない。ティーシャツの前面には、五味と高杉の顔を少女漫画風にデフォルメした絵が描いてあった。

「まさかコレ、菊池か？」

佳代が立ち上がった。

「私が依頼したら、喜んで引き受けてくれました」

ティーシャツの中の五味は腕を組んで、きりりと前を見ている。高杉はそんな五味の肩に肘《ひじ》をつき、顎《あご》に手をやってかっこつけた絵だった。BLでなくてほっとしたが、自分が美男子に誇張された絵に、苦笑いしてしまう。「このポーズで写真を撮りたいです！」「頼むからこういう風に立ってくださいよ」と学生たちにせがまれる。五味は恥ずかしいから絶対に嫌だと拒否した。

「そもそもな、まだ警察学校の備品を無断で私用に使った件についての話が――」

「まあまあ、いーじゃんかよ、もう卒業だ。記念撮影!!」

高杉が五味の肩に肘をつき、顎に手をやってキリッと目を光らせてみせる。

一三一七期五味教場は最後、爆笑で幕を閉じた。


警察学校の四つの建物をぐるりと囲むようにして、車列ができていた。水色と白の人員輸送車の他、所轄署の乗用車も停車している。それぞれ助手席の窓に、卒業配置先の所轄署名を記した紙を貼りつけていた。

五味と高杉は一三一七期五味教場の教場旗の下、正門前で彼らの門出を見守る。八咫《やた》烏《がらす》と三つのスローガンが風にはためいてよく見えた。そういえば一時期カラスがよく鳴いていた。今日は一羽も見当たらなかった。

三十分かけて、一三一七期総勢約三百名の警察官たちが、旅立っていった。

最後、何の札も掲げていない乗用車がやってきた。

綾乃が運転している。府中署の車だ。

正門前の広場で車が停まる。助手席から強行犯係長の三浦が出てきた。綾乃も運転席から姿を現す。妊娠六か月、そこそこお腹が出てきたので、ひと目見て妊婦とわかる。

「五味教官、お疲れ様です」

綾乃は丁重に頭を下げた。五味も妻を、事件を取り扱う担当所轄署の刑事として出迎える。

「いま連れて来る」

五味は制帽を脱ぎ、礼肩章を外した。金色の飾緒と一緒に制帽の中に入れる。高杉に託した。ひとり、学生棟へ向かう。

一年半もの間、男子寮一階の長い廊下の先に通い続けてきた。

左右に、空っぽの個室が同じ顔で並ぶ。その四角い入口の連なりは、まるで映画のフィルムのようだった。深川が警視庁警察学校に入学した平成三十一年四月一日から今日まで、七百十八日にも及ぶ死闘の日々が、コマ送りのように蘇《よみがえ》る。

五味は万感の思いで一歩一歩、145号室に近づく。既に南京錠はつけていない。扉は開けっ放しになっていた。着替えや、彼が矯正プログラム中に記したノート、関係書籍はもうスーツケースに入って、廊下に出してある。

一歩近づくごとに、終わる時間が迫っているのだと、実感する。

いや、彼の新しい第一歩なのだと、自分に言い聞かせる。

五味は扉の中に入った。

深川がリクルートスーツ姿で、デスクの椅子に座っていた。かつては昼間でもカーテンを閉ざしていた。蛍光灯がしらじらしく照らしていた部屋に、今日は太陽の日差しが降り注ぐ。昨日、深川と協力し、窓に張った板を全て外した。一年ぶりにカーテンと窓を開けたのだ。

今日、深川は光と風の中で、たたずんでいる。

倫子がその脇に立って、五味が来るのを待ち構えていた。倫子はもう泣きそうになっていた。

乱れていたベッドは、皺《しわ》ひとつない洗い立てのシーツに覆われている。掛け布団と枕が寸分の狂いもなく、警察学校大心寮の規則通りに畳まれている。

五味は倫子に頷《うなず》く。深川を見た。

「さあ。行くか」

「はいッ」

深川が警察学校の学生らしい模範的な返事をした。卒業生指名点呼で、どれだけ彼の名前を読み上げたかった——。

彼は犯罪者だ。警察官にはもう絶対になれないのに。

五味は深川の背中を押し、先に歩かせた。倫子が荷物を引いてやっている。深川はここを出たら連続強姦《ごうかん》事件の容疑者だ。荷物など容疑者に持たせるべきなのに、倫子は気持ち的にはもう彼の親なのだろう。

五味もだ。

これほどに身を切られる想いで学生をここから送り出すのは初めてだ。この先もこんな切ない想いを抱くことはないだろう。

深川は最初、革靴の足で力強く歩いていた。だんだん足取りが乱れてきた。怖いのだろう。不安だろう。この二年間、ずっと五味がそばにいた。抱いていたものが憎しみだろうが愛情だろうが、いつでも駆けつけられる距離にいた。

今日から、もう五味は彼の隣にいてやれない。

学生棟の自動扉を二つ抜けた。深川が正面に見える川路広場に目をやった。その先の教場棟へ顔を上げたのがわかった。

53教場を、見上げている。

「自分が」と深川が自らスーツケースを引いて歩き出す。改めて歩を進める足取りには、もう落ち着きが見えた。

正門前広場の駐車場にやってきた。

綾乃と三浦、そして高杉が、府中署の捜査車両の横に立っている。

三浦がトランクを開けた。深川が一礼し、荷物を託した。

自ら、綾乃の前に立つ。綾乃のぽこっとでたお腹を見てちょっと目を細めたが、緊張かすぐに表情が硬くなる。

五味と高杉、そして倫子は、深川の後ろに立った。

綾乃が深川の肩越しに、五味を見る。

五味は大きく頷いた。

綾乃が懐から、逮捕状を出した。

「深川翼君ね？」

「はい」

「上申書を受け取りました。平成三十一年四月一日、府中署管内の警視庁警察学校に於《お》いて、小田桃子さんに対し強制性交に及んだ容疑の他、複数の同容疑の疑いで、東京地裁から逮捕状が出されました」

「はい」

「罪状に間違いはありませんか」

「はい。間違いありません」

綾乃は令状を畳み、手錠を出す。腕時計で時刻を確認した。

「深川翼、強制性交罪等の容疑で、通常逮捕する。令和三年三月十九日、十三時五十八分。執行」

綾乃がワッパを広げ、一歩、前に出る。深川は両手首を掲げ、前に出した。綾乃がワッパを閉じる。反対側を広げて、また閉じる――その音だけが五味に届く。

深川の背中に隠れて、五味からそれは見えない。見ないようにした。深川の背中は広く大きく、微動だにしない。五味の隣の高杉は口を引き結んでいる。倫子は肩を震わせていた。何度も何度も涙を拭《ぬぐ》っていた。

「よし。行くぞ」

三浦が声をかけ、捜査車両の後部座席の扉を開けた。深川は五味と高杉、そして倫子に向き直った。

手錠をかけられてはいるが、膝《ひざ》を閉じ、かかとをきっちりと揃えている。背筋をピンと伸ばして教官助教に向き直る様は、教練中の警察官そのものだった。

深川はまず、高杉の方につま先を向けて背筋を伸ばす。

「高杉助教。お世話になりました」

「おう。しっかりな」

高杉が力強く頷いたが、結局、口をひん曲げて涙を流した。

「赤木教授。ありがとうございました」

深川が倫子に向き直る。

「がんばったね。よくがんばったよ」

倫子は涙をポロポロ流し、絞り出すように答えた。

「五味教官」

深川が、五味の正面に立つ。

五味は、歯を食いしばった。

自分だけは泣くまい。この目で、一三一七期五味教場の、四十人目の学生の旅立ちを、見届けるのだ。

「行って参ります」

深川は、背筋を伸ばしたまま腰を十五度曲げ、立派に敬礼して見せた。

高杉と倫子が次々と声をかける。

「しっかり罪を償って来い。待ってるぞ」

「翼君なら乗り越えられる。がんばってね」

「…………」

五味は、かける言葉がひとことも出てこなかった。

深川が後部座席に乗り込んだ。

三浦が隣に座り、扉を閉める。運転席の綾乃がエンジンをかけた。

五味は高杉に預けていた制帽を受け取り、飾緒をポケットにしまって、制帽を被《かぶ》った。

車が出発し、正門を抜けた。

倫子が力いっぱい手を振る。五味と高杉は正門の前に並んだ。容疑者を乗せた府中署の警察車両を、挙手の敬礼で見送った。

五味はひとり、145号室の後処理をしに、学生棟へ戻った。扉の枠にねじ込んだ蝶《ちょう》番《つがい》を取り外し、穴にボンドと木くずを詰めて埋めた。扉の枠と同じモスグリーン色のペンキを塗り込む。窓枠に残ったままだった釘跡《くぎあと》も、ボンドで埋めていく。

改めて、深川が一年半近くを過ごした部屋を見回す。

すでに深川がきれいに掃除をした後だ。ちりひとつ、髪の毛の一本すらも落ちていない。ピカピカで、がらんどうだった。

五味は念のため、デスクの引き出しをひとつひとつ、開けていった。

『五味教官へ』

手紙が出てきた。五味は手に取り、裏を見る。『深川翼』とあった。封がしてある。

いつ書いたものだろう。これだけきれいに掃除してあったのだから、うっかり忘れていったものではないだろう。

一旦《いったん》懐に収めた。工具の入った道具箱を提げて、本館に戻った。

教官室に入る。特任教授席の倫子が、のぼせたような顔でだらしなく足を広げ、座っている。危うく下着が見えそうだ。高杉がそばに立ち、倫子の顔を書類で扇いでやっている。

「どうしたんです?」

「あ、へーきへーき、ちょっとね、あははは……」

倫子が力なく笑い、慌てて足を閉じた。高杉が肩をすくめながら言う。

「深川を見送った後、本館へ戻ろうとして、腰抜かしちゃってさ」

だって、と倫子が高杉の腕を叩《たた》いた。

「この三か月、私がどれだけ気を張っていたと思っているのよ！　私が赴任したときは教官も助教も糞詰《ふんづ》まり状態で、何度も何度もブチ切れて矯正プログラムをめちゃくちゃにしてくるし、これで翼君が更生しなかったらどうしようと、気が気でなくて……」

倫子は最初から最後まで自信に満ち溢《あふ》れ、余裕に見えた。倫子にしてみたら、自分が折れたら、深川ごと、教官助教も倒れてしまうと思ったのだろう。ずっとなんでもないような顔をして、ひとり踏ん張っていたのだ。

法務省には深川の父親のような男がいる一方で、こんなにも気概のある職員もいるのだ。五味は心の底から倫子を尊敬し、感謝した。

「あ、そうだ。五味」

高杉が五味を呼び止める。顎《あご》で応接室の方を指した。

「客が来てる」

「客？　誰」

「最後の天敵。校長室にいる」

誰だかすぐに察しがついた。

全部片をつけたあとに来るとは、あの男らしい。

五味が校長室の扉をノックするまでもなかった。

勝手に扉が開く。コートを腕にかけ、ビジネスバッグを持った大路校長が、出てくる。

「今日はやけに早いですね。まだ十五時ですよ」

「……では」

大路は帰宅していった。五味は首を傾げながら、中に入る。

応接ソファに、本村一警視正がふんぞり返っていた。

五味が捜査一課にいたころの捜査一課長だ。かわいがってもらっていたが、隠蔽《いんぺい》指示には従わなかった。そして警察学校送りになった。その後も何度も何度も本村とはぶつかってきた。

本村は現在、警視庁本部、刑事部の参事官だ。五十九歳、来年には定年を迎える。

「よう。五味。なんだお前、すっかり老け込んだな」

「久々に顔を合わせたと思ったら、相変わらず無礼ですね」

「見上げるほどの上官に無礼とは、相変わらず大きく出る奴だな」

本村は面白そうに言った。すぐに表情を切り替えた。

「深川逮捕の一報が捜査一課にも入っている。連続強姦《ごうかん》事件として、三田署、石神井署も動く。府中署を中心に、捜査一課からも人を出して裏取りさせる予定だ」

五味は頷《うなず》いた。

「警察学校の巡査が校内で強姦事件を起こしたということで、たったいま、学校長の大路に内示を出したところだ」

警視正からひと階級下の警視に降格だという。

「どこへ飛ばすんです」

「飛ばさない。警察学校でやり直しだ」

「ここに残るんですか？」

五味は目を丸くした。

「そうだ。副校長としてな」

同じ場所で、一つ階級と役職を下げてやり直しさせるとは――本人にとっては僻地《へきち》に飛ばされるより屈辱的だろう。

「なんだよお前、顔面蒼白《そうはく》だぞ」

「いや――私は、深川翼の担当教官です。私にも相応の処分があるのかと」

巡査部長に降格して助教官をやれと言われないか、ひやひやする。

「大路を始め今回の人事は、深川の逮捕が近いと聞いて、一か月ほど前から内々に準備を始めていた」

相変わらず、根回しが早い男だ。

「大路の降格。それからお前の――」

何を言われるか。五味が構えたところで、なぜか本村は綾乃の話を始めた。

「瀬山綾乃巡査部長なんだが。あ、いまはもう五味綾乃か。本部が欲しがってな」

五味は「えっ」とつい声をあげてしまう。綾乃は本部の捜査一課に憧《あこが》れていた。栄転できるのか。

「そもそも、この内示を決めるずっと前から、俺はお前のカミさんを捜査一課にスカウトしてるんだがな。お前が戻りたくないと突っぱねてばかりいるから、カミさんの方をもらうしかないだろ」

綾乃からそんな話を聞いたことがなかった。

「いつからそんな話を……」

「結婚式の日だよ。お前が次々と卒業生のお酌を受けてへべれけになっている横で、ひっそりとスカウトしたんだ」

綾乃は冗談と流していたようだ。改めてスカウトされると、きっぱり断ったという。

「俺のような男の下で働くのが嫌なんだと」

五味は本村のすねたような顔に苦笑いする。一方で、妻の刑事としてのまっすぐさを誇りに思う。

「その瀬山が、いつだったか俺に言った言葉が響いてな」

本村は間を置いて、続ける。

「警視庁警察学校の五味教場は、一反の正義の布である、とな」

　五味もそのたとえ話を聞いている。五味の実家は京都府舞鶴だが、本家は京都市内で代々反物屋をやっている。訪問着を仕立ててやったとき、綾乃は縦糸と横糸の連なりが作る芸術品と、歴代五味教場とを重ねたらしい。

　五味教場は仲がいい。五味と高杉は互いに損得勘定なしで助け合ってきた。元々同期同教場で同じ釜《かま》の飯を食った仲だ。二人揃うと、学生時代の青臭さが出てしまう。ついじゃれ合ってしまったり、同じ布団で寝てしまったり——どこか学生時代の延長線上にいる。教場の『空気』を作るのは、教官と助教だ。右も左もわからないまっさらな学生たちはすぐさまその『空気』に染まる。友情、信頼、思いやり——そんな横糸がしっかりと通っていくのだ。五味と高杉の話をネタに、縦糸——先輩期と後輩期もつながりやすい。五味と高杉がピンチと聞くや、教場の学生たちが縦の糸をたぐり「教官と助教を助けてやってくれ」と警視庁本部や各所轄署に散らばる53教場出身警察官たちにSOSを出す。

　五味は意図したつもりはなかったのだが、四年も警察学校にいたことで、警察組織の中に、『53教場』というひとつの強固なつながり、まとまりができあがっていたのだ。

「一方の、深川翼だ」

　本村が話をコロコロ変える。

「深川浩の教育虐待と、榎本璃子の傷害を伴う性的虐待で、犯罪者になった。その糸を辿《たど》ると、どうだ。深川浩の過去までは知らんが、榎本璃子」

取調べが捜査一課で進んでいるからだろう――本村は榎本璃子の生い立ちを知っているようだった。

「ネグレクト家庭で育ったらしい。いまは太っているが、小学校二年生の時、骨と皮だけで死にかけていたところを、児童相談所に保護された。中学校時代に児童相談所から学校に通っていることが知られると、凄絶《せいぜつ》ないじめが始まった」

五味は気が遠くなった。榎本璃子も子供の頃に、親や社会から強烈に自尊心を歪《ゆが》められていたのだ。歪んだまま大人になり、「すっとしたい」「生きていることを実感したい」と支配下に置きやすい男児相手に性犯罪に走った。五味はため息が漏れた。

「全く、キリがない」

「ああ。本当にキリがない。一つの犯罪が次の犯罪者を育て、その犯罪者の過ちがまた次の犯罪を引き寄せる。犯罪も同じなんだと俺は痛感したよ、五味」

綾乃の言葉を繰り返す。

「五味教場は一反の正義の布。それなら犯罪者も苦しみや屈辱、悲しみを縦糸横糸に張り巡らせて、強固な一反の憎悪の布を作り上げる」

これが社会のあちこちにのろしのように上がって、次々と警察に『事件』として舞い込んでくる。

「俺は改めて思ったよ。警察が、組織でまとまるべき所以《ゆえん》を」

五味は頷いた――深川の件も、五味ひとりでは到底解決できなかった。綾乃を筆頭に、

53教場の学生たちが裏取り捜査や余罪の確認に奔走してくれたおかげだ。高杉は力の面で五味を深川から守り、娘の受験を支えてくれた。事態を好転させる大きな波を作ったのは、赤木倫子だ。

五味は改めて頭を下げる。

「本村参事官。赤木特任教授の件、本当にありがとうございました」

本村は顎《あご》の下に指をやったまま、右眉《みぎまゆ》だけを上げる。

「当初、彼女は深川浩が送り込んできたと思っていました。法務省からの出向者ということですからね。しかしよくよく考えると妙です」

息子のことに関して完全に思考停止しているあの男が、息子の更生のために采配《さいはい》を振ったとは思えない。なにせ組織内の異動ではない。出向という、組織を跨《また》いでの異動の挙句、本庁と霞が関との兼任という力業で倫子を警察学校にやったのだ。

「すると誰が警察学校に赤木教授を送り込んできたのか――」

深川の件を知っている者で、そんな采配を振ることができるのは、本村しかいない。

彼は肩をすくめただけだった。

「俺も、五味教場の一反の正義の布を織りなす一本の糸に、なってみたかったんだよ」

茶目っ気たっぷりに言う。五味は苦笑いを返した。

「五味」

本村が改めて五味を見据え、目を細める。

「戻る気はないんだろう」

捜査一課の刑事に戻る――本村はもうすぐ定年だ。人事に影響力を発揮できるラストチャンスだと、五味は重々、承知している。

「もう一三二三期五味教場の担当が決まっていますし……」

五味は、懐に深川の手紙を入れたままだということを思い出した。ジン、と胸が熱くなる。立ち上がった。

「そもそも五味家は機織り一族です。私も府中で機織りしている方が性に合っていたようで」

立ち上がり、校長室を出ようとした。

「ところで、私の処分はどうなるんです？」

「お前は正義の機織り職人なんだろう？　深川翼という警察官にはなれない糸を見つけ出し、その糸を新たに縒《よ》り直してしかるべき場所へ送り出した。なぜ処分が必要なんだ？」

五味は一礼し、廊下に出た。教場棟への階段を駆け上がる。五階へたどり着く。中央階段のすぐ脇にある、五味教場に入った。

これまで五味教場は五期百九十八名を受け入れ、百九十二名を警察官として送り出してきた。次の一三二三期四十名を待つこの教場のこの椅子に座り、五味は懐から深川の手紙を出す。封を切った。

五味教官へ

いま、令和三年三月十九日、〇時を回ったところです。告白すると、これが四回目の手紙です（笑）。何度も書き直して、捨てて……。実を言うと、もうずっと前から、五味教官に手紙をしたためては、「こうじゃない」と思って、捨ててきました。

最後にうまく書けることを願って、再び、ペンを走らせています。

五味教官。僕ら一三〇〇期五味教場が入校したのは平成最後の春でした。そのさらに約一年前——平成最後の夏のある日の話をさせてください。

その日は警視庁警察学校のオープンキャンパスの日でした。来年卒業見込みの高校生、大学生が、親と連れ立って警察学校の門をくぐった日——僕も父親を従え、警視庁警察学校の門の中へ入りました。

ちょうど、石神井の玲奈さんを強姦《ごうかん》した直後くらいでした。

僕は次の獲物獲得に向けて、着々と動いていたというわけです。より確実に、より忠実な性奴隷を探す。警察権力を持てばいくらでも女性を騙《だま》せるし、銃器を持てば相手を脅すのは容易です。証拠の捏造《ねつぞう》も簡単。何より、父の権力です。警察幹部の人事権に関わっている。誰も僕を逮捕できないと思っていました。

警視庁警察学校での日々はいずれ楽園になる——僕はそう確信しながら、僕に逆らえず犬と化した父を連れて学校内を見て回りました。

帰り道、僕と父は警察学校の前にあるコンビニのイートインスペースで、休憩しました。ガラス張りのカウンターの向こうは駐車場です。ガラスを挟んだすぐ目の前で、自転車をこぎ出そうとした高齢女性が転倒しました。前かごと後ろかごに置いた買い物袋から、いろんなものが飛び出して、地面を転がっていきます。

僕も父も、ガラスの向こうを傍観していました。

警察制服を着た人が、交差点の方から駆け寄ってきました。制帽はかぶっておらず、交番勤務の活動服でもない。右手に赤い誘導棒を持っていました。オープンキャンパスから帰る人々の行列を交通整理するために交差点に立っていた、警察学校の教官でした。名札に『教官　五味京介』という文字が見えました。

そう、あれは確かに、あなたでした。

五味教官は高齢女性を助け起こして怪我がないか確認し、自転車を持ち上げ、周囲に散乱した商品を拾い集めていました。

あなたがリンゴを拾う姿が、目に焼き付いています。

僕はとても不思議に思いました。

あの教官は、いったい何の目的があって、転んだ人を助けたのだろう？

僕は、目的がないと人を助けません。自分に利益がない人助けはしません。他人に気づかれない人助けもしません。

その教官は警察学校の敷地外に出ていましたから、職場の仲間にいい恰好《かっこう》を見せることもできないだろうし、上司もいないから査定によい影響もないでしょう。警察学校の学生も周囲にはいませんから、学生の模範となる行動を取ったわけでもなさそうです。交差点を渡る高校生や大学生たちは、誰も女性の転倒に気が付いていません。五味教官は高齢女性が危なっかしく自転車で立ち去るのを心配そうに見つめたあと、やっと、持ち場に戻っていきました。

重ねて言います。

僕は目的がないと人を助けないし、自分の利益にならない人助けはしません。龍興力の件だってそうです。一三〇〇期が始まってから、僕は場長として完璧《かんぺき》に振舞って人徳を集めることで、小田巡査の口を塞《ふさ》ぐことに成功したのです。辞めたい、辛《つら》い、と弱音を吐く龍興を支え続けたのは、小田巡査を支配するためでしかなかったのです。僕を慕い、僕を親友とみなした龍興を、心の中でバカにしていました。

一三〇〇期の卒業式の日を覚えていますか。

あの時、既に僕は高杉助教にボコられたあとで、足の手術を終えて病院から警察学校に戻ってきた日でした。一三〇〇期五味教場の誰もが僕を避け、目も合わせない中、龍興だけが僕に声をかけてくれました。

彼は手紙をくれました。封筒にも入っていない、ノートの切れ端に書かれたものでしたが、龍興はそれを僕の手のひらに押し付けたあと、くるっと背を向けて、腕で目元をごしごしとこすっていました。

手紙はビックリマークだらけでした。

そして――泣きながら書いたのでしょう。涙の粒が乾いたまるい跡が、あちこちにへこんで残っていました。

僕は驚きました。

自分のために泣いてくれる人がいたということに、衝撃を受けたのです。

要約すると、こんなことが書いてありました。

お前のおかげで警察官になれたと思っている！　なのにお前はどうした！　あの時のお前は嘘だったのか！　でも、嘘でも、俺は助けられた！　俺が警察官になれたのだから、あの時のお前の支えが『嘘』になることは、回り回って『ない』、ということにならないか！　深川、ありがとう！

龍興らしいまどろっこしい手紙でしたが、思いは伝わりました。そして、五味教官のことに触れていました。

自分がこんな気持ちになれたのも、五味教官のおかげだ！　五味教官は、泣いていたぞ！　高杉助教がお前をボコボコにしている間、ずっと、道場の扉の前で泣いていたんだぞ！　どんな凶悪犯罪者であってもかわいい学生だったと、泣いていたんだぞ！　俺はあの涙を見て、俺を助けてくれたお前までも否定してはいけないと気が付いたんだ！

僕はさらなる衝撃を受けました。

龍興が、僕のために泣くずっと前に――。

僕のために泣いてくれていた人がいた、という事実に。

けれど、信じることが怖かった。血を分けた父親ですら逃げ出したのです。あなたも絶対に逃げ出すと思っていた。愚かだった僕は、あなたのことを信じてまた裏切られるのが怖くて怖くて、卒業式が終わった後、僕を１４５号室に閉じ込めるために戻ってきたあなたに、頑《かたく》なに、心を開くまいと――全く誤った決意をしてしまいました。自分のために泣いてくれたという、あなたが内に秘めていた僕に対する『愛』が、怖くて怖くて、取り繕うのに必死でした。だから煙草を吸ってあなたを挑発した。あなたは僕がつけた煙草の火すらも、手のひらで平気で握りつぶしてしまうほどの強烈な『敵意』を僕に見せましたね。

『愛』ではなくて、ほっとしました。『愛』だとどうしていいのかわからない。『敵意』ならどんとこいです。僕は僕を閉じ込める決意をしたあなたを総攻撃する気概が湧いてきたものです。

それなのに、『愛』が欲しかった。

僕は――コンビニの駐車場で、倒れた人のもとに損得勘定一切なしで駆け寄ってリンゴを拾ったあなたの顔を見た瞬間から、どれだけ、あなたのような人間に生まれ変われたらと思ったか。

当時は気づきませんでしたが、もしかしたらそんな思いから――僕は父に「あの教官の教場に入る」と命令したのかもしれません。

正義なんか嘘、愛なんかない——あなたのような男のもとで問題を起こすことでそれを証明し、本当は誰かに愛されたいのに愛されなかった自分を納得させようと、必死だったのだと思います。

いま振り返ると、五味教官にしたことは全部、五味教官へのあこがれと『愛』を向けられる怖さから来たことなのですが、五味教官にとってはふざけんなですよね。常人には理解できない感情です。いま、あなたに愛情を注がれてやっと人並みの『人間』になれた僕ですら、当時の僕の心境をうまく説明できません。

それなのにあなたはずっと僕のそばにいてくれた。抱きしめてくれた。一緒に泣いてくれた。

「俺にとって翼は、お前だけだ」

僕の宝物の言葉です。

五味教官。

もうすぐお別れですね。

明日の今頃、僕は府中署の代用監獄の煎餅《せんべい》布団の中で夜を過ごすのでしょう。

不安で不安でたまりません。五味教官のことが恋しくて、泣いてしまうと思います。

けれど、僕は、生まれ変わりたい。

あなたのような人間に。

もう警察官にはなれないし、凶悪な強姦《ごうかん》事件を起こした前科者として刑務所に入り、長い時間を過ごさねばなりません。出所後も、この性加害という依存症との厳しい闘いが待っていると聞きました。

それでも僕は、あなたのような人間を目指して、毎日を大切に生きていきたいと思っています。地球上のどこにいても、自分の得にならなくとも、どんな小さなことでも、誰かのために〝リンゴを拾う人〟になる。

そのために、僕は今日、逮捕されます。

令和三年三月十九日

深川　翼

主な参考文献

『殺人者はいかに誕生したか 「十大凶悪事件」を獄中対話で読み解く』
長谷川博一 新潮社
『性暴力の理解と治療教育』
藤岡淳子 誠信書房
『やめられない人々 性依存症者、最後の「駆け込み寺」リポート』
榎本稔 現代書林
『性犯罪者への治療的・教育的アプローチ』
門本泉、嶋田洋徳 編著 金剛出版
『ケースで学ぶ犯罪心理学』
越智啓太 北大路書房

本書は書き下ろしです。

協力 アップルシード・エージェンシー

解説

新井素子（作家）

「警視庁53教場」シリーズって、とっても贅沢《ぜいたく》なお話である。

五味京介《ごみきょうすけ》警部補が教官を務める教場のお話でありながら、同時にまったく別の事件が起こって、それが本編にリンクする。ほぼそんな構成になっている。この段階で小説二本分のアイディア、つっこんでいる感じ。

それと同時に、教場部分も丹念に描かれていて、こっちはもう青春小説。生徒達は色々な意味で成長し、ほんとに読んでて気持ちいい。しかも、五味が愛溢《あふ》れる熱血教官で、これまた読んでていい感じ（その上五味まで、教官として成長してゆくんだよね）。

これだけでも凄《すご》いのに、シリーズが進むと、過去の卒業生が点描のように出てきて、「ああ、あんな挫折《ざせつ》をしたのにこの子、それでもこんなに立派な警官になったんだ」って感動まであり。

更に教官の五味と、助教官の高杉《たかすぎ》、以前五味が学生だった時の指導教官小倉《おぐら》、五味の亡くなった奥さんの連れ子の結衣《ゆい》ちゃんなんかまで出てきて、ここの部分は家族ドラマ（このひと達の間には微妙な家族関係があるのである）。これが結構読みごたえがある。

更に加えて、現職の警官であり、教場外で起きる事件に関与している瀬山綾乃《せやまあやの》まで出てくると、今度は五味と綾乃の恋愛小説。

これらの要素が、渾然一体《こんぜんいったい》となり、見事に溶け込んでいるものだから、これはほんとにたいしたものだと思う。（あ、これは原則的に二巻からの話ね。一巻では、五味、まだ教官じゃなかったから。）

今までの処、どこから読んでも大丈夫。面白い。お勧めです。


でも。とはいうものの。

今回だけは、前巻、『正義の翼』を読んでから読んで欲しいと思う。（一巻から読むのが、勿論《もちろん》、一番いいんだけれど。）というのは……『正義の翼』のラストが、ほぼあり得ないようなものだったから。

ミステリだもん、ネタバレしちゃいけないもん、だから詳しくは書けないんだけれど。

『正義の翼』を読んだ方、みなさん、思ったんじゃないかな。

え。こんなことしちゃって大丈夫なの？　いや、五味だったら、こういう展開なら、こういう決断を下すよね。そう思いながらも……これ、本当に大丈夫なのか、どう考えてもこりゃ大丈夫じゃないでしょうってな処で前巻が終わり、そして、今回、『カラスの祈り』が始まる。

☆

……あああ、大丈夫じゃなかった。

読み出した瞬間、そう思った。

五味教官……かつて、あんなにきらきらしていた、自分の生徒への思いが、今回のスタート時にはまったく感じられなくなってる。あの〝きらきら〟が、全然ないー。まるで仕事で教官やってるみたいだ。(いや、仕事で教官やってるんですけどね。でも、かつての五味には、仕事を上回る、なんか〝きらきら〟があったのに。)こんなの53教場じゃないー。

しかも。何故か(この理由は読んでゆくと判るんだが)、家族関係も駄目になってる。新婚の筈《はず》なのに、この感じは何なんだ。

過去の53教場の卒業者達も出てきて、みんなが、五味を助けようとしてくれる。このエピソードはとっても素敵なんだけれどね、肝心の五味が。あああ、駄目だよー。本人は疲れてるって思ってるだけなんだけれど、そしてそれは事実なんだけれど、同時に、それ以上に。

壊れているよー、五味教官。

やっぱ、『正義の翼』のラストが無理だったんだ。あんなこと、やっちゃいけなかったんだ。『正義の翼』のラストで、五味は無理を通してしまったんだけれど、無理を通したからって道理はひっこんでくれず、結果として五味の無理が続き……過労は、人間を、壊します。

考えてみれば、警察学校の教官って、それだけでかなりの激務だ。五味は、これをやりながら、通してしまった無理を何とかする為、本来なら必要なかった作業をしなければならない。

それに。これ、前にどっかで読んで驚いたんだけれど、人間がどんな時にストレスを感じるかって、「肉親の死」とか、「配偶者との離別」みたいなネガティブなものだけじゃなく、「結婚」とか「新居の建築」とか、明らかにポジティブなものであっても、環境が激変すると、それってストレス要因になるらしい。そういう意味では、この状況下で結婚するって、これだけでも疲労困憊《こんぱい》の理由の一つになるのでは？

その上。世の中には〝悪循環〟という言葉がある。

五味が疲れていて、教場の運営にちゃんと対処ができず、生徒達の訴えに耳を貸す時間がなくなれば、当然、教場では問題が発生する。

新婚の妻や、五味教場の過去の教え子達が、五味が通してしまった無理を何とかしようと、五味の作業をサポートしてくれる。でも、五味には(特に新婚の妻を)、慮《おもんぱか》ったり労《いたわ》るゆとりがない。当然問題が発生する。

問題が発生する度に、五味の時間はどんどん削られてゆく。ついには自律神経失調症で倒れたりもする。でも、仕事は減ってくれない。それをおして何とか業務を続ければ続ける程、教場部分でも家庭部分でも、更に様々な問題が起こり、そしてそれは更に五味を圧迫してゆく。いや、これ、絵に描いたような〝悪循環〟。

と、このままでは。

とても無残なお話になってしまいそうな処をすくい上げるきっかけになったのが、五味の、過去だ。

☆

もともと五味は、警察学校の教官ではなかった。一巻では五味、警視庁捜査一課の敏腕刑事で、将来を嘱望されていたのだ。ま、言い方は悪いけど、刑事の中の刑事、エリート中のエリート。でも、ここで五味、現職の警察官が関与する、いわば警察にとって不祥事にあたる事件を解決してしまう。いや、解決したのはいいんだけれど、その事件をもみ消そうとする上層部に逆らい、それを公にしてしまう。その結果、一種の懲罰人事として、警察学校に配属された。（という過去と、人脈があるので、このシリーズ、警察学校の外で起こっている事件とリンクすることができるのだ。）

ところが、警察学校に配属された五味、〝警察学校の教官〟という仕事に、〝生きがい〟を感じてしまう。確かに五味って、凄腕《すごうで》の刑事だったのかも知れないけれど、同時に、もの凄く教官向きの人間だったみたいで。このひと、学校の先生になっても、それなりの業績を残せるひとなのかも知れない。

でも。

どんなに教官に向いていたとしても、基本、五味は、刑事だ。

だから。今回。

あっちもこっちも行き詰まり、もうどうしていいか判らなくなった五味は、本当にどうしようもなくなって暴走した挙げ句、ふいに気がついたのだ。「犯人の反応には、変な処がある」。

これ……この時の五味の立場からすれば、本当にどうでもいいことだったんだと思うんだ。行き詰まっている以上、過去の事件の犯人にどっかおかしい処があっても、それ、どうでもいいじゃん。今、それどころじゃないじゃん。

でも、これに気がついてしまうのが、〝刑事〟の視点。気づいてしまった以上、それを追求してしまうのが、刑事ってもの。

だが、その関係者は五味の教え子で……。

ここから、刑事の視点を持ちつつ、五味は、教官の視点になる。教官である以上、五味がやることは、まず、自分の教え子に寄り添うことだ。利害関係おいといて、何かあった時、まず、自分の教え子に寄り添ってしまう。だから五味は〝きらきらしている〟教官なんだし、これをやった結果……。

☆

凄《すご》いと思った、吉川英梨《よしかわえり》。

お話が硬直してしまった時、悪循環に陥った挙げ句、とても酷《ひど》い結末しか考えられなくなった時、お話を作る人間として一番簡単なのは、新たなエピソードを作ることだ。小説世界では作者は神様だから、硬直してしまったお話を何とかする、酷い結末を避けうる、そんな新しいエピソードをお話に導入する、これが一番簡単だ。(って、確かにこれが一番簡単なんだけど、それがなかなかできないから、作家って人種は苦労するんだけれどね。それに、大体の場合、それやっちゃうと〝ご都合主義〟って言われるんだけれどね。)

でも、吉川英梨はそれをしなかった。

五味に、刑事として、過去の事件の疑問点を見つけさせる。

五味を、教官として、教え子に寄り添わせる。

これで、するするとはまったくいかないものの、よたよたと、ずるずると、壊れてしまった五味が治ってゆく、それを描いてゆくのだ。

この道程は、よたよた、ずるずる、情けないけど、情けないからこそ、なんか愛《いと》おしい。

そして、最終的に。

……。

………。

……………。

ラスト、私が好きだった、あの53教場が、帰ってきてくれた。

☆

このお話で。

53教場シリーズは、ある意味で一つの区切りがつき、次の展開に臨むんじゃないかなって思う。

そして私は、次の展開が、とても楽しみだ。

吉川さん。

待っておりますので、どうか次のお話を、なるたけ早く、私に読ませてください。

カラスの祈《いの》り

警《けい》視《し》庁《ちょう》53《ゴーサン》教場《きょうじょう》

吉《よし》川《かわ》英《え》梨《り》

令和3年 7月25日 初版発行
令和6年 11月25日 4版発行

発行者●山下直久

発行●株式会社KADOKAWA
〒102-8177 東京都千代田区富士見2-13-3
電話 0570-002-301(ナビダイヤル)

角川文庫 22746

印刷所●株式会社KADOKAWA
製本所●株式会社KADOKAWA

表紙画●和田三造

●お問い合わせ
https://www.kadokawa.co.jp/ (「お問い合わせ」へお進みください)
※内容によっては、お答えできない場合があります。
※サポートは日本国内のみとさせていただきます。
※Japanese text only

ISBN 978-4-04-111627-2 C0193